Über den Autor:

Marcus Hünnebeck wurde 1971 in Bochum geboren und lebt inzwischen als freier Autor in Leipzig. Er studierte an der Ruhr-Universität Bochum Wirtschaftswissenschaften.
Im März 2001 erschien mit *Verräterisches Profil* sein erster Thriller, 2003 und 2004 folgten *Wenn jede Minute zählt* und *Im Visier des Stalkers*.
Dank der Möglichkeiten, die das E-Book-Publishing bietet, veröffentlichte er im Jahr 2013 seine alten Thriller als überarbeitete E-Books. *Im Visier des Stalkers* erhielt aus rechtlichen Gründen den Namen *Die Rache des Stalkers* und schaffte im Juli 2013 den Sprung in die Top 10 der Amazon-Bestseller-Charts. Dem Roman *Verräterisches Profil* gelang dies im Dezember 2013. *Wenn jede Minute zählt* erreichte im Juni 2014 die Spitzenposition der Kindle-Charts und gehörte 2014 zu den zehn meist verkauften E-Books bei Amazon. Die Fortsetzung um den Kommissar Peter Stenzel erschien im Juni 2015 (*Stumme Vergeltung*).
Als Erstausgabe erschien im Juni 2014 *Kainsmal* bei Amazon Publishing. Mit *Die Drahtzieherin* führte er die Serie um Oberkommissarin Katharina Rosenberg fort. Die Trilogie schloss der Roman *Tödlicher Komplize* ab.
Im September 2015 veröffentlichte Egmont-Lyx den ersten Band einer neuen Reihe, der den Titel *Im Auge des Mörders* trägt. Im Mittelpunkt dieser Serie stehen die Journalistin Eva Haller und der Leibwächter Stefan Trapp.
Der zweite Band folgte im September 2016 und heißt *Abschaum*.
In *Sommers Tod* taucht zum ersten Mal Oberkommissar Lukas Sommer auf. *Sommers Schuld* ist sein zweiter Solo-Fall.
Die Namen des Todes bildet den Auftakt einer neuen Serie um den BKA-Kriminalkommissar Robert Drosten und sein Team. *Schuld vergibt man nie* ist der Folgeband. Die Romane sind genau wie der dritte Teil *Rudelfänger* und der vierte Teil *Rudeljagd* unabhängig voneinander zu lesen.

Über das Buch:

Eine Krankenschwester wird bei strömendem Regen in dem geliehenen Auto ihrer Kollegin hingerichtet. Schnell kommt der Verdacht auf, dass die Besitzerin des Wagens, die Ex-Frau von Oberkommissar Lukas Sommer, das eigentliche Ziel des Anschlages war. Hängt der Mord mit früheren Ermittlungen Sommers zusammen? Als der Täter wenig später erneut gnadenlos zuschlägt, gilt plötzlich Lukas Sommer als Hauptverdächtiger. Auf der Flucht muss er seine Ex-Frau und seinen Sohn vor einem Mörder schützen, der eine offene Rechnung begleichen und am Ende die komplette Familie ausradieren will.

Marcus Hünnebeck

Sommers Schuld

Thriller

Impressum

Sommers Schuld

1. Auflage, Januar 2018

Covergestaltung: www.buerosued.de

Lektorat: Manuela Tiller
Korrektorat: Kirsten Wendt

Herausgeber:
Marcus Hünnebeck
Hegelstraße 11, 40789 Monheim

ISBN: 9781973593584

1

Hass verschwindet nicht im Laufe der Zeit – so viel hatte er in den vergangenen Monaten gelernt. Lange hatte er gehofft, eines Morgens aufzuwachen, ohne den bitteren Schmerz im Herzen zu spüren. Doch weit gefehlt. Oft rissen ihn Albträume aus dem Schlaf, und jedes Mal stand der Mann im Mittelpunkt, der es nicht mehr verdient hatte, unbekümmert zu leben. Selbst wenn ihn die nächtlichen Schreckensvisionen verschonten, erinnerte er sich noch im Bett liegend daran, was ihm der Bulle geraubt hatte.

Aber der Tag der Vergeltung war nahe.

Die Wände seines kleinen Arbeitszimmers waren seit der letzten Renovierung weiß gestrichen und wirkten jungfräulich rein. An einer Stelle hatte er allerdings vorletzte Woche drei Bilder mit Reißzwecken befestigt, um die Todgeweihten vom Eckschreibtisch aus betrachten zu können. Die Fotos hatte er heimlich mit seinem Handy aufgenommen, sie ausgedruckt und neben ein viertes Porträt gehängt, um sich in der Schlussphase seines Vorhabens jederzeit zu erinnern.

Lukas Sommer, seine Ex-Frau Jennifer und ihr gemeinsamer Sohn Jeremias. Eine zerbrochene Familie, die jedoch mittlerweile den Anschein erweckte, gut miteinander klarzukommen. Vielleicht fanden sie sogar wieder zueinander – was für ihn ein Grund war, nicht länger abzuwarten, sondern den ersten Teil des Plans heute Nacht zu verwirklichen.

Er trat an die Fotowand und stellte sich so dicht vor Jennifers Bild, dass sie beinahe verschwamm.

»Was ist deine Sünde?«, flüsterte er. »Warst du bloß mit dem falschen Mann verheiratet, oder hast du größere Schuld auf dich geladen? Du hast jahrelang geglaubt, er sei gestorben. Trotz dieser Lüge und seiner anderen Verfehlungen breitest du für ihn die Arme aus. Warum machst du das? Kannst du nicht ohne ihn existieren? Dann erlöse ich dich von dieser Qual.«

Er griff nach dem auf Fotopapier gedruckten Schnappschuss und riss ihn von der Wand. Mit zwei schnellen Bewegungen vierteilte er ihn und warf die Schnipsel achtlos zu Boden, ehe er einen Schritt zur Seite ging.

»Die Sünden der Väter holen die Kinder irgendwann ein«, erklärte er dem Vierzehnjährigen. »Du büßt für den Verrat deines Vaters, der auch dich hintergangen hat. Sei nicht traurig, dass du nie erwachsen wirst. Meistens hält das Leben sowieso nur Niederlagen bereit.«

Er knüllte Jeremias' Foto zusammen, behielt es allerdings in seiner Faust; wie einen Pfandgegenstand, den man erst zu passenderer Gelegenheit einlöste.

»Du wirst so leiden«, drohte er Sommer an. »Zuerst musst du den Tod deiner Ex-Frau verkraften und deinen Sohn über den Verlust hinwegtrösten. Doch das dauert nicht lange, denn ich entreiße ihn dir und stürze ihn in den Abgrund, bevor ich mich am Ende dir widme.«

In seiner Fantasie malte er sich aus, wie er Jennifer und Jeremias erledigte. Die Frau durch einen gezielten Schuss, den Sohn hingegen auf andere Weise. Während seiner letzten Atemzüge würde Sommer die Symbolik dahinter verstehen.

***

Sieben Wochen Freiheit. So viel Zeit hatte sich Lukas Sommer nach seinem nur teilweise erfolgreichen Undercover-Einsatz ausgehandelt. Mittlerweile war mehr als die Hälfte vergangen, und er hatte noch immer keine Entscheidung getroffen, wie es beruflich mit ihm weitergehen sollte. Verdeckte Ermittlungen katapultierten ihn aus seinem gewohnten Umfeld und gestalteten es kompliziert, Jeremias ein vernünftiger Vater zu sein. Eine Rückkehr in sein altes Polizeikommissariat erschien ihm jedoch unmöglich. Also bliebe bloß der normale Ermittlungsalltag im BKA, als

Partner von Robert Drosten. Nicht die schlechteste Vorstellung; trotzdem fiel es ihm schwer, sich mit dem Gedanken anzufreunden.

»Woran denkst du?«, fragte ihn Jeremias.

Erwischt, dachte Sommer. Sie machten seit einer Viertelstunde Pause in einer Eisdiele und genossen zwei Spaghetti-Eis, nachdem sie bereits zwölf Kilometer Rad gefahren waren. Aber offenbar war sein Blick nachdenklich ins Leere gewandert, was Jeremias registriert hatte. Wollte er seinen Sohn mit den Überlegungen belasten? Nicht, solange sie zu keinem konkreten Ergebnis führten.

»Mama hat heute im Krankenhaus Spätschicht, oder?«

»Das weißt du doch. Ich schlafe bei dir. Hast du das vergessen?«

»Quatsch! Ich habe nur überlegt, wie wir uns den Abend vertreiben. Hast du Lust, einen Film zu streamen?«

»Cool«, antwortete Jeremias. »Ich bin für einen Marvel-Film.«

Sommer grinste. »Sehr überraschend!«

»*Guardians of the* ...«

»Nein«, widersprach er. »Den haben wir jetzt schon dreimal gesehen.«

Jeremias verdrehte die Augen. »Ich meine nicht den ersten Teil, sondern die Fortsetzung. Da lernt Star-Lord übrigens seinen Vater kennen. Und der Vater ist ein Planet.«

»Ein Planet?«, wiederholte Sommer. »Du merkst selbst, dass das verrückt klingt, oder?«

»Gar nicht!«, protestierte Jeremias. »Im Gegenteil.«

Er setzte zu einer Verteidigungsrede für seine Lieblingsfilmreihe an, der Sommer halbherzig lauschte. Immerhin hatte er es geschafft, seinen Sohn abzulenken. Heimlich schaute er auf seine Armbanduhr. Jennifer erwartete sie in einer Stunde zurück, damit sie gemeinsam ein verspätetes Mittag- oder frühes Abendessen einnahmen – je nach Betrachtungsweise. Wenn sie ein gemütliches Tempo anschlugen, benötigten sie für den Heimweg ungefähr dreißig Minuten. Also hatten sie noch ausreichend Zeit, zumal gelegentlich sportlicher Ehrgeiz in Jeremias erwachte und er dann besonders stark in die Pedale trat.

***

Kurz vor der vereinbarten Uhrzeit schloss Jeremias die Wohnungstür auf.

»Wir sind wieder da«, rief er.

»Essen ist auch gleich fertig«, erwiderte sie aus der Küche. »Wascht euch die Hände und kommt hierhin. Ich habe meine weltberühmte Bolognesesoße zubereitet.«

Der fantastische Geruch in der Wohnung unterstrich ihre Worte. Sommer schickte seinen Sohn in Richtung des Badezimmers. Danach gingen sie in die Küche, wo Jennifer bereits die Teller mit Spaghetti befüllte.

»Kann ich dir helfen?«, fragte er.

»Nicht nötig. War eure Radtour schön? Ihr hattet ja richtiges Glück mit dem Wetter.«

Die beiden setzten sich und sahen der Köchin zu, wie sie die Soße verteilte.

»Ja, ich schätze, in spätestens einer Stunde regnet es«, bestätigte Sommer nach einem Blick aus dem Fenster. Pechschwarze Wolken hingen am Himmel, und der Wind war aufgefrischt.

»Das ist ein wirklich toller Sommer!«, seufzte Jeremias und brachte seine Eltern zum Lachen.

»Wo seid ihr gewesen?«, erkundigte sich Jennifer, nachdem sie sich guten Appetit gewünscht hatten.

»Wir sind bis zum Fluss gefahren, haben dort Steine geworfen«, erzählte Jeremias.

»Außerdem ist er auf Bäumen geklettert. Zwischendurch schien er fünf Meter über dem Boden zu sein«, sagte Lukas.

»Und dann landet er in der Notaufnahme. In den Sommerferien häufen sich solche Fälle!«, meinte Jennifer.

»Bin doch kein Baby mehr. Am Ende waren wir in der Eisdiele Pinocchio.«

»Also ein gelungener Nachmittag«, fasste seine Mutter zusammen.

Sommer nickte. Das war es tatsächlich gewesen. Die letzten Wochen hatte er genossen. Nicht nur, dass Jeremias und er eine Woche in Holland verbracht hatten, auch seit ihrer Rückkehr unternahmen sie viel miteinander. Außerdem war das Verhältnis zwischen den Ex-Ehepartnern sehr entspannt. Jennifer gefiel es ganz offensichtlich, dass sie trotz Sommerferien keinerlei Schwierigkeiten hatte, eine Betreuungsmöglichkeit für ihren Sohn zu finden. Probleme, die sie früher gehabt hatte, erledigten sich mittlerweile durch Jeremias' Alter und Lukas' Anwesenheit.

»Ist das heute deine vorletzte Spätschicht?«, vergewisserte er sich.

»Genau.«

»Dann würde ich mir übermorgen einen Abend freinehmen.«

»Hast wohl ein heißes Date.«

Sie sagte es wie nebenbei und schaute ihn nicht einmal herausfordernd an, sondern tupfte sich ihren Mund ab und trank danach einen Schluck Wasser. Trotzdem hatte er den Eindruck, einen Anflug von Eifersucht wahrzunehmen.

Konnte das sein? Keiner von ihnen hatte seit seiner *Wiedergeburt* oder dem Ende des vergangenen Undercover-Auftrags einen Versuch unternommen, dem anderen körperlich näher zu kommen. Wahrscheinlich war dafür zu viel passiert. Doch es war nicht zu übersehen, wie gut sie inzwischen als Eltern harmonierten, und vielleicht war das der Pfad, auf dem sie letztlich ...

Sommer zwang sich, den Gedanken zu unterdrücken.

»Ein Wahnsinns-Date«, bestätigte er. »Timo hat mich kontaktiert und gefragt, ob wir ausgehen. Erinnerst du dich an ihn? Timo Meichel?«

»Dein Schulkamerad?«

»Unser Klassenclown.«

»Ich wusste gar nicht, dass ihr in Kontakt steht.«

»Wir sind uns neulich zufällig über den Weg gelaufen. Timo hat Jahre in Amerika gelebt, der hat nicht mitbekommen, was hier vorgefallen ist. Für mich ist das zur Abwechslung sehr angenehm, nicht ständig darauf angequatscht zu werden.«

»Jetzt lebt er wieder in Deutschland?«

»Trump und die Veränderungen bei den Amis haben ihn vertrieben.«

Sommer hatte sich gezwungen, zu weit führende Überlegungen zu vergessen, aber eine Tatsache konnte er unmöglich leugnen: Es fühlte sich verdammt richtig an, mit seiner Familie an einem Tisch zu sitzen und mit Jennifer solche alltäglichen Gespräche zu führen. Ob daraus irgendwann wieder mehr werden würde, müsste sich in der Zukunft zeigen.

***

Jennifer öffnete die Haustür und spannte den dunkelblauen Regenschirm auf.

»Wo parkst du?«, fragte sie ihren Ex-Mann.

»Genau hinter deinem Auto. Jeremias und du könnt euch ja einen Schirm teilen, ich renn schon einmal vor.«

Sommer zwängte sich an ihr vorbei, sprintete durch den strömenden Regen zu seinem Wagen und stieg ein.

»Na dann mal los«, forderte sie Jeremias auf.

Sie liefen los. An der Beifahrertür gab sie ihm einen Kuss auf den Haarschopf und hielt den Regenschutz so lange über ihn, bis er eingestiegen war und die Tür zugezogen hatte. Zum Abschied hob sie eine Hand, bevor sie zu ihrem eigenen Fahrzeug ging.

»Scheißwetter«, stöhnte sie genervt.

***

Die Familie verließ in zwei Gruppen das Gebäude. Lukas Sommer rannte ohne Schirm zu seinem Auto, Frau und Sohn folgten und verabschiedeten sich am Bürgersteig voneinander. Der Sohn setzte sich in den Pkw seines Vaters, Jennifer eilte zu ihrem Wagen, klappte den Regenschirm zusammen, warf ihn ins Innere und stieg ebenfalls ein.

Er schaute ihnen dabei zu, wie sie fast zeitgleich die Lichter einschalteten und die Blinker setzten. Jennifer parkte zuerst aus und fuhr die Straße entlang. Anfangs hatte der Bulle den gleichen Weg wie seine Ex.

Da der Mann ahnte, wohin ihre Fahrten führen würden, ließ er ihnen einen Vorsprung von gut dreihundert Metern. Nach wenigen Minuten näherten sie sich einer großen Kreuzung. Jennifer ordnete sich nach rechts ein, während Sommer und sein Sohn die Linksabbiegerspur nahmen.

Die Rechtsabbiegerampel sprang auf Grün. Sommers Ex-Ehefrau rollte über die Haltelinie und winkte ihnen zu. Als er selbst die Markierung passierte, bemerkte er, dass Jeremias seiner Mutter hinterhersah.

»Merk dir diesen Anblick. So lebendig wirst du sie nie wieder zu Gesicht bekommen«, flüsterte er.

2

Die Krankenschwester Annamarie saß im Pausenraum allein an einem Tisch und starrte niedergeschlagen in den Kaffeebecher.

»Hey, du hast längst Feierabend, warum bist du noch hier?«, fragte Jennifer, holte sich eine Tasse aus dem weißen Hängeschrank und goss sich Kaffee ein. Sie nahm neben der Kollegin Platz.

»Ich warte auf meinen Vater«, erklärte Annamarie. »Der kann mich aber erst in einer knappen Stunde abholen.« Sie seufzte. »Außerdem habe ich Kohldampf.«

»Wieso muss dein Vater dich abholen?«

»Mein Auto ist kaputt. Und um diese Uhrzeit fahren keine Busse mehr.«

»Ärgerlich.«

Annamarie verzog die Lippen. Jennifer spürte sofort, dass sie etwas belastete.

»Was ist los?«

»Du weißt, dass ich mich vor ein paar Wochen von Adam getrennt habe? Nach vier Jahren Ehe?«

Jennifer nickte. »Zweifelst du an deiner Entscheidung?«

»Ganz im Gegenteil! Aber seit ich ihn rausgeworfen habe, finde ich meinen Ersatzschlüssel nicht.«

»Von deiner Wohnung?«

»Dem Wagen.«

»Scheiße!« Jennifer ahnte, worauf das hinauslief.

»In seiner Freizeit werkelt Adam gern an Fahrzeugen herum. Heute springt meine Karre nicht an. Ist das ein blöder Zufall?«

»Du glaubst, er hat dafür gesorgt?«

»Ich fürchte es«, bestätigte Annamarie. »Wahrscheinlich hat er gehofft, ich würde mich bei ihm melden und ihn um Hilfe bitten.«

»Das wäre dreist.«

»Ich würde es ihm zutrauen.«

»Hast du Angst vor ihm?«

Annamarie zuckte mit den Schultern. »Heute ist das Auto bloß nicht angesprungen. Und beim nächsten Mal? Funktioniert vielleicht die Bremse nicht?«

Schockiert betrachtete Jennifer ihre Kollegin. »Wenn du das ernsthaft befürchtest, musst du die Polizei informieren.«

»Das bringt gar nichts!«, wandte Annamarie ein. »Bei unserer ersten Ehekrise vor zwei Jahren hat er mich ins Gesicht geschlagen. Ich habe den Notruf gewählt, und was haben die Streifenbeamten gemacht? Sie haben einen zerknirschten Adam erlebt, der sich reumütig zeigte. Also haben sie mich überredet, meinem Mann zu verzeihen und auf eine Anzeige zu verzichten. Hätte ich mich damals nur anders verhalten. Dann könnte ich mich darauf beziehen und würde ernst genommen. Aber so?«

»Ich könnte meinen Mann fragen, ob er seine Koll...«

Annamaries Blick unterbrach Jennifer mitten im Satz.

»Deinen Mann?«, fragte die Polin.

Jennifer lachte. »Habe ich das gesagt?«

»Allerdings! Ich vermute, du hättest uns informiert ...«

»Meinen Ex-Mann«, korrigierte sie sich.

»Wie ist das Leben mit einem von den Toten Auferstandenen?«

»Jeremias ist glücklich, wieder einen Vater zu haben. Und mir hilft Lukas sehr, Beruf und Mutterpflichten unter einen Hut zu bringen.«

»Das ist alles? In deinen Augen sehe ich ...«

»Quatsch!«, widersprach Jennifer.

»Warum hast du dich scheiden lassen? Damals habe ich erst neu auf deiner Station angefangen. Ich kann mich nicht richtig erinnern.«

»Lukas und ich hatten gewaltige Probleme. Er kam mit seinem Job nicht klar. Trank zu viel. Manchmal verhielt er sich so schrecklich zornig.«

»Wie Adam«, sagte Annamarie.

Jennifer dachte an den wahren Grund, denn der Alkohol war nicht die zerstörerischste Droge gewesen, die Lukas genommen hatte. Und seine aggressiven Eskapaden nicht die schlimmsten Folgen des Drogenkonsums. Doch darüber wussten lediglich eine Handvoll Leute Bescheid, und sie hatte nicht vor, das zu ändern.

»Wir trennten uns, ich unterband als Vorsichtsmaßnahme den Kontakt zwischen ihm und Jeremias – im Nachhinein glaube ich, dass das ein großer Fehler war. Er wurde im Dienst angeschossen, trauerte um seine Kollegin, die bei dem Einsatz starb, und sah wohl keine Perspektive mehr. Deshalb hat er sich für eine verdeckte Ermittlung hergegeben. Seine Dienststelle arrangierte sogar eine Beerdigung, auf der Jeremias und ich hemmungslos geweint haben. Trotz allem! Und drei Jahre später steht er plötzlich lebendig vor meiner Wohnungstür. Oh Gott!«

»Wie hast du reagiert?«, fragte Annamarie.

»Ich glaube, ich war ganz cool«, erwiderte Jennifer schmunzelnd. »Das ist der Vorteil unseres Jobs. Uns wirft so schnell nichts aus der Bahn. Mit Vorwürfen habe ich ihn erst beim zweiten Wiedersehen überschüttet.«

Die beiden Frauen lachten.

»Die hatte er ganz sicher verdient«, bestätigte Annamarie.

Sie schwiegen und hingen ihren eigenen Gedanken nach, als Annamaries Bauch deutlich vernehmbar knurrte.

»Du hast ja wirklich einen Riesenhunger«, meinte Jennifer.

»Wie peinlich. Entschuldige!«

»Dafür gibt es keinen Grund. In der Hinsicht sollten wir uns ein Beispiel an der Männerwelt nehmen. Den Herren der Schöpfung sind Körpergeräusche nie unangenehm. Hast du schon im Automaten geguckt, ob sich noch etwas Essbares darin befindet?«

»Nur Süßkram. Die Brötchen- und Sandwichfächer sind leer geräumt«, bedauerte Annemarie. »Auf Süßes habe ich keinen Appetit. Am liebsten wäre mir ein saftiger Hähnchenburger. Wäre mein Wagen nicht kaputt, würde ich jetzt einen Umweg zum Burgerladen machen. Vielleicht kann ich meinen Vater überreden, dass wir dort vorbeifahren. Ist ja nicht weit entfernt.«

Jennifer schaute auf ihre Uhr. »Ich muss mich mal wieder um die Patienten kümmern.« Sie trank ihren Kaffee aus. »Soll ich dir mein Auto leihen? Dann könntest du deinen Gelüsten nachgehen und die Wartezeit überbrücken.«

Annamaries Gesichtszüge erhellten sich. »Das würdest du tun?«

»Na klar!« Jennifer trat an die Spinde, in denen die Mitarbeiter ihre Sachen verschlossen, und hielt ihren Mitarbeiterausweis vor das Schloss. Es klickte vernehmlich. »Hast du eigentlich einen Regenschirm dabei?«, fragte sie.

»Als ich mich heute Vormittag in den Bus gesetzt habe, war schönstes Wetter.«

»Und jetzt regnet es sintflutartig.«

»Einfach ein toller Tag!«

»Ach Süße«, tröstete Jennifer. »Du holst dir jetzt einen doppelten Burger, und danach sieht die Welt besser aus.«

Der Autoschlüssel steckte in Jennifers Jacke. Sie holte ihn heraus und warf ihn Annamarie zu, die ihn geschickt auffing. »Ich parke bloß ein paar Schritte vom Eingang entfernt. Ein weißer Ford Fiesta. Du siehst ihn sofort. Aber vergiss nicht, mir den Schlüssel wiederzugeben, sonst habe ich heute Nacht ein Problem und muss meinen Ex anrufen.«

»Fordere mich nicht heraus, Liebesgöttin zu spielen«, warnte Annamarie lachend. »Kann ich dir etwas mitbringen?«

»Nicht nötig. Ich bin Selbstversorgerin mit einer Portion Spaghetti, die ich mitgebracht habe.« Sie ging zur Tür und blieb neben dem Regenschirmständer stehen. Jennifer zog den dunkelblauen Schirm heraus. »Das ist meiner. Den kannst du dir auch ausleihen.«

Annamarie erhob sich. »Du bist ein Schatz! Ohne dich wäre ich aufgeschmissen.«

***

Adam saß in seinem Wagen und starrte angestrengt in Richtung des Krankenhauseingangs. Wo war Annamarie? Ihr Feierabend hatte vor zwanzig Minuten begonnen. Was hielt sie auf?

Er dachte über die letzten Wochen nach. Ihre konsequente Haltung verwunderte ihn, denn seine Geschenke und Aufmerksamkeiten hatten nicht den gewünschten Erfolg gebracht. Deshalb hatte er gestern Abend beschlossen, zu härteren Maßnahmen zu greifen. Im Morgengrauen war er zu ihr gefahren, hatte ihren Pkw in einer Parkbucht entdeckt und sich dank des Ersatzschlüssels Zutritt verschafft. Im Motorraum hatte er zwei Kabel gelöst und sich davongemacht. Da sie in keinem Automobilclub Mitglied war und früher ihn solche Sachen hatte erledigen lassen, war sie hilflos. Und wie von ihm erwartet, hatte sie ein paar Stunden später nach unzähligen Startversuchen wütend die Autotür zugeworfen und war zu der einige hundert Meter entfernten Bushaltestelle gerannt. Genau das gab ihm die Möglichkeit, nach Feierabend als ihr Retter aufzutreten. Eine Ausrede, warum er am Krankenhaus aufgetaucht war, hatte er sich bereitgelegt.

Doch wieso verließ sie nicht das Gebäude? Genervt schaute er zur Radiouhr.

***

»Zum Glück hast du einen Schirm mit, Annamarie«, rief der junge Mann am Empfang. »Wäre ja schade um deine schöne Frisur.«

Sie zwinkerte ihm amüsiert zu. Nicht zum ersten Mal hatte sie den Eindruck, dass er krampfhaft versuchte, mit ihr zu flirten. Aber er war mindestens fünf Jahre jünger als sie, weshalb er nicht infrage kam.

»So gut liegen die bestimmt nicht mehr nach neun Stunden Arbeit«, erwiderte sie.

»Du hast es also geschafft. Dann wünsche ich dir einen erholsamen Feierabend.«

»Ich komme gleich noch einmal kurz wieder.«

»Ich warte auf dich.«

Annamarie lächelte. Irgendwie war er ja schon süß.

Vier Meter vor dem Ausgang erfasste sie bereits der Bewegungsmelder, wodurch sich die automatische Tür aktivierte. Lautlos glitt die Glastür zur Seite, und Annamarie erkannte sogar von hier Jennifers weißen Wagen auf dem Mitarbeiterparkplatz. Der Wind peitschte den Regen ins Innere. Sie öffnete den Regenschirm, den sie aufgrund des seitlich fallenden Niederschlags schräg vor ihr Gesicht hielt.

***

War sie das?

Adam hatte nichts von dem Gesicht der Person erkennen können, die gerade das Gebäude verlassen hatte. Das Unwetter behinderte die Sicht. Doch ihm kam der Gang der Frau sehr bekannt vor. Außerdem besaß Annamarie eine solche braune Jeanshose.

Die Person näherte sich einem weißen Auto und drückte ganz offenbar die Funkfernbedienung, denn die Lichter an dem Ford blinkten zweimal. Sie zog die Fahrertür auf, setzte sich hinein und schützte sich weiter mit dem Schirm. Erst jetzt klappte sie ihn ein und verschloss die Tür.

Hatte seine Ehefrau von einer Kollegin einen Wagen ausgeliehen bekommen?

Er griff zu seinem Handy und tippte in WhatsApp eine Nachricht.

***

Wieso saß Jennifer im Auto so weit hinten? Sie war überhaupt nicht so viel größer – trotzdem hatte Annamarie Schwierigkeiten, mit dem linken Fuß das Kupplungspedal zu berühren. Also tastete sie am Autositz nach dem Hebel, mit dem sie die Position verstellen konnte, und glitt nach vorn. An ihrem Handy erklang unterdessen der Benachrichtigungston, den sie für WhatsApp eingestellt hatte. Sie holte das Handy aus ihrer Jackentasche und sah, dass Adam ihr geschrieben hatte. Was wollte der um diese Uhrzeit?

Genervt entsperrte sie das Display.

***

Da er sie erst in ein paar Stunden erwartet hatte, war er unaufmerksam geworden. Wenigstens hatten ihn die aufleuchtenden Lampen alarmiert, und er hatte im letzten Moment gesehen, wie sie in ihren Wagen eingestiegen und dann den Regenschirm geschlossen hatte. Machte sie Pause oder beendete sie frühzeitig ihre Schicht?

Nun musste er sich beeilen. Er trat in den strömenden Regen, der ihm einen gewissen Sichtschutz bot, und streifte die Kapuze über seinen Kopf. In der Umgebung war niemand zu sehen. Schnell rannte er in

Richtung ihres Autos. Zum Glück fuhr sie nicht sofort los. Stattdessen schien sie mit ihrem Handy beschäftigt zu sein.

Der Mann zog seine Pistole aus der Jackentasche und drückte den Schalldämpfer auf die beschlagene Fensterscheibe.

***

Was hatte das zu bedeuten? Wieso schickte ihr Adam eine Nachricht, in der lediglich ein einzelner Buchstabe stand? Wollte er sie verwirren?

Aus dem Augenwinkel registrierte sie eine Bewegung. Sie wandte ihren Kopf zur Seite.

***

Er schoss.

Ihr Körper zuckte von der Wucht des Aufschlags nach hinten, und im nächsten Augenblick bemerkte er seinen fatalen Irrtum.

Fassungslos starrte er die Tote an. Das war nicht Jennifer Sommer!

3

Sein Instinkt hatte Adam nicht getrogen. Die App zeigte ihm an, dass die beinahe leere Nachricht an Annamaries Gerät ausgeliefert worden war. Trotz der Entfernung und der schlechten Sicht erkannte er, dass im Inneren des Fahrzeugs eine Displaybeleuchtung anging.

In der nächsten Sekunde sah er eine dunkle Gestalt, die sich zur Fahrertür bewegte.

War das ihr neuer Freier? Die Erklärung dafür, warum sie nicht nachgab – so wie er es eigentlich erwartet hatte?

»Du Hurensohn«, zischte Adam. »Dich mache ich kalt.«

Der Mann blieb am Fenster stehen und drückte einen Gegenstand gegen die Scheibe. Was war das?

Plötzlich zersplitterte das Glas, und Adam bekam einen besseren Blick ins Fahrzeuginnere.

»Heilige Mutter Gottes«, flüsterte er.

Was hatte der Kerl getan? Hatte er seine geliebte Annamarie erschossen? Das konnte nicht wahr sein! Oder spielten ihm seine Augen einen Streich?

Er unterdrückte den Impuls, auszusteigen und dort hinzurennen. Nachdem der Unbekannte sekundenlang wie festgefroren am Auto gestanden hatte, steckte er die Knarre in seine Jackentasche. Der Killer drehte sich um und rannte zu einem dunkelfarbigen Pkw.

Adam musste die Polizei rufen, damit sie den Mörder stoppten und einsperrten. Das Display des Smartphones war mittlerweile gesperrt, er versuchte es mit dem Fingerabdrucksensor zu entsperren. Doch das System erkannte keine Übereinstimmung. Er probierte es erneut. Wieder ein Fehlschlag. Ob er wegen der Aufregung zu sehr schwitzte?

Unterdessen stieg der Mann ein, die Scheinwerfer gingen an, und er fuhr los.

»Scheiße!«, fluchte Adam.

Er betätigte den Home-Button, um alternativ den Entsperrcode einzutippen, doch das Handy rutschte ihm aus den Fingern und landete im Fußraum.

»Verdammt!«

In seiner Verzweiflung startete Adam ebenfalls den Motor. Wenn er jetzt nach dem Handy tastete, würde er den Killer aus den Augen verlieren. Er musste ihm folgen und später die Polizei alarmieren.

»Mein armer Schatz«, trauerte er um seine vermutlich tote Ehefrau, während er mit einem Abstand von gut einhundert Metern vom Parkplatz rollte.

Er schaltete den Scheibenwischer auf die höchste Stufe, um im prasselnden Regen überhaupt irgendetwas zu erkennen. Innerhalb der Stadt half die Beleuchtung der Gebäude, Straßenlaternen und anderen Fahrzeuge. Trotzdem musste er angestrengt nach vorne starren, denn sonst würde er den Anschluss verpassen.

Das dunkle Auto bog nach rechts und erreichte eine Bundesstraße.

Falls sich Adam nicht irrte, führte der Weg demnächst kilometerweit durch ein Waldgebiet. Wohin war der Mörder unterwegs? Und wieso hatte er Annamarie getötet? Adam verstand das alles nicht.

***

Wie hatte ihm das passieren können? Er hatte die falsche Frau erschossen. So dumm!

Was sollte er nun unternehmen? Die Bullen würden ermitteln, und da die Unbekannte in Jennifers Auto gesessen hatte, würden sie rasch die richtigen Rückschlüsse ziehen.

Er hatte vollständig versagt. Den Plan, zuerst Jennifer Sommer zu töten, musste er überdenken. Lukas Sommer würde von seinen Kollegen zeitnah in Kenntnis gesetzt, aber was unternahm er anschließend? Raste er noch mitten in der Nacht zu seiner Ex-

Frau – wodurch der Mörder die Chance hätte, in die Wohnung einzudringen und zumindest den gemeinsamen Sohn zu eliminieren? Oder handelte er klüger, da er die Gefahr witterte?

Im Rückspiegel bemerkte er ein Paar Scheinwerfer; das ihm folgende Fahrzeug war gut einhundert Meter entfernt. Unwillkürlich beschleunigte er trotz der Witterungsverhältnisse und dachte weiter über seine Möglichkeiten nach. Lohnte es sich, in der Nähe von Sommers Zuhause Stellung zu beziehen? Oder hatte er heute Nacht eine andere Alternative?

Nach einer scharfen Rechtskurve blickte er erneut in den Spiegel. Obwohl er schneller gefahren war, hatte sich die Distanz zwischen den Autos nicht vergrößert.

Folgte ihm jemand?

Auf dem nächsten geraden Teilstück reduzierte er die Geschwindigkeit. Normalerweise müsste der Pkw an ihm vorbeiziehen oder wenigstens aufschließen.

Doch nichts davon geschah.

***

Warum fuhr er plötzlich deutlich langsamer? An den Straßenverhältnissen konnte es kaum liegen. Momentan befanden sie sich auf einem komplett kurvenfreien Streckenabschnitt, und Aquaplaning konnte die angepasste Fahrweise ebenfalls nicht erklären.

Also blieb für Adam nur eine logische Antwort: Er war dem Killer aufgefallen.

Was sollte er tun?

Er sah lediglich einen Ausweg: näher heranfahren, sich das Kennzeichen merken, überholen und bei nächster Gelegenheit irgendwo anhalten und die Polizei informieren.

Adam drückte das Pedal herunter. Als er noch etwa fünf Wagenlängen entfernt war, konnte er die Buchstaben-Zahlen-Kombination des Kennzeichens erkennen. Mehrfach flüsterte er sie vor sich hin, bis er sicher war, sie nicht sofort zu vergessen. Dann setzte er den Blinker nach links und scherte aus. Es kostete ihn eine wahnsinnige Anstrengung, beim Überholvorgang nicht nach rechts zu schauen, um einen Eindruck vom Gesicht des Mörders zu bekommen. Stattdessen starrte er stumpf geradeaus, wartete, bis er gut zehn Meter Vorsprung hatte, und wechselte zurück auf die richtige Spur. Adam beschleunigte weiter. Die Distanz verdoppelte und verdreifachte sich. In seinem Kopf wiederholte er die Ziffern und Buchstaben des Autoschildes. Er durfte sie nicht durcheinanderschmeißen.

Am Straßenrand wies ein Schild auf einen Wandererparkplatz in eintausend Metern hin. Dort würde er halten, das Licht ausschalten und den Killer vorbeifahren lassen.

Schon während er abbog, schaltete er am Lenkrad die Beleuchtung aus. Er stoppte ungefähr in der Mitte des Platzes und drehte den Zündschlüssel. Anschließend tastete er nach dem Handy. Wo war es bloß?

Um mehr Bewegungsfreiheit zu haben, betätigte er den Hebel zum Verstellen der Sitzposition und rutschte vorsichtig nach hinten. Adam griff unter den Sitz, endlich ertastete er das Mobiltelefon. In diesem Moment bemerkte er jedoch, wie ein dunkles Fahrzeug auf den Parkplatz rollte – ebenfalls mit ausgeschaltetem Scheinwerfer.

»Scheiße!«, fluchte er.

Hektisch startete Adam den Motor. Doch der andere Fahrer reagierte geistesgegenwärtig. Er überholte links und blockierte dann die Fahrspur, indem er sich quer hinstellte. Adam legte den Rückwärtsgang ein. Aber der Mörder war bereits aus dem Auto gesprungen und richtete die Pistole auf ihn.

»Stopp!«, schrie er und zielte unmissverständlich mit der Waffe in seine Richtung.

Falls er das überleben wollte, hatte er keine andere Wahl. Er musste kooperieren. Also bremste er, schaltete den Motor aus und führte seine Hände an den Hinterkopf. Er musterte den Mann. Das Gesicht sagte ihm gar nichts, seines Wissens nach waren sie sich nie zuvor begegnet.

Der Mörder ging zur Beifahrerseite und öffnete die Tür. Ohne zu zögern, setzte er sich zu ihm.

»Wer bist du? Wieso folgst du mir?«

»Wer sind Sie?«, erwiderte Adam den Tränen nahe. »Was hat Ihnen Annamarie getan? Meine Anna!«

Der Killer schien einen Augenblick verwirrt, bevor er die Situation verstand.

»Die Frau in dem weißen Wagen.«

»Genau!«, brüllte Adam. »Meine Anna! Warum?«
»Zügle dich!«, warnte ihn der Bewaffnete. »Noch ein lautes Wort, und ich schieße dir ein Loch ins Bein. Was hat sie in dem Wagen zu suchen gehabt?«
»Ich weiß es nicht«, antwortete Adam.
»Lüg mich nicht an! Sie ist deine Frau.«
Adam konnte die Tränen nicht länger zurückhalten. Seit er beobachtet hatte, wie Annamarie erschossen worden war, quälte ihn ein Gedanke: Das wäre nicht passiert, wenn er nicht die Kabel im Motorraum gelöst hätte.
»Wir haben uns gestritten. Ich wollte ihr Held sein. Deshalb war ich am Krankenhaus und habe gewartet. Wir hätten uns bestimmt wieder vertragen.«
»Normalerweise fährt sie eine andere Karre?«
»Ja.«
»Aber du hast das verhindert.«
Adam nickte.
»Scheißkerl!«

***

Er hatte genug gehört. Vielleicht gab es eine Chance, glimpflich davonzukommen. Allerdings musste der Tod des Ehemanns wie Selbstmord aussehen – was verdammt schwierig würde.
Trotzdem war das die einzige Option. Er drückte den Schalldämpfer an dessen Schläfe und feuerte. Der Kopf des Mannes zuckte nach links. Blut und Gehirnmasse verteilten sich auf der Fensterscheibe. Rasch

stieg der Mörder aus und öffnete die Fahrertür. Noch immer regnete es, und ein Teil der Regentropfen vermischte sich mit dem Blut. Der Mörder entfernte alle Kugeln aus dem Magazin bis auf ein letztes Exemplar. Danach zwängte er dem Toten die Waffe in die rechte Hand und schoss, damit Schmauchspuren an den Händen des Mannes zurückblieben. Er hoffte, dass die Bullen die Umgebung nicht nach weiteren Patronen absuchten, und sammelte die überflüssige Patronenhülse ein. Dann drapierte er den Toten so, wie er wahrscheinlich nach einem Selbstmord im Sitz hängen würde.

Als er mit dem Arrangement zufrieden war, warf er die Tür wieder zu.

Falls er etwas Glück hatte, würden die Bullen glauben, dass die Tote von ihrem gewalttätigen Ex liquidiert worden war. In den nächsten Tagen musste er seine Quellen anzapfen und Informationen über den Stand der Ermittlungen einholen.

4

Hauptkommissar Tobias Mühlenberg betrat das Aufenthaltszimmer der Krankenhausangestellten. Jennifer Sommer saß dort einsam an einem runden Tisch und starrte ins Leere.

»Hallo«, sagte er leise.

Sie schaute zu ihm auf und verzog ihre Lippen zu einem verunglückten Lächeln. Ihre Stimme brach, als sie die Begrüßung erwiderte.

»Können Sie sich an mich erinnern?«, fragte Mühlenberg, nachdem sich die Frau geräuspert hatte, und setzte sich zu ihr.

Nun musterte sie ihn mit deutlich größerer Aufmerksamkeit.

»Normalerweise würde ich vermuten, Sie wären früher ein Patient auf meiner Station gewesen«, antwortete sie. »Aber das ist es wohl nicht?«

»Nein«, bestätigte er.

»Also bleibt nur mein Mann ... Ex-Mann als Erklärung für den Grund Ihrer Frage übrig. Sind Sie befreundet?«

»Das waren wir, ja. Bis er starb. Und seit er wieder aufgetaucht ist, hat er sich zu rargemacht, um die Freundschaft neu aufleben zu lassen. Ich heiße Tobias Mühlenberg. Wir beide sind uns ein- oder zweimal auf Partys von Polizisten begegnet.« Er reichte ihr die Hand, und zumindest ihr Händedruck zeugte im Gegensatz zur Stimme von unerschütterlicher Kraft.

»Jennifer Sommer. Entschuldigen Sie, dass ich Sie nicht erkannt habe.«

»Ihnen schwirren momentan ganz sicher andere Dinge durch den Kopf.«

Sie nickte düster.

»Ein Kollege hat mir schon verraten, dass Frau Jablonski in Ihrem Wagen gesessen hat, als der Mord geschah.«

»Unfassbar. Sie wollte bloß zum Burgerladen.«

»Warum haben Sie ihr das Auto geliehen?«

Jennifer Sommer berichtete, was sie bereits einem Streifenbeamten erzählt hatte. Mühlenberg folgte der Schilderung, die sich weitestgehend mit der ersten Zeugenaussage deckte.

»Frau Jablonski hat Ihnen gegenüber konkret gemutmaßt, dass ihr getrennt lebender Ehemann Adam den Pkw manipuliert hat?«, vergewisserte er sich.

»Ja«, sagte die Zeugin.

»Und Ihre Kollegin wartete auf ihren Vater, der sie abholen sollte?«

»Das hat mir Annamarie gesagt.«

»Aber statt auf ihren Vater zu warten, leiht sie sich Ihr Fahrzeug aus.«

»Sie musste Zeit überbrücken und hatte Hunger.«

»Was Adam Jablonski nicht wissen konnte.«

»Nein. Annamarie hatte Feierabend, ihr Vater schaffte es jedoch nicht früher. Ich vermute, ihr Ex hat ihr Schichtende abgepasst.«

»Zum Zeitpunkt des Anschlags hat es geregnet, oder?«

»Deshalb habe ich ihr meinen Regenschirm ausgeliehen.«

»Ein dunkelblaues Exemplar? Zumindest lag ein nasser Schirm dieser Farbe im Auto.«

»Das ist meiner.«

»Darf ich den möglichen Ablauf zusammenfassen und um Ihre Meinung bitten, wie sich das anhört?«

Aufmerksam sah sie ihm in die Augen.

»Frau Jablonski, die ungefähr Ihre Statur besitzt, leiht sich Ihr Auto und Ihren Schirm aus. Vom Mitarbeiter am Empfang wissen wir, dass sie den Regenschutz schon im Inneren des Gebäudes aufgespannt hat. Da es stark regnete und windig war, hat sie ihn möglicherweise nah am Kopf getragen und ist rasch zum Pkw gelaufen. Die Sicht draußen war aufgrund der Uhrzeit und des Regenwetters schlecht, zumal der Mitarbeiterparkplatz nicht gut beleuchtet ist. Sie steigt ein, und bei einem solchen Wetter beschlagen bekanntermaßen von innen schnell die Scheiben. Der Täter tritt an die Fahrerseite und schießt.«

»Wollen Sie damit andeuten ...«

»Sind Sie in letzter Zeit bedroht worden?«

»Nein!«

»Ist etwas Ungewöhnliches vorgefallen, das Ihnen im Zuge der aktuellen Ereignisse ...«

»Nichts.«

»Sie leiten diese Abteilung? Sind Sie die ranghöchste Krankenschwester?«

Jennifer schmunzelte. »Den Ausdruck ›ranghöchster‹ benutzt wohl nur ein Polizist. Ich bin die Stationsschwester. Oder auf Neudeutsch: Fachkraft zur Leitung einer Pflege- und Funktionseinheit.«

»Sind in den vergangenen Monaten Patienten gestorben?«

»Im letzten Jahr vier ältere Patienten, falls ich mich nicht irre. Das kommt im Krankenhaus leider vor.«

»Hat es im Anschluss Schuldzuweisungen der Angehörigen gegeben?«

»Davon ist mir nichts zu Ohren gekommen.«

»Vielleicht hat das die Verwaltung von Ihnen ferngehalten.«

Jennifer Sommer zuckte die Schultern. »Soll ich mich diesbezüglich erkundigen?«

»Das übernehmen wir.«

»Also glauben Sie, der Anschlag hat mir gegolten?«

»Ich schließe es zumindest nicht aus.«

»Scheiße«, flüsterte Sommers Ex-Frau.

»Ich würde gern Lukas hiervon in Kenntnis setzen. Vorausgesetzt, Sie sind damit einverstanden.«

»Wollen Sie ihn in die Ermittlungen einbeziehen?«

»Nein. Er gehört nicht zu unserem Kommissariat und würde als Angehöriger eh keine Rolle spielen. Aber als Polizist weiß er, wie man am besten mit der Situation umgeht. Solange wir nicht ausschließen können, dass Sie in Gefahr schweben ...«

»... soll er mich beschützen«, beendete sie den Satz.

»Haben Sie seine aktuelle Telefonnummer für mich? Ich fürchte, ich habe die Kontaktdaten nach der Beerdigung gelöscht.«

***

Wie jede Nacht lag das Handy angeschaltet auf dem kleinen Nachttisch. Bei der ersten Tonfolge erwachte Lukas Sommer bereits. Ein tiefer Schlaf war ihm seit vielen Jahren nicht mehr vergönnt.

Er griff zum Handy und blinzelte. Die unbekannte Nummer im Display weckte schlimme Befürchtungen.

»Hallo?«, meldete er sich und setzte sich auf.

»Hier ist Tobias Mühlenberg. Hallo Lukas.«

»Tobias! Was ist passiert?«

Fassungslos lauschte Sommer den Ausführungen seines Ex-Kollegen.

»Danke, dass du mir Bescheid gibst. Geht es Jennifer gut?«

»Sie verkraftet es.«

»Hast du ihr gegenüber deinen Verdacht geäußert?«

»Natürlich. Und mir die Erlaubnis eingeholt, dich zu kontaktieren. Kannst du sie abholen? Ihren Wagen wird sie wegen der Spurensicherung frühestens in ein paar Tagen zurückbekommen.«

»Ist sie denn damit einverstanden?«

»Am besten gebe ich sie dir. Moment!«

Sekunden später hatte Sommer seine Ex-Frau am Apparat.

»Ich glaube, dein Kollege irrt sich«, stellte sie ohne Umschweife fest. »Annamarie fühlte sich von ihrem Ex bedroht. Das kann kein Zufall sein.«

»Darüber reden wir in Ruhe«, erwiderte Sommer. »Tobias hat vorgeschlagen, dass ich dich jetzt zu mir hole. Ist das okay?«

»Jeremias schläft wahrscheinlich?«

»Garantiert. Und ich würde ihm einen Zettel dalassen, falls er wach wird.«

Jennifer seufzte. »Meinetwegen. Ich schlafe dann auf der Couch.«

»Das klären wir später. Ich bin in zwanzig Minuten im Krankenhaus.«

Er beendete das Gespräch und stand auf. Rasch schlüpfte er in die Kleidung, die er am Vortag getragen und abends über eine Stuhllehne gehängt hatte. Vom Schlafzimmer ging er in die Küche, wo er einen Zettel von dem Block abriss, den er normalerweise für seine Einkaufslisten benutzte.

Hallo Jeremias,

falls du aufwachst und ich nicht da bin, wundere dich nicht. Mamas Wagen ist kaputtgegangen. Ich hole sie eben von der Arbeit ab. Wir sind so schnell wie möglich zurück.

Papa

Leise betrat er die Diele und öffnete die Tür zum Kinderzimmer. Im Schein der matten Dielenlampe wirkte es so, als würde sein Sohn tief schlafen. Bestimmt bekäme er die Abwesenheit seines Vaters gar nicht mit und freute sich morgen früh über die unerwartete Anwesenheit seiner Mutter. Sommer schloss geräuschlos die Tür und legte die Nachricht auf den Boden. An der Wohnungstür schaltete er das Dielenlicht aus, bevor er die Wohnung verließ.

Um seine Gedanken zu ordnen, lief er die Treppen hinunter, statt den Aufzug zu nutzen.

Wer von den beiden hatte recht? Mühlenberg oder Jennifer? Nach allem, was er bislang gehört hatte, tendierte er zur Ansicht seines Ex-Kollegen. Doch auch für Jennifers Sichtweise gab es gute Argumente.

Sommer stieg in seinen unmittelbar vor dem Gebäude geparkten Wagen und fuhr los. Bis zum Krankenhaus benötigte er ungefähr eine Viertelstunde. Er konzentrierte sich nur minimal auf den ohnehin nicht vorhandenen Straßenverkehr, sondern grübelte über die Schüsse nach. Wer hatte es auf Jennifer abgesehen? Angehörige eines gestorbenen Patienten, wie es Mühlenberg vermutete?

An einer roten Ampel rollte er langsam aus. Dachte Mühlenberg zu kurz? War nicht bloß Jennifer in Gefahr?

Unwillkürlich schaute er in den Rückspiegel. Aber natürlich war er mittlerweile zu weit von zu Hause entfernt. Galt der Anschlag Jennifer aus beruflichen Gründen? Oder steckte etwas anderes dahinter? In einem solchen Szenario musste er befürchten, dass der unbekannte Täter genauso auf Jeremias fixiert war.

»Scheiße!«

Sommer trommelte gegen das Lenkrad. Ergaben seine Überlegungen Sinn oder dramatisierte er? Er konnte ja nicht einmal ausschließen, dass seine Ex-Frau mit ihrer Vermutung richtiglag.

Trotzdem spürte er plötzlich Panik bei dem Gedanken, Jeremias allein zurückgelassen zu haben. Wie hatte ihm ein solcher Fehler unterlaufen können?

Die Ampel sprang um. Sommer beschleunigte und nutzte den Scheitelpunkt der Kreuzung, um das Fahrzeug zu wenden. Dann raste er zurück nach Hause. Es dauerte keine drei Minuten, bis er in seine Straße einbog.

»Fuck!«, fluchte er.

Schon vom Straßenrand sah er, dass in der Wohnung das Dielenlicht brannte – obwohl er es definitiv ausgeschaltet hatte.

Zum Glück war sein vorheriger Parkplatz noch frei. Sommer parkte ein, würgte den Motor ab, zog die Handbremse und nahm den Zündschlüssel an sich. Er sprintete zur Haustür. Seine Dienstwaffe hatte er im Schlafzimmer in einer abschließbaren Schublade verstaut. Wenn sich jemand in der Wohnung aufhielt und Jeremias bedrohte, müsste er ihn mit bloßen Händen ausschalten.

5

Lukas Sommer rannte die Treppen in die fünfte Etage hoch. Der Aufzug produzierte keinerlei Betriebsgeräusch. Auf diesem Weg war ihm ein möglicher Entführer also nicht entwischt. An der Wohnungstür hielt er inne und beruhigte zunächst seinen Atem, bevor er ein Ohr an die Tür legte. Zu hören war nichts. Vorsichtig führte er den Wohnungsschlüssel ins Schloss und drehte ihn herum. Er stieß die Tür auf.

»Papa! Du hast mich erschreckt«, erklang die vorwurfsvolle Stimme seines Sohnes.

Der Junge stand an der Schwelle zum Kinderzimmer. In seiner Hand entdeckte Sommer den zuvor beschriebenen Zettel.

»Wo ist Mama? Ist das Auto schlimm kaputt?«

»Ich habe sie noch nicht abgeholt.«

»Wieso?«

»Irgendwie habe ich gespürt, dass du wach geworden bist. Willst du mitkommen?«

Jeremias strahlte. »Es ist mitten in der Nacht«, wunderte er sich trotzdem.

»Du hast Ferien und bist vierzehn. Machen wir ein Abenteuer draus. Zieh dir was an!«

»Super!« Begeistert lief Jeremias in sein Zimmer.

Sommer nutzte die Gelegenheit und holte sein Handy aus der Hosentasche.

Hi Jen!

Meine Ankunft verzögert sich ein bisschen. Ich war schon unterwegs, hatte aber plötzlich ein schlechtes Gefühl dabei, Jeremias allein zu lassen. Bin deshalb umgedreht, um ihn zu holen. Musste ihn nicht einmal wecken, er war wach. Solange wir nicht wissen, was hinter dem Anschlag steckt, sollten wir vorsichtig sein. Erst mal habe ich ihm nur erzählt, dass dein Wagen defekt sei. Wir müssen uns überlegen, wie wir ihm das beibringen.

Bis gleich!

»Wem schreibst du?«, fragte Jeremias.

»Mama. Damit sie bei deinem Anblick nicht ausrastet. Bist du fertig?«

***

Tobias Mühlenberg trug mit seinem Partner Frank Stude die Erkenntnisse der vergangenen Stunden zusammen. Sie saßen in einem unbelegten Zimmer. Das Krankenhaus verfügte über keine Videoaufzeichnungen, die den Mitarbeiterparkplatz abdeckten, und auch sonst hatten sie keine Zeugen aufgetrieben, die Nennenswertes zum Fall beitrugen. Einzig der Verdacht gegen den seit Stunden zur Fahndung ausgeschriebenen Adam Jablonski erhärtete sich. Seine Frau hatte nicht bloß Jennifer Sommer ihr Leid geklagt, sondern auch einer Reihe weiterer Kolleginnen.

Mühlenbergs Handy klingelte und unterbrach einen Moment der Stille.

»Mühlenberg«, meldete er sich.

»Polizeiobermeister Schiffer. Herr Hauptkommissar, wir haben Adam Jablonski gefunden. Tot. Sieht nach Selbstmord aus.«

»Erzählen Sie!«

»Sein Wagen steht auf einem Parkplatz ungefähr vier Kilometer vom Krankenhaus entfernt. Kopfschuss, die Waffe liegt im Auto.«

»Sagen Sie mir die genaue Adresse! Oder zumindest, wie ich dahinkomme.«

Auf dem Weg in das Mitarbeiterzimmer entdeckte Mühlenberg seinen ehemaligen Kollegen Lukas Sommer, der seinen Teenager-Sohn bei sich hatte.

»Lukas!«, rief Mühlenberg. »Das trifft sich gut. Wir haben Neuigkeiten.«

»Wo ist Jennifer?«

»Im Pausenraum für Mitarbeiter. Geradeaus durch, die letzte Tür links.«

Sommer bückte sich zu seinem Sohn, sagte ein paar Worte, und im nächsten Augenblick rannte der Junge los.

»Jetzt können wir in Ruhe reden«, erklärte Sommer.

»Ich schätze, wir können euch beruhigen. Wir haben nach Jablonski fahndet. Er hat sich umgebracht.«

»Wann?«

»Das weiß ich noch nicht. Eine Streifenwagenbesatzung hat den Wagen nicht allzu weit entfernt entdeckt. Jablonskis Leiche lag darin. Kopfschuss.«

»Also erweiterter Suizid.«

»Vermutlich. Ich fahre zum Leichenfundort. Sobald ich nähere Informationen habe, die ich dir mitteilen darf, melde ich mich. Habe ja wieder deine Handynummer.« Mühlenberg zwinkerte Sommer zu und wandte sich ab.

***

Sommer öffnete die Tür des Mitarbeiterbereichs. Jeremias lehnte an der Schulter seiner Mutter und wirkte ziemlich müde. Jennifer lächelte ihm zu.

»Unser *Kleiner* gehört schleunigst ins Bett«, sagte sie.

»Gar nicht«, nuschelte Jeremias protestierend.

»Kommst du kurz mit in den Flur?«, bat Sommer seine Ex-Frau.

»Ich störe wohl?«, vergewisserte sich Jeremias und gähnte.

»Genau«, erwiderten die Eltern unisono.

Jennifer gab ihrem Sohn einen Kuss auf den Kopf, schob ihren Stuhl zurück und folgte Sommer nach draußen.

»Ich habe nachgedacht«, flüsterte sie im Krankenhausflur. »Der Anschlag kann unmöglich mir gegolten haben. Meine Schicht hatte ja erst zwei Stunden zuvor begonnen. Jemand, der mich verfolgt, hätte das gewusst. Es hätte keinen Grund gegeben, anzunehmen, dass ich das im Auto sei.«

»Überzeugt mich nicht«, widersprach Sommer. »Vielleicht hatte sich der Täter auf eine lange Nacht eingestellt, sieht dann vermeintlich dich ins Fahrzeug steigen und reagiert entsprechend überstürzt. Er hätte annehmen können, du seist ...«

»Lukas, das ist ...«

»Trotzdem favorisiert Mühlenberg derzeit eine andere Erklärung. Sie haben den Ehemann der Toten gefunden.«

»Gefunden oder verhaftet?«, hakte Jennifer misstrauisch nach.

Sommer bewunderte sie für ihre Zuhörfähigkeit.

»Sein Wagen stand nicht weit entfernt. Jablonski ist tot. Kopfschuss.«

»Zunächst bringt er Annamarie um, danach sich selbst«, schlussfolgerte Jennifer.

»Wahrscheinlich.«

»Also schwebe ich nicht in Gefahr.«

»Mir wäre es aber lieber, wenn du heute Nacht mit zu mir kommst. Ich beziehe dir das Bett frisch und schlafe auf der Couch.«

»Quatsch! Ich lege mich zu Jeremias. Eine Nacht lang ertrage ich das schmale Jugendbett, und mir wird seine Nähe guttun. Arme Annamarie. Zum Glück hatte sie keine Kinder.«

Jennifer lehnte ihren Kopf an Sommers Brust und trauerte um die tote Kollegin. Sanft streichelte er ihren Rücken.

***

Der Wanderparkplatz war komplett abgesperrt, die Spurensicherung hatte helle Scheinwerfer aufgestellt. Es hatte aufgehört zu regnen. Mühlenberg starrte nachdenklich die Reifenspuren an.

»Das gefällt mir nicht«, murmelte er.

»Uns auch nicht«, bestätigte der Spurensicherungsbeamte.

Ungefähr einen halben Meter vor Jablonskis Fahrzeug hatten sich Reifenabdrücke in den matschigen Boden gedrückt. So, als habe ein Wagen dort den Weg blockiert.

»Könnten die Spuren älter sein?«

»Unwahrscheinlich. Seit dem frühen Abend hat es zu stark geregnet. Nein. Ich fürchte, das ist das, wonach es aussieht.«

»Scheiße!«, stöhnte Mühlenberg.

»Natürlich könnte es auch von einem zufälligen Zeugen stammen, der hier parken wollte, den Pkw sieht, sich davorstellt und beim Anblick des Toten panisch abhaut.«

»Ohne die Polizei zu alarmieren?«

»Vielleicht ein Liebespaar, das einen guten Grund dafür hat.«

»Du klingst genauso wenig überzeugt, wie ich mich fühle.«

Der Spurensicherungsbeamte zuckte die Achseln. »Ich könnte meine eigene Version glauben, wenn es nicht noch einen anderen Punkt geben würde, der mich stört.«

»Lass mich an deiner Weisheit teilhaben.«

Der Mann schaute zum Himmel. »Als die Streifenbeamten eintrafen, war es bereits trocken. So wie jetzt. Kurz vorher hat es laut ihrer Aussage aber geregnet. Sie kommen an, finden das zur Fahndung ausgeschriebene Fahrzeug, öffnen die Tür, entdecken die Leiche. Am Fahrerfenster klebt unter anderem Blut. Ich habe das in Augenschein genommen und festgestellt, dass es sich mit Wasser vermischt hatte. Also frage ich mich, wieso. Durch das Aufziehen der Fahrzeugtür tropft kein Wasser von der Karosserie auf die Scheibe. Das habe ich ausprobiert. Hat sich der Tote erschossen und danach durchgelüftet?«

»Das wäre eine medizinische Sensation«, bestätigte Mühlenberg.

»Folglich kommt wieder ein unbekannter Zeuge in Betracht, der nicht nur Reifenspuren hinterlassen, sondern sogar die Tür geöffnet hat. Weil er sich wenigstens vergewissern wollte, ob er helfen kann. Ist nicht ausgeschlossen. Ein verheiratetes Paar, das eine Affäre hat, beispielsweise. Überzeugt dich das?«

»Nicht wirklich«, meinte Mühlenberg.

»Was wäre die besser klingende Alternative?«

Stumm hingen sie ihren Gedanken nach. Mühlenberg spielte verschiedene Varianten durch.

»Jablonski hat den Mord nicht selbst ausgeführt, sondern stattdessen einen Killer engagiert. Wie vereinbart treffen sie sich nach der Tat hier und geraten in Streit. Zum Beispiel über die Bezahlung. Daraufhin tötet der Mörder den Auftraggeber und lässt es wie einen Selbstmord aussehen«, brachte Mühlenberg eine Möglichkeit ins Spiel.

Der Spurensicherungsbeamte nickte. »Klingt nicht schlecht. Das solltet ihr im Auge behalten, wenn ihr Jablonskis Wohnung auf den Kopf stellt. Irgendwo müsstet ihr Hinweise entdecken, dass er die Ermordung in Auftrag gegeben hat.«

»Oder es gibt noch eine ganz andere Erklärung«, murmelte Mühlenberg.

***

Lukas Sommer lag schlaflos im Bett, als um fünf Uhr erneut das Handy klingelte. Stunden zuvor hatte er Mühlenbergs Nummer abgespeichert, weswegen nun dessen Name im Display stand.

»Hallo, Tobias.«

»Habe ich dich geweckt?«, fragte der Hauptkommissar.

»Nein. Mir schwirrt zu viel durch den Kopf, um einschlafen zu können«, bekannte Sommer.

»Du darfst niemandem verraten, dass ich Ermittlungsdetails ausplaudere. Versicherst du mir das?«

»Hundertprozentig.«

»Leider können wir nicht ausschließen, dass Jablonskis Leiche arrangiert wurde. Und ehrlich gesagt bereitet mir das Bauchschmerzen.«

Verzweifelt schloss Sommer die Augen. Bewahrheitete sich seine schlimmste Befürchtung? Schwebte seine Familie in Gefahr? Er lauschte den Worten des ehemaligen Kollegen, und in seiner Fantasie setzte sich ein düsteres Bild zusammen.

6

Er gehörte nicht zu den Menschen, die nach Gegenständen griffen, um sie irgendwohin zu schmeißen, sobald sie wütend waren. Im Gegenteil. Meistens erfasste ihn dann eine innere Kälte. Die Zeit schien stillzustehen, und vor seinem geistigen Auge sah er bloß noch das zu lösende Problem.

Er hatte den ersten Versuch verpatzt, weil er unaufmerksam und überstürzt gehandelt hatte. An dieser Erkenntnis hatte sich seit dem Zubettgehen und den wenigen Stunden Schlaf nichts geändert. Er konnte niemand anderem die Schuld geben.

Der Mann trat an die Kaffeemaschine, nahm den Wassertank ab, füllte ihn am Spülbecken auf und brachte ihn zurück zur Maschine. Normalerweise empfand er die Geräusche, mit denen der Vollautomat die Bohnen zermahlte, als lästig – heute drangen sie kaum zu ihm durch.

Nach einigen Sekunden leuchtete eine grüne Lampe. Er drückte die dazugehörige Taste und beobachtete die schwarze Flüssigkeit dabei, wie sie in die ockerfarbene Tasse floss. Am Ende des Brühvorgangs zog er die Kaffeetasse aus der kleinen Vertiefung und ging zum Küchentisch. Er nippte daran und spürte einen flüchtigen Hauch Zufriedenheit.

Doch natürlich vertrieb der Kaffee nicht die selbst eingebrockte Schererei.

Er musste einkalkulieren, dass den Bullen am zweiten Tatort Ungereimtheiten auffielen. Zwar hatte er alles getan, was in seiner Macht stand, um den Verdacht auf den Ehemann der Toten zu lenken, aber er glaubte nicht, dass das ausreichte. Er hatte keine Vorbereitungszeit gehabt und deshalb spontan handeln müssen. Danach war er fluchtartig verschwunden. Keine guten Voraussetzungen für ein überzeugendes Bühnenbild.

Langsam trank er den Kaffee aus. Lukas Sommer wäre vorgewarnt. Bestimmt pflegte er Kontakte zu seinen ehemaligen Kollegen und würde über jeden Ermittlungsfortschritt zeitnah informiert werden. Wie konnte er das verhindern?

Es gab Menschen, die Lukas Sommer nicht ausstehen konnten. Sie sahen in ihm einen Nestbeschmutzer, der einen riesigen Skandal um den früheren Polizeirat Koch ausgelöst hatte. Mit negativen Folgen für den ganzen Polizeiapparat. Nachdem die Holtzmann-

Kinder befreit worden waren, hatte eine Untersuchungskommission Schmutz aufgewühlt. Wieso war niemandem aufgefallen, dass ein so hochdekorierter Polizeibeamter ein Psychopath war? Monatelang kursierten in der Öffentlichkeit Vermutungen über Mitwisser, und tatsächlich hatte es drei Dienstverfahren gegeben. Allesamt eingestellt, doch den Betroffenen hing das Verfahren wie ein Makel an. Außerdem war die Frage ungeklärt, ob Koch sich in der Haft selbst umgebracht oder ob jemand anderes nachgeholfen hatte. Vielleicht sogar Sommer, um sich zu rächen?

Einer dieser Polizisten, gegen den ermittelt worden war, hatte sich als sehr auskunftsfreudig erweisen. Der Mörder hatte dessen Zorn auf Sommer gespürt und für seine eigenen Zwecke ausgenutzt. Und nun würde er ihn ein letztes Mal benutzen.

***

»Hallo?«, erklang eine erstaunlich klare Stimme. Die Videosprechanlage war definitiv ein hochpreisiges Produkt. Zeitgleich mit dem Erklingen der Stimme sprang der Videobildschirm unterhalb der Klingeln an.

Er betrachtete sich auf dem Schwarz-Weiß-Bildschirm selbst und bemühte sich um einen freundlichen Gesichtsausdruck.

»Ich bin's«, sagte er überflüssigerweise.

»Was willst du hier? So unangekündigt?«

»Vor allem will ich mir nicht länger die Beine in den Bauch stehen. Mach bitte auf.«

»Warum?«

Er hielt eine Flasche erstklassigen Whisky in die kleine Kamera. »Unter anderem, weil ich dir das mitgebracht habe. Als Dankeschön.«

»Mir gefallen ein paar Dinge nicht, die ich tagsüber im Präsidium gehört habe. Steckst du ...«

»Dann sollten wir darüber reden. Aber nicht, während ich vor der beschissenen Haustür wie ein Bettler rumstehe.«

»Beim nächsten Mal könntest du dich verdammt noch eins vorher anmelden. Und nicht erst um zweiundzwanzig Uhr erscheinen.«

»Ich werde dran denken.«

Der Bildschirm erlosch, im nächsten Moment öffnete ihm der Wohnungsinhaber. Der Mann betrat den Hausflur des Acht-Parteien-Hauses. Sein Gesprächspartner wohnte in der zweiten Etage. Er beschloss, den Aufzug zu meiden – obwohl es unwahrscheinlich war, ausgerechnet jetzt einem Hausbewohner zu begegnen, der auf dem Weg nach unten war.

Sein Gastgeber erwartete ihn bereits an der offenen Tür.

»Ich bin mir sicher, die Marke in deinem Schrank gesehen zu haben.«

»Da hast du gut aufgepasst.«

Er reichte ihm die Flasche.

»Danke«, sagte der Kontaktmann. »Trotzdem hättest du dich ankündigen sollen.«

»Martin, ich hätte nie gedacht, dass du so ein Spießer bist. Warst du schon im Bett? Oder habe ich dich beim Pornokonsumieren gestört?«

»Witzig! Komm rein. Du weißt ja, wo das Wohnzimmer ist.«

Er betrat die Diele, an deren Wänden Aktfotografien hingen. Martin Pietsch war ein eingefleischter Junggeselle, der keinen Hehl daraus machte, lieber Tabledance-Bars zu besuchen, als sich mit dem Gedanken an Familienplanung zu beschäftigen. Auch das Wohnzimmer offenbarte deutlich das Fehlen jeglicher weiblichen Handschrift. Nirgendwo standen Deko-Artikel oder Blumen herum. Stattdessen ein großer Fernseher, diverse Spielekonsolen, überdimensionierte Boxen und weitere Frauenporträts, die nichts verbargen. Aber zumindest besaß Pietsch einen Esstisch, an dem der Mann sogleich Platz nahm.

»Du hast gerade seltsame Andeutungen gemacht. Was hast du im Präsidium gehört?«

Pietsch setzte sich zu ihm und schaute ihm fest in die Augen. Ein paar Sekunden erwiderte der Mörder den Blickkontakt, ehe er lauthals lachte.

»Ist das dein Versuch, mich zu beeindrucken?«

»Steckst du hinter den beiden Morden? Ich war versucht ...«

»Welchen Morden?«

Pietsch schwieg.

»Könntest du mit dieser Scheiße aufhören? Du unterstellst mir, ein Killer zu sein, weigerst dich allerdings, mir Einzelheiten zu nennen? Das finde ich zum Kotzen!«

»Gestern Abend hat jemand am Krankenhaus, in dem Jennifer Sommer arbeitet, also die Ex-Frau des Mannes, dem du ...«

»Diesen Punkt können wir überspringen. Ich erinnere mich jede Nacht daran, was mir Sommer angetan hat.«

»Eine Krankenschwester wurde exekutiert. Kurz darauf entdeckten meine Kollegen die Leiche des Ehemannes der Toten. Im ersten Moment sah das Ganze nach erweitertem Suizid aus.«

»Davon haben sie vormittags im Radio berichtet. Es klingt bei dir so, als seien die Informationen falsch.«

»Die Ermordete saß in Jennifer Sommers Auto.«

Der Mann schnaubte. »Ja und? Ist das nicht egal, wo ihr Ehemann ...«

»Meine Kollegen zweifeln an der Erweiterter-Suizid-Version.«

»Und deshalb glaubst du ...«

»Mir sind unsere Gespräche durch den Kopf gegangen. Im Nachhinein ...«

Der Mann tippte auf die Flasche. »Jetzt könnte ich einen Schluck gebrauchen. Am liebsten *on the rocks*. Falls du Eiswürfel vorrätig hast. Dass du mir das zutraust. Ja, ich hasse Sommer. Aber wieso sollte ich ...« Er brach kopfschüttelnd ab.

Pietsch betrachtete seinen Besucher nachdenklich, bevor er aufstand und aus einem Wohnzimmerschrank zwei Whiskygläser holte. Ohne sie auf dem Tisch abzustellen, verließ er das Zimmer.

Der Mann blieb im Wohnzimmer zurück und griff in seine Jackentasche, in der eine Pistole steckte. Das zweite Modell, das er in den vergangenen Monaten illegal erworben hatte. War die fehlende Übereinstimmung zu der gestern benutzten Tatwaffe vorteilhaft oder ein Nachteil? Rasch schraubte er den Schalldämpfer auf und wartete. Er hatte genug gehört. Die Gründe für den Zweifel der Bullen musste er nicht kennen. Wichtiger war es, den Mitwisser zu beseitigen.

***

Pietsch öffnete das Eisfach und entnahm ihm die Eiswürfelform, die zur Hälfte gefüllt war.

Sagte sein Besucher die Wahrheit? Zumindest hatte er angemessen pikiert reagiert. Oder war das bloß vorgetäuscht? Traute Pietsch dem Mann zu, einen blutigen Rachefeldzug gestartet zu haben? Irgendwie fand er das unwahrscheinlich. Schließlich wirkte der Kerl nicht wie ein abgebrühter Killer.

Er tröpfelte warmes Wasser über die Form und drückte ein paar der Eiswürfel in die Gläser. Ob es ihm gelänge, den Mann betrunken zu machen und anschließend auszuquetschen?

Er ging zurück zum Wohnzimmer. Als er die Türschwelle betrat, rutschten ihm die Gläser aus den Fingern.

»Nein!«, flehte Pietsch fassungslos.

Die Gläser zersplitterten auf dem Parkettboden und übertönten das gedämpfte Schussgeräusch.

***

Die Spurensicherung würde zwei kaputte Gläser am Boden finden und schlussfolgern, dass Pietsch Besuch empfangen hatte. Ein guter Ansatz, um Lukas Sommer zu verleumden.

Der Mörder erhob sich und steckte zunächst die Pistole ein, bevor er die Flasche Whisky an sich nahm. Ohne eine Gefühlsregung stieg er über die Leiche. Von einem früheren Aufenthalt wusste er, dass der Laptop normalerweise im Schlafzimmer neben dem Bett stand. Tatsächlich entdeckte er das Gerät auf dem Nachttisch.

Würde Lukas Sommer für heute Nacht ein Alibi haben? Es wäre perfekt, wenn er keins hätte – doch abhängig wäre der Mörder davon nicht.

Er startete den Laptop, der beim Hochfahren keine Eingabe eines Passworts forderte. Zuerst veränderte der Mörder in den Systemeinstellungen die automatische Erkennung von Datum und Uhrzeit und stellte ein zwei Tage früheres Datum ein. So täuschte er vor, dass Pietsch die folgende Datei zu einem anderen

Zeitpunkt verfasst hatte. Danach öffnete er ein leeres *Word*-Dokument.

Warum stoße ich ausgerechnet jetzt auf den Namen Luke Hertz? Hat er damit zu tun? Ich werde »Lucky« bitten, zu mir zu kommen. Falls er sich weigert, unternehme ich weitere Schritte. Seine erste Reaktion auf meinen Gesprächswunsch kam mir seltsam feindselig vor. Was befürchtet er? Übermorgen weiß ich mehr.

Er speicherte das Dokument unter dem Titel *Luke-Hertz* ab und schloss das Schreibprogramm. Dann startete er den Laptop neu, korrigierte die Datumsangabe und überprüfte, ob sein Täuschungsmanöver funktioniert hatte.

Zufrieden dachte er darüber nach, was es bedeuten würde, wenn Sommer für Pietschs Todeszeitpunkt ein lückenloses Alibi besäße. Die Bullen würden glauben, Pietschs Ermordung hätte etwas mit Sommers Undercover-Ermittlungen zu tun, da *Luke Hertz* sein Tarnname war. So lenkte er sie in eine völlig falsche Richtung. Sollte Sommer hingegen nicht beweisen können, wo er sich heute Abend aufgehalten hatte, hätte er weitaus größere Probleme.

7

»Es ist erst halb zehn«, beschwerte sich Jeremias. »Ich habe Ferien.«

»Du hast vorhin total viel gegähnt«, erinnerte ihn sein Vater.

»Gar nicht wahr!«

Sommer grinste innerlich. Sie hatten gemeinsam als Familie auf Jennifers Couch gesessen und einen Film gestreamt. Die Müdigkeit seines Sohnes war dabei nicht zu übersehen gewesen.

»Putz dir die Zähne«, bat er Jeremias. »Deine Mutter und ich müssen noch etwas allein bereden.«

Tatsächlich hatten sie tagsüber keine Gelegenheit gehabt, über die neuesten Erkenntnisse der Polizei zu diskutieren. Jeremias war immer um sie herumgewuselt und hatte sogar darauf verzichtet, sich an den Computer zu setzen, um eine Weile zu zocken. Das war so ungewöhnlich, dass Lukas annahm, sein Sohn würde instinktiv spüren, dass derzeit etwas nicht stimmte.

»Super«, brummte der Junge, stand aber ohne weiteren Protest auf.

»Das ist so herrlich«, flüsterte Jennifer. »Nicht mehr die einzig Böse zu sein, die den armen Jungen ins Bett schickt.«

Ihr Augenzwinkern verriet, dass sich in den Worten keine spitze Bemerkung gegen ihn versteckte.

»Ich behaupte gleich einfach, bloß auf deinen Befehl zu handeln.«

»Wehe!«

Sie warf ein Couchkissen nach ihm, das er mühelos in der Luft auffing. Dann erhob er sich und folgte seinem Sohn ins Badezimmer.

Zehn Minuten später wünschte Lukas Sommer seinem Sohn eine gute Nacht und schloss Jeremias' Zimmertür.

Jennifer hatte in der Zwischenzeit ein Holzbrett auf den Esstisch gestellt und brachte gerade Käse und Weintrauben ins Wohnzimmer.

»Kann ich dir helfen?«, fragte Sommer.

»Nimm bitte Platz. Ich hole noch eben zwei Gläser und eine Flasche Wein.«

Er zupfte eine Weintraube ab und steckte sie in den Mund. Bevor er sie hinuntergeschluckt hatte, kehrte Jennifer bereits zurück und schüttelte den Kopf.

»Was?«, reagierte er verunsichert.

»Jeremias ist genau wie du. Man wartet, bis alle am Tisch sitzen.«

»Das war eine einzige, winzige Traube.« Um seinen Fauxpas wiedergutzumachen, griff er zur Rotweinflasche, entkorkte sie und füllte die Bleikristallgläser.

Vorsichtig stießen sie miteinander an.

»Hat sich Mühlenberg in den letzten Stunden bei dir gemeldet?«, erkundigte sich Lukas.

»Das hätte ich dir gesagt.«

»Also haben sie keine neuen Erkenntnisse«, folgerte er und seufzte. »In knapp drei Wochen muss ich nach Wiesbaden. Dann ist mein Urlaub vorbei.«

»Und Jeremias' Ferien ebenfalls.«

»Ich hoffe, der Täter ist bis dahin geschnappt.«

Jennifer schnitt eine Scheibe Käse ab, rollte sie zusammen und knabberte daran. »Ich habe in jeder ruhigen Minute darüber nachgedacht. Das war kein Anschlag auf mich! Nur weil Mühlenberg die Spurenlage zweifelhaft findet, heißt das nicht ...«

»Tobias ist niemand, der schnell die Pferde scheu macht«, unterbrach er sie. »Er hätte mich nicht mitten in der Nacht angerufen, wenn er nicht überzeugt davon wäre, dass da jemand einen erweiterten Suizid bloß vorgetäuscht hat.«

»Das weißt du nicht hundertprozentig.«

»Leider schon.«

»Ich habe niemandem etwas getan. Warum sollte sich ein Angehöriger an mir rächen wollen? Das ergibt in meinen Augen keinen Sinn.«

»Morde geschehen ganz oft sinnlos. Andererseits halte ich die Theorie für sehr weit hergeholt. Möglicherweise will sich der Täter ja an mir rächen.«

Überrascht sah sie ihn an. »Indem er mich erschießt? Wir sind ja nicht einmal mehr verheiratet. Oder wohnen zusammen.«

»Aber momentan verbringen wir viel Zeit miteinander.«

»Du klingst fast so, als seist du dir sicher.«

Er nippte an seinem Weinglas, bevor er weitersprach. »In den Jahren vor der Entführung der Holtzmann-Kinder war ich höchstens zwei- oder dreimal in spektakulären Ermittlungen verwickelt. Die Schuldigen sitzen noch alle im Knast. Falls es mit mir zu tun hat, lohnt es sich wahrscheinlich, in die jüngere Vergangenheit zu blicken.«

»Meinst du die verfeindeten Rockergangs?«, fragte Jennifer.

Lukas Sommer dachte an die ersten Jahre seiner Undercover-Tätigkeit. Er war in eine kroatische Rockergang eingeschleust worden und am Ende in einem Krieg mit einer russischen Bande gelandet. Die führenden Köpfe der Kroaten waren tot oder festgenommen, die Gang nicht mehr existent. Die Russen hingegen operierten noch immer, betrieben Bordelle und Clubs. Einige ihrer Anführer waren ebenfalls gestorben und durch Nachrücker in der Hierarchie ersetzt worden. Eventuell glaubten manche Russen, er wäre für die Toten verantwortlich, und forderten deswegen Blutrache.

»Eine Exekution per Kopfschuss würde zu den Gangs passen«, sagte er. »Das Legen falscher Spuren jedoch nicht.«

»Wer dann?«

»Als ich Polizeirat Koch enttarnt hatte, hatte das nicht bloß für ihn Auswirkungen«, erklärte Sommer. »Ein Kindesentführer und Vergewaltiger in so hoher Position. Die Öffentlichkeit wollte damals zu Recht wissen, ob er vom Polizeiapparat gedeckt worden ist. Die Untersuchungskommission hat zwar nichts Nennenswertes zutage gefördert, trotzdem gab es anschließend Dienstverfahren gegen Kollegen, denen Vorteilnahme im Job nachgewiesen wurde. Das war sozusagen eine kostenfreie Dreingabe der Untersuchungen. Die Betroffenen sind zwar nach wie vor im Dienst, hochtrabende Karrierepläne konnten sie danach allerdings beerdigen.«

»Und du fürchtest, nun könnte sich ...«

Hilflos zuckte er mit den Achseln. »Weißt du, was mich an der Rockergang-Theorie stört?«

»Sag's mir.«

»Die Russen dürften nichts von meiner Existenz ahnen. Ich musste in keinem Prozess aussagen, meine Erkenntnisse waren nicht relevant. Die meisten beteiligten Rocker vermuten wahrscheinlich, dass ich tot bin.«

»Bei deinen ehemaligen Kollegen sieht das anders aus«, schlussfolgerte Jennifer.

»Ja. Wobei ich nicht ausschließen kann, dass sich einer von denen schmieren lässt und einem Russen einen Tipp gegeben hat. Polizeirat Koch hat ja auch Schmiergeld kassiert.«

»Mir schwirrt langsam der Kopf«, murmelte Jennifer.

»Und wir sind noch immer nicht am Ende angelangt. Im Rahmen der Ermittlungen gegen einen ehemaligen BKA-Kommissar war ich ebenfalls monatelang undercover tätig.«

»Das habe ich nicht vergessen«, erwiderte sie und steckte sich genüsslich eine Weintraube in den Mund.

»Ich habe Monate auf dem Anwesen von Johannes Haupt gelebt. Freundschaften geschlossen. Im Nachhinein ist meine Rolle aufgedeckt worden. Vielleicht fühlte sich einer der anderen Anwesenden betrogen und fordert jetzt Rache.«

Jennifer stieß hörbar Luft aus. »Du bist ein wahres Sicherheitsrisiko.«

»Damit hast du leider recht«, bestätigte er grimmig.

Rasch griff sie über den Tisch und berührte seine Hand. »Das war ein Scherz. Ein schlechter Scherz, wie ich zugeben muss.«

»Wieso? Stimmt doch.«

»Quatsch! Zumal es bislang bloß wilde Theorien sind.«

Sommer kniff die Lippen zusammen. Wie sollte er seine nächste Bitte formulieren?

»Dir brennt etwas auf der Seele.«

Sie durchschaute ihn einfach zu leicht.

»Ich würde gern die nächsten Wochen hier leben. Selbstverständlich schlafe ich auf der Couch.«

»Was bringt das?«

»Ich fühle mich dabei wohler.«

»Wobei?«

»Wenn ich aufpasse.«

»Wie stellst du dir das vor? Ich werde mich ganz sicher nicht krankmelden. Übernächste Woche habe ich wieder Nachtschicht.«

»Könntest du mit einer Kollegin tauschen?«

»In den Sommerferien? Ausgeschlossen. Wir sind personell eh ausgedünnt und Annamarie ...« Jennifer verstummte und schloss die Augen.

»Jede Stunde, die du mich erträgst, beruhigt mein Gewissen.«

»Spinner! Das hat nichts mit *Ertragen* zu tun.«

»Und Jeremias freut sich ...«

»Natürlich! Aber spielen wir es bis zum Ende durch. In drei Wochen kehrst du in den Dienst zurück und wirst vielleicht wieder monatelang undercover unterwegs sein. Jemand, der es tatsächlich auf mich abgesehen hat, könnte abwarten.«

»Ich hoffe, der Mörder ist bis dahin gefasst.«

»Und wenn nicht?«

»Ich habe mich noch nicht entschieden, ob ich einen weiteren Undercover-Einsatz annehmen werde. Könnte sein, dass ich in die normale Ermittlungsarbeit zurückkehre.«

»In Wiesbaden.«

»Ich pendle. Das sind höchstens ...«

»Lukas, stopp!«, unterbrach sie ihn. »Ich will nicht, dass du meinetwegen deine Zukunftspläne über den Haufen wirfst.«

Abrupt stand er auf, trat ans dunkle Fenster und legte den Kopf in den Nacken.

»Momentan habe ich keine Zukunftspläne«, gestand er leise. »Ich weiß nicht, wohin die Reise geht. Das Einzige, das mir gerade richtig guttut, seid ihr beiden.« Er traute sich nicht, sie anzusehen.

»Okay«, erwiderte Jennifer. »Jeremias freut sich garantiert. Aber du hast keine Wechselklamotten hier. Soll ich dir ein Schlafshirt leihen? Oder eine Zahnbürste?«

»Nein, ich würde mich eben nach draußen schleichen und heimfahren.«

»Nach draußen schleichen?«

»Durch den Hinterausgang. Ich möchte eine Weile unauffällig die Straße observieren. Schauen, ob mir jemand auffällt, der das Haus beobachtet. Ich habe heute Morgen absichtlich zwei Straßen entfernt geparkt.«

»Nach deiner ganzen Tirade vorhin, dass du dich wohler fühlst, wenn ich dir erlaube aufzupassen, gebe ich zögerlich mein Einverständnis, und im nächsten Moment haust du ab. Männer!«

»Ich haue nicht ab ... ach, das verstehst du eh nicht. Solange ich nicht da bin, erwarte ich von dir übrigens höchste Aufmerksamkeit. Wehe, du schläfst in der Zwischenzeit ein.«

***

Im Dunkeln stocherte Lukas Sommer am Schloss der Kellertür herum und öffnete sie schließlich. Der Ausgang führte nicht zum Bürgersteig, sondern über einen breiten Grünstreifen zu Stellplätzen, die separat gemietet werden konnten. Drei Viertel der Parkbuchten waren zu dieser Uhrzeit besetzt. Sommer huschte hinaus, lief an den geparkten Fahrzeugen vorbei, umrundete das Gebäude und blieb stehen. Er zwang sich dazu, fünf Minuten auszuharren und die Gegend intensiv zu beobachten. Doch er bemerkte niemanden. Einigermaßen beruhigt ging er zu seinem Auto.

Bei sich zu Hause wiederholte Sommer das Prozedere. Wieder entdeckte er keine Person, die ihm verdächtig erschien. In aller Eile packte er eine Reisetasche voll, sodass er mindestens sieben Tage am Stück bei Jennifer und Jeremias bleiben konnte. Eher sogar länger, wenn sie ihm die Benutzung der Waschmaschine erlaubte. Bevor er seine Wohnung verließ, überprüfte er den Anrufbeantworter und den E-Mail-Eingang. Niemand hatte ihm geschrieben oder bedrohlich klingende Anrufe hinterlassen, obwohl Sommer fast damit gerechnet hatte. Knappe vierundzwanzig Stunden nach dem Mordanschlag hatte sich seine Meinung verfestigt: Der unbekannte Täter hatte es in Wahrheit auf ihn abgesehen. Die Wahrscheinlichkeit, dass es mit einem Fall der letzten Jahre zu tun hatte, war enorm. Oder gab es alte Ermittlungen, die er aus den Augen verloren hatte?

***

Ich bin vor der Wohnungstür. Nicht erschrecken.

Sommer schickte die Chatnachricht ab. Das System zeigte ihm an, dass Jennifer die Nachricht sofort las.

Es ist halb eins. Wo warst du so lange?

Ohne ihr zu antworten, betrat er die Wohnung. Sie hatte die Tür zum Schlafzimmer angelehnt. Sommer stellte seine Reisetasche auf den Boden und klopfte leise an den Türrahmen.

»Ja.«

Seine Ex-Frau lag im Bett und gähnte. »Ich bin hundemüde. Wieso hast du zwei Stunden gebraucht?«

»Ich habe hier zweimal die Gegend gecheckt. Und bei mir zu Hause auch. Das dauert halt.«

»Ist dir etwas aufgefallen?«

»Nein.«

»Okay. Machst du die Tür bitte zu? Gute Nacht, bis morgen früh.«

»Gute Nacht!«

8

Kommissar Alexander Seidel blickte auf seine Armbanduhr. Die Dienstbesprechung lief seit fünf Minuten, und Martin Pietsch hatte sich noch immer nicht gemeldet. Stand er im Stau? Oder war er krank? In den sechs Monaten, die Seidel für das Kriminalkommissariat arbeitete und Pietsch als jüngerer Partner zugeordnet worden war, hatte er eine solche Unzuverlässigkeit noch nicht erlebt.

Als könnte Polizeirat Bolte Seidels Gedanken lesen, schaute der ihn plötzlich an.

»Wo ist Hauptkommissar Pietsch?«

Sollte Seidel lügen? Von einer Zeugenbefragung reden? Doch Bolte galt im Präsidium als eine Person, die die ungeschminkte Wahrheit hören wollte und auf Beschönigungen allergisch reagierte.

»Er hat mich nicht über den Grund seiner Abwesenheit informiert.«

»Ich erwarte eine Rückmeldung von ihm.«

»Das richte ich ihm aus.«

Bolte wandte sich dem nächsten Thema zu und bat um Aufklärung für einen schlechten Presseartikel im Rahmen einer Serieneinbruchsermittlung. Die betroffenen Polizisten eierten herum und zogen sich damit den Zorn ihres Vorgesetzten zu. Erleichtert atmete Seidel durch. Obwohl er das Gefühl hatte, seinem Partner keine Rückendeckung gegeben zu haben, hatte er die richtige Entscheidung getroffen.

Eine halbe Stunde später trommelte Seidel mit den beiden Zeigefingern gegen die Kante des Schreibtisches. Pietsch war telefonisch nicht zu erreichen. Weder unter der Festnetz- noch unter der Handynummer. Sein Polizeiinstinkt schlug Alarm. Er suchte in seinen Kontaktdaten nach Pietschs Adresse und beschloss, ihm einen Besuch abzustatten. Der Hauptkommissar war mittlerweile fast fünfzig Jahre alt und aufgrund seines ungesunden Lebensstils und dem fehlenden sportlichen Bewegungsdrang garantiert ein Kandidat für einen Herzinfarkt.

***

Zum wiederholten Mal klingelte Seidel an der Tür, doch der Bildschirm der Gegensprechanlage sprang nicht an.

»Scheiße«, flüsterte er.

Pietschs Auto parkte am Straßenrand. Also konnte er einen Unfall wohl ausschließen. Das waren alles schlechte Anzeichen. Er holte seinen Dienstausweis aus der Jackentasche und klingelte bei den Nachbarn im Erdgeschoss. Diesmal dauerte es nur wenige Sekunden, bis das Display hell wurde.

»Ja bitte?«, erklang eine ältere Frauenstimme.

»Kriminalkommissar Alexander Seidel. Könnten Sie mir öffnen? Ich sorge mich um Herrn Pietsch.«

»Was ist mit ihm?«

»Das versuche ich herauszufinden. Dafür brauche ich Ihre Hilfe.«

Endlich ertönte der Türsummer. Seidel betrat den Hausflur. Eine Rentnerin öffnete die linke Wohnung und musterte ihn skeptisch. Um sie zu beruhigen, zeigte er erneut den Ausweis.

»Erinnern Sie sich, wann Sie Herrn Pietsch das letzte Mal gesehen haben?«

»Gestern sind wir uns am frühen Abend an den Mülltonnen begegnet«, erinnerte sie sich.

»Er hat sich bei der Arbeit nicht krankgemeldet, macht nicht auf, sein Auto steht draußen«, erklärte er den Grund seiner Besorgnis. »Sie haben nicht zufällig einen Schlüssel?«

»Nein. Ich weiß nicht, ob er jemandem ein Exemplar anvertraut hat.«

»Danke.«

Seidel wandte sich von ihr ab und lief die Treppe hoch. Im zweiten Stock angekommen, betätigte er dreimal die Türklingel, ehe er fest gegen die Tür hämmerte.

»Martin?«, rief er.

Er legte sein Ohr an das weiße Holz, ohne etwas zu hören. Nach ein paar Sekunden traf er eine Entscheidung. Im schlimmsten Fall müsste er den Schlüsseldienst und das notwendig werdende neue Schloss aus eigener Tasche bezahlen. Er griff zum Handy und wählte die Nummer des Unternehmens an, das mit der Polizei kooperierte und ihnen Sonderrabatte eingeräumt hatte. Danach informierte er die Zentrale über sein Vorgehen. Die besorgte Kollegin am Telefon, die Martin Pietsch persönlich kannte und seine Nicht-Erreichbarkeit ebenfalls äußerst ungewöhnlich fand, versprach, zwei Streifenbeamte vorbeizuschicken.

***

»Oh mein Gott!«, stöhnte Seidel, sobald der Mitarbeiter des Schlüsseldienstes den Zugang geöffnet hatte.

Pietsch lag tot im Flur, das hellblaue Hemd war im Brustbereich dunkelrot gefärbt.

»Informieren Sie die Zentrale, und veranlassen Sie alles Nötige!«, schrie er und stürmte zu seinem Partner. Obwohl es keinen Zweifel an Pietschs Tod gab, tastete er trotzdem verzweifelt nach einem Puls.

»Wer hat dir das angetan?«, flüsterte er fassungslos.

***

Um sich nicht nutzlos vorzukommen, hatte sich Seidel den Laptop geschnappt, während die Spurensicherung ihre Arbeit verrichtete. Zunächst rief er im Browser den gespeicherten Verlauf auf. Pietsch hatte das Internet wie viele andere Männer genutzt. Neben einigen wenigen Aufrufen von Nachrichtenportalen und etwas mehr Sportseitenbesuchen hatte er vor allem Pornos konsumiert. Es fiel dem Kommissar schwer, dem Impuls nicht nachzugeben und die entsprechenden Seiten aus dem Browserverlauf zu löschen. Im Präsidium würde man sich wahrscheinlich darüber das Maul zerreißen. Doch aufgrund der laufenden Ermittlung durfte er Pietsch diesen Pietätsgefallen nicht leisten.

Weder die besuchten Seiten noch der E-Mail-Eingang der letzten Tage lieferten eine Erklärung für das Verbrechen.

»Hat jemand das Handy gefunden?«, erklang eine Stimme aus dem Wohnzimmer.

Sofort schaute sich Seidel um und öffnete Schubladen.

»Hier liegt es nicht«, informierte er die Spurensicherungsbeamten. »Ich habe ihn heute Morgen mehrfach angerufen. Es ging immer die Mailbox an.«

Einer der Beamten schlug frustriert seine Fäuste gegeneinander.

»Dann schätze ich fast, dass es der Mörder mitgenommen und ausgeschaltet oder sogar zerstört hat.«

Seidel dachte über diese Vermutung nach, während er sich wieder dem Computer zuwandte. Würde man im Handy eine Spur zum Täter finden? Gab es die Möglichkeit, von dem Telekommunikationsunternehmen mehr zu erfahren als bloß die Nummern der Teilnehmer, die Pietsch angewählt hatte?

Er startete das Textverarbeitungsprogramm. Sein Partner hatte es selten benutzt. Umso auffälliger war das relativ neue Dokument, das Pietsch vor drei Tagen unter dem Dateinamen *LukeHertz* abgespeichert hatte.

Warum stoße ich ausgerechnet jetzt auf den Namen Luke Hertz? Hat er damit zu tun? Ich werde »Lucky« bitten, zu mir zu kommen. Falls er sich weigert, unternehme ich weitere Schritte. Seine erste Reaktion auf meinen Gesprächswunsch kam mir seltsam feindselig vor. Was befürchtet er? Übermorgen weiß ich mehr.

Ausgehend vom Datum, an dem Pietsch das Dokument erstellt hatte, wäre *übermorgen* gestern gewesen. Das klang nach einem vielversprechenden Ansatz. Sobald er im Präsidium wäre, würde er zwei Anfragen stellen. Konnte ihm der Mobilfunkanbieter weiterhelfen, und existierten in den polizeiinternen Datenbanken Informationen über einen Mann namens *Luke Hertz*?

***

Das kleine Display des Bürotelefons übertrug Polizeirat Boltes Durchwahl.

Was wollte der von ihm? Sich vergewissern, ob er der Situation gewachsen war?

»Seidel«, meldete sich der Kommissar.

»Kommen Sie sofort in mein Büro.«

Im nächsten Moment trennte Bolte die Verbindung bereits wieder. Überrascht lauschte Seidel dem Dauerbesetztton.

Der Endfünfziger saß hinter seinem akkurat aufgeräumten Schreibtisch.

»Sie haben vor einer Viertelstunde eine Suchanfrage ins System eingeben.«

Woher wusste er so schnell davon?

»Nach einem gewissen *Luke Hertz*«, bestätigte Seidel.

»Setzen Sie sich, und erläutern Sie mir, wie Sie auf diesen Namen gestoßen sind.«

Seidel zog einen Stuhl zurück und nahm Platz. Dass er sich in einer so frühen Phase der Ermittlungen seinem Vorgesetzten gegenüber erklären musste, wunderte ihn. Lag das daran, dass ein Hauptkommissar ermordet worden war? Er fasste die Informationen zusammen und reichte Bolte sein Handy.

»Ich habe das Dokument fotografiert.«

Der Polizeirat griff nach dem Telefon und überflog den Text.

»Wie lange sind Sie inzwischen bei uns?«

»Seit sechs Monaten.«

»Okay. Das erklärt, wieso Sie den Namen nicht kennen. Luke Hertz ist der Undercover-Deckname eines Oberkommissars, der allerdings mittlerweile fürs BKA arbeitet.«

»Ich muss ihn sprechen«, sagte Seidel. »Haben Sie eine Kontaktmöglichkeit?«

»Das übernehme ich.«

»Warum?«

»Der Oberkommissar war in einen aufsehenerregenden Fall verwickelt. Im Anschluss wurde vom Landesinnenminister eine Untersuchungskommission eingesetzt. Dabei kam heraus, dass Pietsch sich bei einigen Gelegenheiten nicht korrekt verhalten hatte.«

»Umso dringender ist es ...«

»Ich wiederhole mich nur ungern, aber *ich* übernehme das.«

»Können wir die Befragung gemeinsam vornehmen?«

»Nein! Die damaligen Ermittlungen haben zu viel Staub aufgewirbelt. Das muss alles hundertprozentig verlaufen.«

»Herr Polizeirat! Ich versichere Ihnen, dass ich ...«

»Sie dürften in dieser Sache gar nicht ermitteln. Schon das ist mir zu heikel.«

»Was? Martin war mein Partner.«

»Eben! Sie sind von seinem Tod persönlich betroffen.«

»Und deshalb besonders motiviert, den Täter zu fassen.«

»Meine Entscheidung ist gefallen. Ich entziehe Ihnen die Ermittlungen. Senden Sie mir Ihre bisherigen Erkenntnisse in einer kurzen Mail. Viel kann das ja bislang nicht sein. Danach weise ich Sie einem neuen Kollegen als Partner zu.«

***

»Sie haben von der Ermordung des Kollegen gehört?«, vergewisserte sich Bolte.

»Ja«, bestätigte Mühlenberg, der noch keine Vorstellung hatte, weshalb ihn der Polizeirat zu sich gebeten hatte.

»Kommissar Alexander Seidel hat in Pietschs Laptop ein Dokument gefunden, das mich ein wenig beunruhigt.« Bolte las den Text vor.

»Sommer soll damit zu tun haben?«, fragte Mühlenberg ungläubig.

»Keine Ahnung. Ich möchte, dass Sie ihn in Kenntnis setzen. Ich hoffe, er kann Licht ins Dunkle bringen.«

»Stopp! Wer hat die Ermittlungen übernommen? Seidel? Also könnte er ...«

»Ich habe ihm den Fall entzogen.«

»Wieso?«

»Er ist ein Frischling. Und sein Partner ist tot. Nein! Ich übertrage das Ihnen.«

»Mir? Das geht nicht! Haben Sie vergessen, dass ich mitten in den ...«

»Ich fürchte, der Mordanschlag auf die Krankenschwester und die Exekution Pietschs könnten zusammenhängen. Zumindest dann, wenn sich Ihre Vermutung bewahrheitet, was die Vortäuschung eines erweiterten Suizids anbelangt. Oder halten Sie inzwischen den Ehemann doch für den Täter?«

»Nein«, bekannte Mühlenberg. »Wir haben keinen Abschiedsbrief entdeckt. Im Gegenteil. Jablonski hat am Tag seines Todes Eintrittskarten für ein in zwei Monaten stattfindendes Konzert gekauft. Falls sich am Ende herausstellt, dass er der Mörder war, hat er den Entschluss sehr spontan gefasst.«

»Pietsch war nicht gut auf Sommer zu sprechen.«

»Ist das so?«

»Er hat im Rahmen der Untersuchungskommission einen dienstlichen Verweis kassiert.«

»Aber hat er Sommer dafür die Schuld gegeben?«

Bolte nickte. »Ich fürchte, es gibt einen Zusammenhang. Der mag schwach sein, trotzdem glaube ich nicht an solche Zufälle. Und genau deshalb übertrage ich Ihnen die Ermittlungen.«

9

»Essen wir die Brötchen sofort?«, fragte Jeremias, nachdem sie von ihrem Schwimmbadbesuch zurückgekehrt waren. »Ich habe nämlich Hunger.«

»Meinetwegen«, erwiderte Jennifer. »Ich hänge eben auf dem Balkon die nassen Klamotten über den Ständer. Ihr könnt ja alles vorbereiten.«

»Ab geht's«, sagte Lukas und schob seinen Sohn in Richtung Küche.

»Hey, Papa!«, protestierte der. »Ich wollte bloß kurz ...«

»Mir helfen. Ich weiß!«

Jeremias stöhnte und brummte etwas von einem Online-Spiel und einer einmaligen, bald ablaufenden Gelegenheit.

»Hol du bitte Marmelade, Käse und Butter aus dem Kühlschrank.«

Lukas deckte den Tisch. Kaum hatte er drei Teller auf den Küchentisch gestellt, klingelte es an der Wohnungstür. Überrascht schaute er zur Küchenuhr. Es war zwanzig Minuten vor sechs.

»Erwartest du jemanden?«, rief er.

»Nein!«, erklang vom Balkon Jennifers Antwort.

Mit einem unguten Gefühl ging er in die Diele. Gleichzeitig erkannte er, dass er wahrscheinlich übertrieb. Er konnte nicht bei jedem unerwarteten Klingeln Gefahr für seine Familie wittern.

In der Überzeugung, dass nur der Postbote ein Paket abgeben wollte, griff er zum Hörer der Gegensprechanlage.

»Hallo?«

»Lukas, bist du das? Das trifft sich perfekt. Tobias Mühlenberg. Ich war zuerst bei dir zu Hause. Machst du mir auf?«

In der Stimme des Polizisten lag eine nicht zu überhörende Dringlichkeit.

»Wieso hast du nicht angerufen?«

Doch ohne die Antwort abzuwarten, betätigte er den Öffner und wartete an der Türschwelle. Sein ehemaliger Kollege kam im Laufschritt die Stufen hoch.

»Hast du ein bisschen Zeit mitgebracht?«, fragte Sommer leise. »Wir sind gerade vom Freibad zurückgekommen und wollten zusammen Abendbrot essen. Wenn ich jetzt Jeremias in sein Zimmer schicke, wird er vielleicht misstrauisch.«

»Kein Problem«, sagte Mühlenberg. »Ich setze mich einfach zu euch und warte ab, bis es passt.«

Trog ihn sein Instinkt oder starrte Mühlenberg ihn mehrfach musternd an, wandte aber seinen Blick ab, sobald Sommer den Augenkontakt erwiderte? Kaum hatte Jeremias die vierte Brötchenhälfte verschlungen, nutzte sein Vater die Gelegenheit.

»Was wolltest du vorhin so Dringendes erledigen, anstatt mit mir gemeinsam den Tisch zu decken?«

Jeremias nannte den Namen seines derzeit favorisierten Online-Spiels. »Heute ist ein Sondertag. Ich kann zwei Figuren kostenfrei neue Fähigkeiten verschaffen. Um sieben ist die Chance vorbei.«

Als müsste er die Entscheidung abwägen, faltete Sommer die Hände und legte seine Zeigefinger an die Nasenspitze.

»Klingt wichtig.«

»Ist es auch.«

»Dann darfst du jetzt eine halbe Stunde zocken. Mach aber bitte deine Tür zu. Oder spiel mit Kopfhörer.«

»Danke!«, jubelte Jeremias, schob den Stuhl nach hinten und sprang auf. Die Erwachsenen sahen ihm hinterher und warteten, bis die Tür ins Schloss fiel.

»Was führt dich zu uns?«, wollte Sommer wissen.

»Martin Pietsch ist in seiner Wohnung ermordet aufgefunden worden.«

»Scheiße!«

Jennifer berührte über den Tisch hinweg seine Hand. »Kanntest du ihn gut? Wart ihr früher befreundet?«

»Deswegen ist Tobias nicht hier. Ich schätze, es gibt einen Zusammenhang zu dem Anschlag am Krankenhaus.«

»Wirklich?«

Mühlenberg lächelte freudlos. »Nicht ganz. Euer Verhältnis war getrübt, oder habe ich das falsch in Erinnerung?«

»Wieso fragst du das?«, wunderte sich Sommer. »Wir hatten zu meiner hiesigen Zeit wenig Kontakt miteinander.«

»Und nach der Festnahme von Polizeirat Koch?«

»Ich hatte mit den Ergebnissen der Kommission nichts zu schaffen«, wandte Sommer ein.

»Könntet ihr mich aufklären?«, bat Jennifer. »Momentan kommt ihr mir wie zwei Schachspieler vor, die sich gegenseitig unter Zugzwang setzen wollen.«

Mühlenberg seufzte. »Aufgrund der Schwere von Kochs Verbrechen hat der Landesinnenminister eine Untersuchungskommission eingesetzt. Sie sollte herausfinden, ob in die Entführung weitere Polizisten verwickelt waren. Herausgekommen ist dabei nichts, jedoch hatte Koch Schmiergelder von der russischen Mafia erhalten. Also ermittelte die Kommission auch in diese Richtung, und infolgedessen gab es Verfahren gegen andere Beamte. Unter ihnen Pietsch. Keiner der Fälle war so schwerwiegend, dass die Beamten entlassen wurden – geschadet haben sie ihnen hingegen sehr wohl.«

»Rede endlich Klartext! Was hat das mit Pietschs Ermordung zu tun?«

»In seinem Laptop haben wir eine Datei gefunden.« Mühlenberg griff zu seinem Handy und las die Botschaft vor.

Nachdem er geendet hatte, versicherte Sommer: »Ich hatte keinen Kontakt zu ihm!«

»Das Dokument war so abgespeichert, dass *übermorgen* Pietschs Todestag gewesen wäre. Allerdings war das Speicherdatum manipuliert. Tatsächlich wurde es gestern gegen zweiundzwanzig Uhr geschrieben. Als vorläufigen Todeszeitpunkt nehmen wir eine Zeitspanne zwischen einundzwanzig Uhr und Mitternacht an. Wo warst du zu der Zeit?«

»Hier bei Jennifer«, sagte Sommer ohne zu zögern.

Mühlenberg wandte sich an Jennifer. »Stimmt das?«

»Ja«, antwortete sie.

»Tobias, das ist äußerst übel.«

»Ich musste dich nach einem Alibi ...«

»Das meine ich nicht. Wie viel Kollegen kennen meinen Undercover-Namen? Einer von ihnen stirbt am Tag nach dem Mordanschlag. Das ist kein Zufall.«

»Deswegen wurden mir die Ermittlungen übertragen. Bolte vermutet ebenfalls einen Zusammenhang.«

»Du nicht?«

»Ich weiß es nicht«, bekannte er.

In Sommers Kopf schwirrten unzählige Gedanken. Was hatten die Taten miteinander zu tun?

***

Jennifer griff zur Fernbedienung und stellte den Ton aus. Jeremias lag seit einer Stunde im Bett. Lukas hatte mit dem, was nun folgte, schon viel früher gerechnet.

»Wieso hast du gelogen?«

»Danke, dass du mich gedeckt hast«, erwiderte er ausweichend.

»Das beantwortet nicht meine Frage.«

Sommer schaute zur Decke. Eine Fliege flog um den Strahler langsam ihre Runden.

»Wenn ich ihm gesagt hätte, dass ich zu der angegebenen Tatzeit teilweise unterwegs gewesen bin, hätten sie wertvolle Energie verschwendet, indem sie mich als Verdächtigen einstufen«, fürchtete er. »Dabei hatte ich keinen Grund, Pietsch etwas anzutun. Tobias hätte mich überhaupt nicht fragen dürfen. Kollegen sollten einander trauen. Wobei das nicht das Schlimmste ist.«

»Sondern?«

»Ich glaube, Pietsch kannte den Mörder und hat ihm Details über mich verraten. Meinen Decknamen. Und vielleicht sogar, in welchem Verhältnis wir zueinander stehen.«

»Warum?«

Hilflos zuckte Sommer die Schultern. »Ich schätze, er war sauer auf mich. Obwohl ich weder das Einsetzen noch die Ergebnisse der Untersuchungskommission zu verantworten habe. Falls die Morde zusammenhängen, schränken sie zumindest den potenziellen Täterkreis ein.«

»Das verstehe ich nicht.«

»Den Namen *Luke Hertz* habe ich erst nach meinem vermeintlichen Tod benutzt. Frühere Ermittlungen können damit also nichts zu tun haben.«

»Das ist doch gut.«

Wieder zuckte er die Schultern. »Ich bin da nicht so sicher. Draußen rennt ein gewissenloser Killer herum. Er tötet eine Krankenschwester, weil er glaubt, du wärst das. Anschließend ihren Ehemann. Wie auch immer er es geschafft hat, ihn in die Nähe des Tatorts zu bekommen. Als Drittes ermordet er einen Hauptkommissar. Jennifer, wir alle schweben in akuter Gefahr. Der Täter geht gnadenlos über Leichen.«

»Was hast du jetzt vor?«

Unbeantwortet hing die Frage zwischen ihnen in der Luft, denn Sommer starrte bloß ins Leere. Am liebsten wäre er losgestürmt und hätte auf eigene Faust ermittelt. Aber wer beschützte dann seine Familie? Er musste an ihrer Seite bleiben, um ihnen den größtmöglichen Schutz zu bieten.

»Ich habe keine Ahnung«, bekannte er schließlich.

»Du könntest dich irren«, hoffte sie.

In ihren Augen sah er, dass sie sich selbst nicht ernst nahm.

»Könntet ihr irgendwo unterschlüpfen, falls ich irgendwann ermitteln muss? Hast du in den Jahren meiner Abwesenheit Freunde kennengelernt, die womöglich ein einsames Ferienhaus besitzen?«

»Leider nicht.«

Einen Moment lang überlegte er, ihr einen temporären Auszug aus der Familienwohnung vorzuschlagen. Da er jedoch ihren Widerstand gegen diese Lösung ahnte, sprach er sie nicht laut aus. Vielleicht fiel ihm in den folgenden – garantiert schlaflosen – Nächten noch eine bessere Alternative ein.

10

Ein Problem hatte er ausgeschaltet, doch vor ihm lag ein Dutzend weiterer Schwierigkeiten. Er überprüfte den Schalldämpfer, der nach wie vor einsatzfähig war. Dabei dachte der Mann an den toten Polizisten Pietsch. Ein korrupter Kerl. Seine Verfehlungen hatten allerdings nicht gereicht, um ihn aus dem Dienst zu entfernen. Wahrscheinlich war gar nicht so intensiv ermittelt worden, wie man es der Öffentlichkeit weisgemacht hatte. Trotzdem hatte Pietsch Sommer die Schuld dafür gegeben, in Verruf geraten zu sein.

Der Mann hatte ihn vor einiger Zeit kontaktiert und ihm ein Treffen angeboten. Aufgrund der Erwähnung des Namens *Lukas Sommer* hatte der Kommissar Interesse gezeigt. Im Verlauf eines Abendessens waren die beiden handelseinig geworden. Pietsch erhielt finanzielle Zuwendungen im niedrigen vierstelligen

Bereich und revanchierte sich mit harmlos erscheinenden Informationen. Aber genau diese Art des Kenntnisgewinns hatte ihm gefehlt – und nur so war es ihm gelungen, den Plan vollständig auszuarbeiten.

Er hatte jedoch gewusst, dass Pietsch auch seine größte Achillesferse war. Der Bulle hätte ihn als Verdächtigen benennen können. Möglicherweise unter Inkaufnahme von Nachteilen für seine Karriere, dennoch hatte der Mörder das nie außer Acht gelassen. Und Pietschs notwendig werdenden Tod immer einkalkuliert. Die Transaktionen waren ausschließlich in Bargeld erfolgt und nicht nachzuprüfen – in dieser Hinsicht befürchtete er nichts. Die Hoffnung, dass Sommer durch einen dummen Zufall kein Alibi besaß, hegte er nicht. Sollten die Bullen ihren ehemaligen Mitstreiter verdächtigen, wäre das ein Bonus, den er gern einstrich – darauf verlassen würde er sich nicht.

Stattdessen musste er sein Vorhaben vorantreiben. Da er das Haus, in dem Jennifer und Jeremias Sommer lebten, aus sicherer Distanz unauffällig beobachtete, hatte er mitbekommen, dass die Familie derzeit unzertrennlich war. Oder anders ausgedrückt: Wie vom Mörder geargwöhnt, hatte Sommer Lunte gerochen und beschützte nun Ex-Frau und Kind.

Also musste er sie zumindest für einige Stunden voneinander separieren. Und er hatte eine genaue Vorstellung davon, wie ihm das am besten gelänge.

Er legte den Schalldämpfer zurück und begann, die Waffe zu reinigen. Kaum hatte er diesen Vorgang erledigt, ging er zu seinem Laptop und wählte sich in das E-Mail-Programm ein, das er bloß für eine einzige Nachricht nutzen würde. Seine Anmeldung bei dem Anbieter wäre nicht nachvollziehbar, und sobald die Botschaft ausgeliefert war, würde er den Account löschen.

Auswendig tippte er Lukas Sommers Mailadresse ein. Seine nächsten Worte musste er sorgfältig wählen. Sie würden Sommers Befürchtungen eines persönlichen Rachefeldzugs endgültig bestätigen und mussten ihn gleichzeitig von seiner Familie wegtreiben, da er um das Leben einer vermeintlich unbeteiligten Frau fürchten sollte.

***

Es war erstaunlich, wie schnell man sich an angenehme Umstände gewöhnte.

Zwar war Jennifers Schlafcouch nur mittelmäßig bequem, doch alles andere erschien Lukas Sommer momentan trotz der Bedrohungslage ziemlich perfekt. Statt einsam in seiner Wohnung zu sitzen oder bestenfalls darauf zu warten, dass Jeremias endlich aus den Federn kroch, saß er mit seiner Familie am Esstisch und überlegte, wie sie den schönen Sommerferientag miteinander verbringen konnten.

»Ich bin wieder fürs Schwimmbad«, sagte Jeremias.

»Wird das nicht langweilig?«, fragte Lukas seinen Sohn.

»Quatsch!«

»Wenn schon einmal gutes Wetter ist, sollten wir das ausnutzen«, schlug sich Jennifer auf Jeremias' Seite.

»Genau!«, bestätigte der Junge.

Wie konnte er ihnen begreiflich machen, dass ein Attentäter sich wiederholende Tätigkeiten leicht zunutze machen könnte – ohne ihnen Angst einzujagen?

»Ich fand das gestern echt voll«, versuchte Sommer einen Anlauf. »Stattdessen ...«

»Papa«, unterbrach ihn sein Sohn. »Es ist toll, Freunde zu treffen. Und *so* voll war es gar nicht.«

»Du bist überstimmt«, beschloss Jennifer. »Schatz, guck mal auf dem Balkon nach, ob die Badesachen trocken sind.«

»Wird erledigt!«

»Uns wird in einem Freibad kaum etwas passieren«, flüsterte sie. »Du musst dich ein bisschen entspannen.«

Sommer schnaubte. »Aber morgen machen wir was anderes«, versuchte er zumindest einen Teilsieg zu erringen.

»*Ich* gehe wieder arbeiten«, sagte sie und blickte zu Boden.

»Nein!«, widersprach er energisch.

»Mein Chef hat mir eine SMS geschickt. Sie brauchen mich! Ich bin ja nicht mal krankgeschrieben.«

»Dann holst du das nach.«

»Nein, Lukas.«

Sie hob den Blick, und in ihren Augen erkannte er, wie ernst es ihr war.

»Jennifer, sei nicht so leichtsinnig.«

»Ich bekomme einen Parkplatz in der Tiefgarage. Da hat niemand Zugang ohne Mitarbeiterausweis.«

»Er könnte dich auf dem Weg dorthin angreifen. Oder auf dem Heimweg.«

»Ich lasse meine Kollegen nicht weiter hängen. Ausgeschlossen!«

Ein Piepton an Sommers Handy signalisierte den Eingang einer Nachricht. Doch er betrachtete das Telefon nicht.

»Ist dir deine Unversehrtheit egal?«, fragte er flüsternd.

»Natürlich nicht!«, erwiderte sie ebenso leise. »Aber ich muss mein normales Leben irgendwann sowieso fortsetzen. Also kann ich auch sofort damit anfangen. Wenn sich die Personallage entspannt, verhandle ich neu mit dir. Ende der Diskussion!«

»Die Sachen sind trocken!« Jeremias kam zu ihnen in die Küche zurück. »Wann fahren wir los?«

»Frag deinen Vater, wie lange er braucht.«

»Papa?«

»Mindestens eine halbe Stunde.«

Jeremias stöhnte. »Das ist ja ewig. Dann zock ich ein bisschen.«

Da seine Eltern nicht protestierten, schlich sich ein Grinsen auf sein Gesicht. Er drehte sich um und lief in sein Zimmer. Jennifer verließ ihrerseits die Küche. Nur Lukas blieb einsam zurück. Frustriert griff er zum Smartphone und öffnete die eingegangene E-Mail. Fassungslos las er die kurze Botschaft.

Martin Pietsch kennenzulernen war aufschlussreich. Letztlich war er aber entbehrlich.

Kimberly hingegen finde ich sehr inspirierend. Ob ich mich genauso leicht von ihr trennen kann?

Das werden wir demnächst feststellen.

»Oh mein Gott«, flüsterte Sommer.

Er kannte bloß eine einzige Frau, die sich Kimberly nannte. Sie hatte als Prostituierte in einem von den Kroaten kontrollierten Bordell gearbeitet – und ihm in der Stunde der größten Not geholfen. Seitdem hatten sie zweimal kurz miteinander gesprochen. Der Bordellbetrieb war von den Russen übernommen worden, die Arbeitsbedingungen hatten sich für die Frauen jedoch kaum verschlechtert.

Hektisch scrollte er durch seine Telefonkontakte. Er hatte nach seiner Rückkehr ins normale Leben einige Nummern in sein neues Handy übertragen, trotzdem fürchtete er, er könnte Kimberlys Kontaktdaten in der Zwischenzeit versehentlich gelöscht haben. Was aber zum Glück nicht der Fall war.

»Ist dir ein Gespenst begegnet?«, fragte Jennifer, als sie zurück in die Küche kam. »Oder gibt es schon wieder schlechte ...«

»Ich muss in Ruhe telefonieren. Bitte nicht ins Wohnzimmer kommen.«

Ohne ihr Einverständnis abzuwarten, ging er dorthin und berührte bereits unterwegs das Anrufsymbol.

Das Freizeichen erklang. Nach einer gefühlten Ewigkeit meldete sie sich.

»Hallo?«

»Kimberly! Ich bin's. Luke Hertz. Lucky.« Ihr gegenüber hatte er nie seine Rolle aufgedeckt.

»Lucky?«

»Genau?«

»Oder meinst du Oberkommissar Lukas Sommer?«, fragte sie leise. »Du verlogener Bastard!«

Offenbar hatte jemand anderes die Aufklärarbeit erledigt.

»Wer hat dir davon erzählt?«

»Das geht dich gar nichts an! Mach es gut, Bulle!«

»Leg nicht auf! Bitte!«

»Was willst du?«, erkundigte sie sich zögerlich.

»Wir müssen miteinander reden. Aber nicht am Telefon.«

»Du bist bescheuert! Glaubst du, ich treffe mich mit einem Bullen? Wenn das Bogdan mitbekommt, schlägt er mich tot. Ich dürfte noch nicht einmal mit dir telefonieren.«

»Wer hat dich über meine Identität aufgeklärt?«

»Wie schon gesagt: Das geht dich nichts an.«

»Einer der Russen?«

»Herrje, nein! Ein Kunde. Und jetzt muss ich auflegen. Bogdan könnte das hier mitbekommen.«

»Dann triff dich mit mir.«

»Wieso?«

»Ich fürchte, du schwebst in Gefahr.«

»Ja! Deinetwegen!«

»Nein! Wundert es dich gar nicht, dass ein Kunde wie nebenbei meine Identität preisgibt?«

Sie antwortete nicht darauf.

»War es ein Deutscher?«

»Zumindest hatte er keinen Akzent. Sein Schwanz sah deutsch aus und schmeckte auch so.« Sie lachte über ihren eigenen schlechten Scherz.

»Kannst du ihn mir beschreiben?«

»Ich. Muss. Auflegen.« Sie betonte jedes Wort.

Hektisch dachte er nach. Das Bordell nahm um zweiundzwanzig Uhr die letzten Kunden auf. Theoretisch hätte sie nach dreiundzwanzig Uhr Zeit.

»Triff dich mit mir. Um Mitternacht.«

»Okay«, stöhnte sie. »Damit du endlich Ruhe gibst. Wo?«

»Am Messegelände unter der Autobahnbrücke. Weißt du, welche Stelle ich meine?«

»Wo der Fluss entlangfließt?«

»Genau. Ich warte dort.«

»Okay. Aber versprich dir nicht zu viel davon.«

»Weshalb?«

»Weil ich Bullen hasse«, zischte sie und trennte die Telefonverbindung.

11

Lukas Sommer schaltete per Knopfdruck das Display des Smartphones aus und schob das Telefon in seine Hosentasche.

Für ihn gab es keinen Zweifel, dass Kimberlys Leben in Gefahr war. Warum sollte sich jemand ausgerechnet bei ihr nach ihm erkundigen?

Anhand der kärglichen Informationen zog er Schlussfolgerungen. Von seiner Verbindung zu Kimberly wussten sehr wenige Personen. Vor allem die Kroaten und die Russen. Doch Kimberly hatte eindeutig von einem Deutschen gesprochen. Mittlerweile erschien es ihm fast sicher, dass Martin Pietsch geplaudert hatte. Bei den Befragungen nach seiner Rückkehr in den normalen Polizeidienst hatte er auch Kimberlys Rolle erwähnt. Pietsch hätte das in Erfahrung bringen können.

Sommer schaute auf seine Armbanduhr. Bis Mitternacht vergingen noch vierzehn Stunden. Zeit genug für einen Mörder, die Frau zu töten. Was sollte er unternehmen? Er konnte unmöglich Polizisten zu ihrer Bewachung anfordern – weder über das BKA noch über die lokale Polizei. Die russischen Zuhälter würden ihr die Polizeipräsenz ankreiden, außerdem bestand die Gefahr, dass sie dann die Kooperation einstellen würde.

Er selbst konnte sie genauso wenig schützen – zumindest nicht den ganzen Tag. Denn das hieße, seine Familie im Stich zu lassen.

Wie auf Kommando klopfte es an der Wohnzimmertür.

»Ja!«, rief er. Bislang hatte er mit dem Rücken zur Tür gestanden, nun drehte er sich um.

»Zu Ende telefoniert?«, fragte Jennifer.

»Gerade eben«, bestätigte er.

»Wen hast du so hektisch und geheimnisvoll angerufen?«

»Das sollte nicht *geheimnisvoll* erscheinen.«

»Dadurch, dass du mir keine wirkliche Antwort gibst, wird es nicht besser.«

»Entschuldige. Ich überlege bloß, wie viel ich dir anvertrauen kann.«

»Am besten alles«, forderte sie.

Konnte er sie vielleicht mit der Wahrheit überzeugen, ihre Arbeitspläne zu verschieben?

»Ich habe vorhin eine beunruhigende E-Mail bekommen.« Er zog das Telefon aus der Tasche, entsperrte das Display und las ihr den Text vor.

»Wer ist diese Kimberly? Der Name sagt mir gar nichts.«

»Eine Frau, die ich undercover kennengelernt habe. Ich rufe gleich meinen Partner beim BKA an, ob er anhand der E-Mail-Adresse etwas herausfindet. Große Hoffnung habe ich allerdings nicht.«

»Und du hast diese Frau kontaktiert? Sie gewarnt?«

»Genau.«

»Geht sie zur Polizei?«

»Ich fürchte nicht. Obwohl ich versuchen werde, sie zu überreden.«

»Also triffst du dich mit ihr«, folgerte sie.

»Um Mitternacht.«

»Wann bitte?«

»Früher geht es nicht. Es war eh eine Mammutaufgabe, sie herumzubekommen. Irgendein Typ hat sich bei ihr nach mir erkundigt. Ich hoffe, sie kann ihn vernünftig beschreiben.«

»Wer ist diese Frau? Wieso verhält sie sich so seltsam?«

»Sie ist eine Prostituierte.«

»In der Mail, die du mir vorgelesen hast, stand nicht ihre Nummer. Wie hast du die herausgefunden?«

»Ich hatte sie abgespeichert. Kimberly hat mir einmal sehr geholfen.«

»Mh-hm.«

Jennifers eifersüchtige Reaktion überraschte ihn, doch auf ihre Befindlichkeit konnte er derzeit keine Rücksicht nehmen. Zumal sie seine Bedenken wegen der Wiederaufnahme ihrer Arbeitstätigkeit nicht ernst nahm.

»Kommst du noch mit ins Freibad, oder hast du jetzt andere Pläne?«

»Natürlich begleite ich euch. Ich muss bloß zwei weitere Telefonate führen. Mit Robert Drosten und Tobias Mühlenberg. Hoffentlich hat Mühlenberg heute Abend Zeit, um an meiner Stelle hier zu wachen.«

»Während du eine Nutte triffst.« Kopfschüttelnd drehte sie sich um und verließ das Wohnzimmer.

Wie überflüssig, dachte er. Anstatt die Unstimmigkeit zwischen ihnen auszuräumen, suchte er jedoch Mühlenbergs Telefonnummer heraus und rief ihn an. Der Hauptkommissar meldete sich zügig. Sommer berichtete von der Mail und woher er Kimberly kannte. Mühlenberg bat ihn darum, dass er die Nachricht weiterleitete.

»Ich kontaktiere nach dir das BKA. Falls du nichts findest, schafft das vielleicht die Wiesbadener IT.«

»Mach das.«

»An dich richte ich hingegen eine andere Bitte. Kannst du heute Abend auf Jennifer und Jeremias aufpassen?«

***

Wie von Sommer gewünscht, parkte Tobias Mühlenberg sein Auto zwei Straßen entfernt und schickte dem Oberkommissar eine Chatmitteilung.

Ich bin gerade angekommen. Du kannst dich also langsam nach unten begeben und mir den Hintereingang öffnen.

Mühlenberg ging los. Er achtete penibel darauf, ob er jemanden bemerkte, der nicht hierhergehörte. Als er die Straße erreichte, in der Jennifer Sommer lebte, schaute er sogar in jedes abgestellte Fahrzeug, ob sich darin jemand versteckte.

Über einen Grünstreifen kam er zum Hintereingang des Gebäudes. Aus einigen Metern Entfernung sah er bereits die angelehnte Tür. Vorsichtig stieß er sie auf. Sommer wartete im Halbdunklen.

»Hätte ich deine Visage nicht erwartet, hättest du mir jetzt einen Todesschreck eingejagt.«

»Genau das war mein Ziel. Komm mit! Wir besprechen oben die letzten Details.«

Bis sie im Hausflur vor der Wohnungstür standen, sprachen sie kein weiteres Wort miteinander. Sommer schloss die Tür auf und ließ Mühlenberg den Vortritt.

»Ist das nicht alles ein bisschen übertrieben?«, fragte der Hauptkommissar.

»Ich fürchte nicht. Setzen wir uns in die Küche zu Jennifer.«

Er führte ihn dorthin, wo Sommers Ex-Frau am Esstisch in einer Zeitschrift blätterte.

»Hallo, Herr Hauptkommissar«, begrüßte sie ihn.

»Wenn mich Lukas schon überredet, meinen freien Abend zu opfern, bin ich für einen formloseren Umgang«, entgegnete er. »Tobias.«

»Jennifer«, sagte sie lächelnd und reichte ihm die Hand.

Die beiden Männer nahmen Platz.

»Erzähl mir noch einmal detailliert, was du jetzt planst«, bat Mühlenberg.

»Kimberly und ich treffen uns um Mitternacht. Ich hoffe, sie kann mir den Kerl beschreiben, der sich nach mir erkundigt hat.«

»Wieso macht sie das nicht telefonisch?«, fragte Mühlenberg.

»Dank des Unbekannten weiß sie, dass ich ein Polizist bin. Früher haben wir uns gut verstanden. Jetzt hält sie mich für einen Verräter. Ich bin froh, wenn sie überhaupt auftaucht.«

»Was heißt *gut verstanden*?«, hakte Mühlenberg nach. »Hattet ihr etwas miteinander? Ich muss das wissen, um ihre Aussagen einordnen zu können.«

Sommer zögerte deutlich, bevor er sich erklärte. »Ich war Mitglied einer Rockergang. Es war üblich, dass die Mitglieder zur Belohnung für besondere Leistungen sexuelle Dienstleistungen in dem Bordell umsonst erhielten. Hätte ich mich dem verweigert, hätte das meine Tarnung gefährdet.«

»Also hattest du Sex mit ihr?«

»Ja«, bestätigte Sommer.

Jennifer blätterte lauter als nötig einige Seiten der Zeitschrift um.

»Bedroht der Täter sie deswegen?«

»Ich glaube nicht. Eigentlich kann er das nicht ahnen. Es sei denn, sie hat es ihm gezwitschert.«

»Was vermutest du?«

»Pietsch war die Informationsquelle. In meinen Vernehmungen zur Causa Koch, auf die Pietsch Zugriff hatte, habe ich Kimberly erwähnt. Allerdings ohne die sexuellen Hintergründe zu nennen. Sie hat mir bei einer wichtigen Angelegenheit geholfen. Ich bin mir mittlerweile ziemlich sicher, dass Pietsch sterben musste, weil er den Attentäter hätte identifizieren können. Außerdem ist es ein offenes Geheimnis, wie empfänglich er für Schmiergeldzahlungen war. Hätte die Untersuchungskommission damals tiefer gegraben, hätte er große Schwierigkeiten bekommen.«

»Nicht ausgeschlossen«, sagte Mühlenberg. »Aber weswegen nimmt sie der Attentäter ins Visier? Und noch viel wichtiger: Warum warnt er dich vorab? Er muss doch davon ausgehen, dass du Gegenmaßnahmen ergreifst.«

»Deshalb habe ich dich hierhergebeten. Ich schätze, der Mistkerl fährt zweigleisig. Wenn ich seinen Brotkrumen folge, hat er die Möglichkeit, den nächsten Angriff auf Jennifer zu starten. Bleibe ich jedoch hier, erledigt er Kimberly, damit ich mich schuldig fühle.«

»Hm«, entfuhr es Mühlenberg. Er war nicht überzeugt.

»Was stört dich?«

»Mehrere Sachen. Zum einen müsste er das Haus sehr exakt beobachten. Und bestimmt ist ihm der Hintereingang aufgefallen, wodurch er wüsste, dass er nicht beide Straßenseiten im Auge behalten kann. Vorausgesetzt, er arbeitet allein. Eine solche Person hätte einer von uns bemerkt.«

»Vielleicht. Vielleicht auch nicht. Je nachdem, wie geschickt er ist.«

»Zum anderen stört mich der Zeitfaktor. Nehmen wir an, die Mail ist als klare Drohung gemeint. Er schickt sie dir vormittags. Du triffst dich mit dieser Nutte erst um Mitternacht. Zeit genug, sie zu attackieren.«

»An ihren Arbeitstagen verbringt sie den ganzen Tag im Bordell. Das ist ein ziemlich großzügiges Gebäude, in dem die Mädchen Zimmer mieten. Eins, in dem sie arbeiten, ein anderes für private Zwecke. Er gelangt allenfalls als Freier ins Haus. Was riskant wäre, denn es halten sich mindestens zwei russische Gangmitglieder zum Schutz der Mädchen darin auf. Und Kimberly ist durch mich gewarnt. Sie würde den Kerl, der sich nach mir erkundigt hat, kein weiteres Mal bedienen. Nach Schließung des Bordellbetriebs kommt sie direkt zu dem von mir vorgeschlagenen Treffpunkt.«

»Der einsam gelegen ist.«

»Auf meinen Wunsch hin.«

»Lukas, wenn du recht hast, könnte er euch dort angreifen.«

»Darauf bin ich vorbereitet. Ehrlich gesagt hoffe ich das sogar. Dann hätte der Spuk ein rasches Ende.«

»Und wieso muss ich schon um neunzehn Uhr hier erscheinen? Deinen Worten zufolge hätte ich mich ein paar Stunden entspannen können.«

»Ich fahre zu mir nach Hause. Wechsle die Fahrzeuge. In meiner Garage steht ein Motorrad, mit dem ich schneller und wendiger unterwegs bin. Ich postiere mich gegen acht oder halb neun in die Nähe des Bordells, um die Umgebung im Auge zu behalten und zu schauen, ob mir etwas auffällt.«

»Tobias, hast du Hunger?«, fragte Jennifer unvermittelt. »Ich würde uns ein schönes Abendbrot zubereiten, während mein Ex-Ehemann einen Herrenausflug unternimmt.«

Interessiert betrachtete Mühlenberg Jennifer. Der Eindruck, dass sie mit Sommers Vorgehen nicht einverstanden war, verstärkte sich. Bestimmt lohnte es sich, sie unauffällig auszufragen, um an Hintergründe zu gelangen. Irgendetwas stimmte nicht – und vielleicht war das der Schlüssel zur Lösung der mittlerweile drei Morde.

12

»Darf ich dich etwas Persönliches fragen, obwohl mich das wahrscheinlich gar nichts angeht?«, fragte Tobias Mühlenberg.

Jennifer schloss die Tupperdose, in der sie die Salami aufbewahrte, ehe sie ihm in die Augen sah und nickte.

»Ich habe nie behauptet, ein großer Frauenversteher zu sein, und meine Ehefrau wird dir das garantiert bestätigen. Aber vorhin hatte ich den Eindruck, du hast ein Problem damit, dass Lukas zu einer Prostituierten fährt.«

Jennifer kniff die Lippen zusammen. »Was ich heute erfahren habe, hat er mir bislang verheimlicht. Kontakt zu Nutten. Kostenlose sexuelle Dienstleistungen. Warum hat er nie darüber gesprochen?«

»Davon abgesehen, dass du geglaubt hast, er sei tot, wart ihr damals getrennt.«

»Das habe ich nicht vergessen. Es ist bloß ...« Sie hielt inne und machte eine wegwerfende Handbewegung. »Keine Ahnung, ich kann es selbst nicht erklären. Eventuell habe ich ein bisschen zu zickig reagiert.«

»Träumst du von einem Liebes-Comeback? Entschuldige, falls ich zu neugierig bin ...«

»Wieso willst du das wissen? Reine Neugier?«

»Nicht ganz.«

»Klär mich auf.«

»Das mache ich, allerdings erst nachdem du geantwortet hast.« Er schmunzelte. »Ich hoffe, du kannst mir diese alte Polizistenangewohnheit nachsehen.«

»Ihr seid alle gleich«, erwiderte sie lächelnd. »Während unserer Ehejahre fühlte ich mich oft von Lukas ausgehorcht.« Plötzlich wurde sie ernst. »Ich habe mich zu keinem anderen Mann jemals so hingezogen gefühlt wie zu ihm. Er war mein Magnet. Ich habe ihn furchtbar gern gerochen und angefasst und ... Na ja. Der Tag meiner Hochzeit war der schönste Tag in meinem Leben – egal, wie kitschig das klingt. Ich wurde schwanger und bekam einen gesunden Jungen. Alles war perfekt. Leider kam er mit dem Druck seines Berufs nicht klar. Manchmal hatte ich den Eindruck, er nimmt jedes Verbrechen persönlich. Als hätte er die Opfer schützen, sie vor ihrem Schicksal bewahren müssen. Er begann ...« Erneut brach sie mitten im Satz ab und musterte ihn streng.

»Was ist?«, fragte Mühlenberg verunsichert.

»Du musst mir eins versprechen.«

»Was?«

»Nichts von den Einzelheiten, die ich dir erzähle, darfst du gegen ihn verwenden. Ich würde es abstreiten.«

»Jetzt klingst du ziemlich dramatisch.«

»Versprich es!«

»Einverstanden.« Sein Instinkt sagte ihm, dass sie über Sachen reden würde, die ihr schon lange auf der Seele brannten. Davon zu hören, war ihm das Versprechen wert.

»Ich würde es abstreiten«, wiederholte sie und trank einen Schluck Wasser.

Mühlenberg wartete geduldig.

»Er begann, Drogen zu nehmen. Und ich meine weder Zigaretten noch Alkohol.«

»Oh«, reagierte Mühlenberg überrascht. »Hat er Joints geraucht? Ich schätze, da ist er nicht der einzige Cop.«

»Anfangs. Irgendwann wurde es massiver, und er wechselte zu aufputschendem Zeug. Später ab und zu Koks. Wir waren Doppelverdiener. Finanziell ging es uns gut. Aufgrund meines Berufs kannte ich jedoch die gesundheitlichen Risiken. Ich bat ihn, damit aufzuhören. Er versuchte es und scheiterte. Unsere Ehe litt darunter. Obwohl seine magische Anziehungskraft nie nachgelassen hatte, spürte ich, dass meine Liebe verblasste. Eines Tages geschah etwas sehr Schreckliches.« Ihr Blick schweifte an ihm vorbei.

»Was ist passiert?«

»Er hatte eine Tüte Koks in der Jackentasche. Jeremias fand sie, hielt das wohl für Süßkram und schluckte das Scheißzeug herunter. Lukas entdeckte ihn besinnungslos am Boden, brachte ihn in unser Krankenhaus. Die Ärzte pumpten ihm den Magen aus, der Vorfall endete für Jeremias glimpflich. Mir hingegen blieb nichts als ein radikaler Schnitt übrig.«

»Das ist nicht aktenkundig geworden. Oder haben das die hohen Tiere im Präsidium unter den Teppich gekehrt?«

»Nein! Ich habe die Ärzte gebeten, das nicht zu melden. Dank meiner Position als Stationsschwester haben sie mir den Gefallen getan. Denn ich hätte ja ebenfalls Schwierigkeiten bekommen. Im schlimmsten Fall hätte man mir – zumindest vorübergehend – Jeremias weggenommen. Allerdings musste ich den Ärzten versichern, Konsequenzen zu ziehen.«

»Du hast dich getrennt«, folgerte er.

»Und ihm jeden Kontakt zu Jeremias verboten«, fuhr sie fort. »Als ich dann von seinem Tod erfuhr, fürchtete ich, es könnte meine Schuld sein.«

»Wieso?«

»Nachts hat mich die Frage gequält, ob er nur deshalb ein unnötiges Risiko eingegangen war, weil er das Kontaktverbot nicht ertragen hat.«

»Jetzt verrate ich dir ein paar Geheimnisse, die Lukas vermutlich nicht weiß. Nach dem Tod seiner Partnerin Lisa Jung – und natürlich auch seinem *Tod* – gab es Kollegen, die hinter vorgehaltener Hand getuschelt haben.«

»Worüber?«

»Ob die beiden Fehler gemacht haben. Bei Lisas Obduktion kam heraus, dass sie schwanger gewesen war. Zehnte Woche. Sie hatte das Präsidium darüber nicht informiert. Entweder wusste sie es nicht, oder sie hat es bewusst verschwiegen, aus Angst, bis zum Mutterschutz langweiligen Schreibtischdienst ausüben zu müssen. Wir mussten also Lisas Eltern und ihrem Verlobten nicht bloß die Todesnachricht überbringen, sondern uns erkundigen, ob sie von der Schwangerschaft wussten. Was nicht der Fall war.«

»Übel.«

»Du sagst es. Lisas Beerdigung war eine fürchterliche Sache. Ihre Eltern, ihr Bruder, ihr Verlobter. Allesamt seelische Wracks.«

»Aber inwiefern sind dadurch Gerüchte entstanden, sie hätten Fehler gemacht?«, hakte Jennifer nach.

»Die beiden hatten ein absolutes Vertrauensverhältnis zueinander. Manche Kollegen haben es nicht ausgeschlossen, dass Lisa Lukas als einzigen Menschen eingeweiht und ihn gebeten hatte, dies nicht an die Personalabteilung zu melden. Vielleicht wollten sie das entführte Mädchen unbedingt retten, um Lisa einen letzten beruflichen Erfolg zu gönnen. Und haben deswegen die Situation in dem leeren Bürogebäude komplett falsch eingeschätzt.«

»Hältst du das für realistisch?«

Er zuckte die Achseln. »Das ist für mich genauso wahrscheinlich wie deine Befürchtung, er könne ein zu großes Risiko wegen des Kontaktverbots eingegangen sein.«

Jennifer lächelte dankbar.

»Wie ist euer Verhältnis momentan? Rein freundschaftlich? Ihr scheint ja gut miteinander klarzukommen. Wobei ich dann deine Reaktion vorhin nicht verstehen würde.«

Sie lachte. »Bis vor ein paar Tagen war das so. Wir haben uns super verstanden, und er hat mir die Last einer Alleinerziehenden abgenommen. Aber ...« Wieder sprach sie nicht zu Ende.

»Ihr seid euch seit den Mordanschlägen nähergekommen.«

Jennifer nickte.

»Scheiße!«

Überrascht schaute sie ihn an.

»Im Präsidium kursiert eine wilde Theorie bezüglich der vergangenen Ereignisse. Es gibt Kollegen, die der Meinung sind, mehrere Jahre undercover würden nicht spurlos an der Psyche eines Mannes vorbeigehen.«

»Das heißt?«

»Manche halten Lukas für verdächtig, hinter den Morden zu stecken.«

»Wieso?«

»Um es so aussehen zu lassen, als müsste er dich beschützen. Um auf diese Weise erneut Teil deines Lebens zu werden. Würden sie erfahren, dass ihr euch tatsächlich näherkommt, spräche hauptsächlich sein Alibi während der Ermordung Pietschs gegen diese Theorie.«

Jennifer runzelte die Stirn.

***

Lukas Sommer hatte einen perfekten Beobachtungsposten gefunden. Ungefähr dreihundert Meter vom Eingang des Bordells entfernt hatte er das Motorrad geparkt und observierte seitdem die Männer, die das Haus betraten – und gegebenenfalls verließen. Natürlich bot er Kimberly dadurch keinen effektiven Schutz, doch vorläufig war es das Einzige, was er tun konnte. Sollte er einen der Freier wiedererkennen und als bedrohlich einstufen, müsste er seine Optionen überdenken.

Das Etablissement hatte für einen Bordellbetrieb eher ungewöhnliche Öffnungszeiten. Von morgens zehn bis abends zehn. Die Haupteinnahmen wurden nicht durch betrunkene Kerle erzielt, die nach einem Disco- oder Kneipenbesuch notgeil nach billigem Sex suchten. Sondern vor allem dank solventer Männer erwirtschaftet, die das exklusiv-private Ambiente, das wenige Kilometer vom eigentlichen Rotlichtviertel der Stadt entfernt lag, zu schätzen wussten. Die Kroaten hatten das Geschäftsmodell eingeführt und manchmal lediglich die Zeiten verlängert – zum Beispiel während Messewochen und anderer Gelegenheiten; die neuen russischen Besitzer hatten daran nichts geändert.

Seine Gedanken schweiften zu seinem Undercover-Einsatz ab. Er war gerade eben von zu Hause bis hierher zwanzig Minuten mit dem Motorrad gefahren. In der Großstadt befand er sich damit praktisch in einer anderen Welt. Er hatte damals sein Aussehen verändert und unter anderem einen Bart getragen, aber vor allem wegen der völlig andersartigen Stadtteile hatte er nie die Angst gehabt, Jennifer oder anderen alten Bekannten zu begegnen. Menschen, die er kannte, verirrten sich nicht in den Kiez, in dem die Rockergang agiert hatte.

Trotzdem fühlte sich seine Anwesenheit nicht falsch an. Wie eine ehemalige Lieblingsjacke, die man nach vielen Jahren aus dem Schrank holte und feststellte, dass sie noch immer passte. Durch das Aufdecken seiner Identität bewegte er sich nun jedoch auf dünnem Eis. Daran musste er sich in den nächsten Stunden erinnern. Besonders solange er nicht wusste, wer hinter den Attentaten steckte. Allerdings hoffte er, dass Kimberly Licht ins Dunkel brachte. So wie sie ihm schon einmal geholfen hatte, als er um sein Leben fürchten musste. Während Sommer den Hauseingang im Auge behielt, dachte er zurück.

***

»Das klingt absurd«, murmelte Jennifer Sommer. »Drei Morde begehen, um in meine Nähe zu gelangen? Unfug! Was reden deine Kollegen für ein dummes Zeug?«

»Na ja, wer Lukas nicht kennt, könnte durchaus ins Grübeln geraten«, zeigte Mühlenberg Verständnis.

»Wieso?«

»Wie viel hat er dir von seinem verdeckten Einsatz in der Rockergang erzählt?«

»Kleinigkeiten. Nichts Wildes. In erster Linie hat er berichtet, wie er versucht hat, eine Spur zu den entführten Holtzmann-Kindern zu finden, irgendwann die Hoffnung beinahe aufgab und dank eines Zufall doch den entscheidenden Hinweis bekommen hat. Ehrlich gesagt habe ich ihm viel mehr über Jeremias' Aufwachsen geschildert, als dass er mir Details über seine Arbeit verraten hat.«

Mühlenberg atmete laut aus. »Fast drei Jahre im Rockermilieu haben ihre Spuren hinterlassen. Davon sind wir alle überzeugt. Du hast es ja aufgrund der Geschichte mit der Prostituierten selbst erlebt. In diesem Milieu steht Gewalt auf der Tagesordnung. Kostenlose sexuelle Dienstleistungen? Das mag sein. Aber wahrscheinlich werden die *Damen* dazu gezwungen. Wenn er schon als Polizist eine Drogenvergangenheit hatte, schließe ich nicht aus, dass er das als Rocker fortgeführt hat. Allerdings würde das nicht ausreichen, um ihn nun in die Nähe eines Mordverdachts zu rücken. Verzeih mir meine offenen Worte, falls du jedoch mit dem Gedanken spielst, eure Beziehung wiederaufleben zu lassen, solltest du informiert sein.«

»Worüber?«

»Möglicherweise hat er undercover getötet, um seine Tarnung nicht auffliegen zu lassen.«

»Nein!«

»Es gibt die Aussage eines inhaftierten Gangmitglieds, ein Mann namens Lucky habe einen Verräter innerhalb der Gang erschossen. Auf Geheiß des Anführers. Einem solchen Gerücht würde ich keinen Glauben schenken, aber niemand ist dieser Sache nachgegangen. Was absolut erstaunlich ist. Denn ein verdeckter Ermittler agiert nicht außerhalb des Gesetzes.«

Verzweifelt schloss Jennifer die Augen. Verbarg Lukas eine dunkle Seite vor ihr, die schlimmstenfalls Jeremias gefährdete?

»Du weißt, was mit Polizeirat Koch nach der Verhaftung passiert ist?«

»Er hat sich in der Untersuchungshaft erhängt.«

»Das ist die offizielle Version«, sagte Mühlenberg. »Du wirst keinen Polizisten finden, der daran glaubt. Ein so wichtiger Gefangener wäre rund um die Uhr bewacht worden.«

»Soll Lukas dafür ebenfalls verantwortlich sein?«

»In Polizistenkreisen kursieren zwei Theorien. Beide haben mit dem damaligen Polizeipräsidenten Berlinger zu tun, der übrigens ein Vierteljahr nach Veröffentlichung eines ihn entlastenden Untersuchungsberichtes aus gesundheitlichen Gründen frühpensioniert wurde. Obwohl er vorher nie gesundheitliche Probleme hatte. Variante eins besagt, Koch habe Berlinger gedroht, im Knast mit Kriminellen zu kooperieren, um Polizeiermittlungen zu boykottieren. Es sei denn, der PP würde gewisse Forderungen erfüllen. Annehmlichkeiten im Gefängnis. Luxuriöse Einzelzelle und solche Dinge. Daraufhin habe Berlinger ein Killerkommando angefordert, das Koch ausgeschaltet hätte.«

»Und Variante zwei?«

»Anstelle eines Killerkommandos hat Berlinger Sommer die Chance gegeben, sich persönlich zu rächen. Für Lisas Tod. Für das Leben undercover und für die Gefahren, denen er ausgesetzt gewesen war.«

»Klingt beides unglaubwürdig.«

»Also hat Lukas keine Andeutungen in diese Richtung gemacht? Oder versehentlich etwas ausgeplaudert?«

»Nein«, sagte sie, sah Mühlenberg dabei jedoch nicht in die Augen.

»Was bedrückt dich?«

Jennifer zögerte mit ihrer Antwort. Doch sie musste an Jeremias denken. Lukas hatte schon einmal sein Leben gefährdet. Sie stöhnte leise. »Die Ermordung Pietschs. Du hattest Lukas nach einem Alibi gefragt.«

»Du hast bestätigt, dass Lukas in der vermeintlichen Tatzeit zwischen einundzwanzig Uhr und Mitternacht bei dir war.«

»Leider stimmt das nicht.«

»Ernsthaft?« Fassungslos betrachtete er sie.

»Er ist gegen halb zehn hier aufgebrochen, um aus seiner Wohnung Übernachtungssachen zu holen.«

»Und wann ist er wiedergekommen?«

»Nach Mitternacht. Ich hatte mich nach dem Grund der langen Abwesenheit erkundigt. Er hat gesagt, er hätte ausgiebig die Umgebung observiert. Sowohl bei mir als auch bei ihm.«

»Scheiße, Jennifer! Das hätte ich wissen müssen. Das ändert einiges!«

»Es tut mir leid. Aber Lukas ist kein Mörder. Das ist absurd!« Als sie Mühlenbergs zornigen Blick bemerkte, ahnte sie, einen Fehler begangen zu haben. Sie hätte diese Information nicht preisgeben dürfen.

13

Um elf Uhr verließen zwei Männer das Gebäude und gingen in unterschiedliche Richtungen zu ihren in der Nähe geparkten Autos. Lukas Sommer hatte sie eineinviertel Stunden zuvor das Bordell betreten sehen – offenbar waren das die letzten Freier.

Nach zehn weiteren Minuten entdeckte er Kimberly. Wie so oft in ihrer Freizeit hatte sie ihre Löwenmähne zu einem Pferdeschwanz zusammengebunden und trug eine hellblaue Jeans sowie eine schwarze, modische Lederjacke. Sie unterhielt sich kurz mit dem breit gebauten Türsteher, der vor dem Haus rauchte.

Ob er sich bei ihr erkundigte, was sie nun vorhatte? Würde sie ehrlich antworten? Sommer fand das eher unwahrscheinlich. Wenn die Russen mittlerweile wussten, dass er ein Bulle war, hätte Kimberly kein Interesse daran, aufrichtig zu sein. Zumal sie vermutlich nicht fürchtete, dass er ihr etwas antat.

Sie steckte sich ebenfalls eine Zigarette an. Sommer musste ungeduldig dabei zusehen, wie die beiden miteinander redeten.

Er atmete erleichtert aus, als sie endlich zu dem Parkplatz lief, der den Frauen vorbehalten und von seiner Position nicht einsehbar war.

Hatte sie seit vergangenem Jahr das Fahrzeug gewechselt, oder fuhr sie noch immer einen VW Beetle?

Sekunden später hatte sich diese Frage geklärt, denn das dunkelfarbige Modell rollte vom Gelände auf die Straße. Damit er ihr nicht im Rückspiegel auffiel, wartete Sommer einen Moment, bevor er ihr in einem Abstand von fünfhundert Metern hinterherfuhr. Falls sie der Täter auf dem Weg zum Treffpunkt angreifen würde, könnte er rechtzeitig eingreifen und Schlimmeres verhindern.

***

Mühlenberg saß allein in der Küche. Jennifer hatte sich vor über einer Stunde ins Schlafzimmer zurückgezogen, aber versprochen wach zu bleiben.

Sie bereute ihr Geständnis – das hatte er ihr deutlich angesehen. Doch wenigstens hatte sie keinen Versuch unternommen und plötzlich behauptet, sich im Datum zu irren. Sommers Ex-Frau hatte lediglich wiederholt darauf hingewiesen, dass Lukas bei seiner Rückkehr völlig normal gewirkt habe.

Was natürlich nichts bedeutete!

Wie sollte Mühlenberg mit der neuen Information

umgehen? Er verspürte den Wunsch, Sommer nachher oder spätestens morgen früh zum Präsidium zu befördern, um ihn in die Mangel zu nehmen. Allein schon wegen seiner Alibi-Lüge. Allerdings wäre seine Familie dann ungeschützt, und Mühlenberg vermutete weiterhin, dass der Oberkommissar nichts mit den Morden zu tun hatte. Er war kein Anhänger dieser im Präsidium kursierenden Theorie.

Jennifer hatte ihm die Bedienung des Kaffeevollautomaten erklärt. Da er in den letzten Minuten mehrfach gegähnt hatte, stand Mühlenberg auf, schaltete den Automaten ein und holte eine Espressotasse aus dem Hängeschrank. Ehe er eine Entscheidung über das weitere Vorgehen traf, musste er wissen, was heute Nacht während des Treffens zwischen Sommer und der Nutte passierte. Vielleicht kannte sie wirklich Details, die sie weiterbrachten.

***

Um sie nicht zu erschrecken, fuhr Sommer einen Schlenker und stellte das Motorrad gut fünfzig Meter von ihrem Auto entfernt ab. Unterdessen stieg Kimberly aus und starrte ihn an. Er setzte den Helm ab und hängte ihn über den Lenker.

»Du Ratte«, zischte sie.

Mit so viel Feindseligkeit hatte er nicht gerechnet – momentan erschien es ihm fast wie ein Wunder, dass sie das Treffen eingehalten hatte.

»Ich habe nie gegen euch Mädchen ermittelt«, versuchte er sie zu beschwichtigen.

»Soll ich mich zum Dank auf die Motorhaube legen und die Beine breit machen?«, fragte sie bissig.

»Kimberly, ich muss bloß wissen ...«

»Du warst so lange Damirs Handlanger. Wie hast du es geschafft, nicht aufzufliegen?«

»Ich war vorsichtig. Habe Sicherheitsmaßnahmen getroffen. Einmal haben sie mich verdächtigt und meine Bude inspiziert, ohne etwas zu finden. Umso erstaunlicher, dass nach so langer Zeit jemand zu dir kommt und mich enttarnt. Wann genau ist das gewesen?«

Er machte ein paar Schritte auf sie zu, doch Kimberly hielt abwehrend ihre Hand in die Höhe.

»Bleib, wo du bist!«

»Wieso?«

»Falls du eine Wanze trägst.«

»Okay. Obwohl deine Befürchtung grundlos ist.« Um ihr ein besseres Gefühl zu geben, ging er rückwärts zurück zu seiner Maschine.

»Erinnerst du dich daran, wann der Freier bei dir war?«

»Ist ungefähr vier Monate her.«

Zu dem Zeitpunkt hatte sich Sommer für Robert Drosten undercover bei den Anhängern von Johannes Haupt eingeschlichen. Seine dortige Enttarnung war später gewesen, weswegen er einen Zusammenhang zu dieser Ermittlung ausschließen konnte.

»Beschreib mir den Kerl«, bat er.

»Nach vier Monaten? So außergewöhnlich war er

nicht.«

»Kimberly, das ist wichtig. Er bedroht meine Familie.«

Fassungslos sah sie ihn an. »Du hast Familie?«

Er nickte leicht – unsicher, ob sie das auf die Entfernung überhaupt registrierte. Die Bemerkung war ihm unbedacht herausgerutscht.

»Erzähl mir von ihr.«

»Dafür ist jetzt keine Gelegenheit«, widersprach er.

»Das ist mein Preis. Sonst haue ich wieder ab.«

»Wieso willst du das wissen?«

»Wenn du wirklich Frau und Kinder hast, wäre das für mich der einzige Grund, dir zu helfen. Aber du hast mich bislang immer nur angelogen. Deshalb fällt es mir schwer, dir zu glauben. Erzähl mir von ihnen, denn sonst bin ich weg.«

»Wir sind geschieden«, begann er. Er bezweifelte nicht, dass sie ihre Drohung in die Tat umsetzte. »Sie heißt Jennifer. Unser Sohn Jeremias.«

»Wie alt ist der Junge?«

»Vierzehn.«

»Wie oft hast du ihn gesehen, als du für Damir und Samuel ...«

»Gar nicht. Er hat geglaubt, ich sei tot.«

Sommer erzählte ihr in der notwendigen Kürze alles Wissenswerte.

»Ich vermute, die aktuellen Morde haben mit meiner Zeit in der Gang oder der Entführung der Holtzmann-Kinder zu tun. Ich kann Jeremias und Jennifer nicht effektiv schützen, solange ich nicht weiß, wer mein Feind ist.«

»Er war ungefähr Mitte dreißig.«

»Erinnerst du dich an seinen Namen?«

»Du weißt, dass viele Freier einen falschen Namen benutzen. So wie du, *Lucky*. Deswegen merkt man sich so etwas nicht. Höchstens bei Stammgästen. Zu denen er nicht zählte.«

»Hast du ihn seitdem wiedergesehen?«

»Nein.«

»Wie sah er aus?«

»Durchschnittlich groß. Einen Meter achtzig, allerhöchstens eins fünfundachtzig. Volles Haar, dunkelblond. Weder besonders hübsch noch besonders hässlich. In vielerlei Hinsicht Durchschnitt. Auch was die Größe seines Schwanzes anbelangt.«

»Witzig! Das hilft mir nicht weiter! Könnte er eine Perücke getragen haben?«

»Ausgeschlossen. Ich fahre meinen Kunden beim Sex durch die Haare und merke, ob sie Toupets beziehungsweise Perücken aufgesetzt haben.«

»Waren sie getönt oder gefärbt?«

»Glaube ich nicht.«

»Hatte er sonst ein Merkmal, an dem ich ihn wiedererkennen könnte?«

»Vielleicht an seinen hellblauen Augen. Die waren ziemlich auffällig.«

»Wie lief das damals ab? Da kommt bestimmt kein Freier zu dir und sagt ›Hey, wusstest du, dass Lucky ein Bulle ist?‹«

»Anfangs hatten wir eine normale Nummer.

Girlfriendsex. Mir schien, als hätte er wie so viele andere Kerle ein bisschen Zuwendung nötig, aber wir waren nach zwanzig Minuten schon fertig. Statt liegen zu bleiben, stand er ohne Umschweife auf und ging zu seinen Klamotten. Dann fragte er mich, ob ich mich an Lucky aka Luke Hertz erinnere. ›Klar‹, erwiderte ich und erkundigte mich nach dir. Er behauptete, ihr würdet euch von früher kennen. Aus dem Dienst. Ich dummes Huhn vermutete, er sei ebenfalls Türsteher. Kaum hatte ich das gesagt, lachte er mich aus. ›Türsteher? Der Kerl ist ein Bulle. Sag bloß, du wusstest das nicht?‹ Das waren seine Worte. Zunächst glaubte ich, er würde dich verwechseln, doch er zeigte mir ein Handyfoto. Der liebe Lucky ein Bulle. Warst du deswegen so nett zu uns Mädchen?«

»Was für ein Handyfoto war das?«

»Du warst darauf zu sehen!«

»Ich meine: Wo wurde es aufgenommen? Konntest du ...«

Ein näher kommendes Motorengeräusch unterbrach Sommer. Sie schauten in die Richtung, aus der die Geräusche kamen. Ein Lieferwagen näherte sich ihnen.

»Scheiße!«, fluchte Kimberly. »Das ist Nikolaj.«

»Komm zu mir! Ich beschütze dich!«, rief Sommer und griff nach der Waffe, die in der rechten Vordertasche der Lederjacke steckte.

Kimberly reagierte kopflos. Statt seiner Aufforderung zu folgen, rannte sie weg von ihm. Sommer setzte hinter ihr her. Der Russe nutzte den zur Verfügung stehenden Raum, fuhr einen Schlenker und vollführte eine 180-Grad-Wende.

»Fuck!« Sommer ahnte, was er plante. Ziellos schoss er auf den Lieferwagen. Unterdessen sprang der Kerl auf der Fahrerseite heraus und verfolgte Kimberly.

»Du Schlampe!«, brüllte er. »Verräterin! Er ist ein Bulle!«

Dann waren zwei Schüsse und ein Schrei zu hören. Sommer war die Sicht durch das Fahrzeug verdeckt. Als er endlich wieder freies Sichtfeld hatte, sah er Kimberly reglos am Boden liegen. Hatte ihr der feige Hurensohn in den Rücken geschossen?

Der Russe drehte sich herum und versuchte, ihn ins Visier zu nehmen.

»Polizei! Waffe weg!«

Sein Gegner machte keine Anstalten, dem Befehl zu gehorchen. Sommer blieb keine Wahl. Er feuerte zweimal schnell hintereinander. Beide Kugeln schlugen ein, der Kerl wurde nach hinten geschleudert, und die Pistole rutschte aus seiner Hand. Sommer ging zu ihm und kickte die Waffe mit dem Fuß beiseite. Seine Gedanken überschlugen sich. Bedeutete Nikolajs Auftauchen, dass die Russen für die Anschläge verantwortlich waren? Oder hätten sie dann direkt ihn ins Visier genommen oder mehrere Männer geschickt? Doch wer hätte von ihrem Treffen wissen können?

Außerdem musste er entscheiden, wie er mit dem desaströsen Resultat umging. Zwei Leichen. Zu allem

Überfluss war er für eine der beiden verantwortlich. Wenn er nun die Polizei rief, würden sie ihn stundenlang festhalten. Konnte Mühlenberg den Schutz von Sommers Familie gewährleisten? Oder hatte der Mörder ...

Näher kommende Polizeisirenen rissen ihn aus seinen Überlegungen. Offenbar hatte bereits jemand die Polizei angerufen. Aufgrund der Schüsse? Oder steckte mehr dahinter?

Sommer fürchtete, in eine hinterhältig eingefädelte Falle geraten zu sein. Nachdenklich lief er zum Motorrad zurück. Was sollte er jetzt unternehmen? Einfach abwarten oder die Initiative ergreifen?

14

Lukas Sommer stellte das Motorrad in einer Seitenstraße ab. Je näher die Sirenen geklungen hatten, desto stärker wurde seine Angst, dass der Mörder seine Abwesenheit nutzen würde, um Sommers Familie anzugreifen. Nikolaj konnte nicht hinter den ganzen Taten stecken – er entsprach nicht Kimberlys Beschreibung. Also musste der Schuldige noch frei herumlaufen und für das Erscheinen des rachsüchtigen Russen gesorgt haben.

Im letzten Moment hatte Sommer die Maschine gestartet und war abgehauen. Die Polizisten hätten ihn festhalten *müssen*, denn er hatte einen Menschen getötet.

Er stieg vom Sitz ab, nahm den Helm herunter und musterte die Umgebung, während er langsam loslief.

Wie würde Mühlenberg reagieren? Hielt er das Verschwinden von einem Tatort ebenfalls für gerechtfertigt, oder beurteilte er die Situation anders? Sommer ahnte, dass der Hauptkommissar zu einer anderen Einschätzung käme – weshalb er vor einem Dilemma stand.

Er schaute in jedes geparkte Auto und blickte zu jedem einzelnen Gebäude, ob er hinter einem Fenster verdächtige Bewegungen ausmachte. Als er schließlich bei Jennifer ankam, hatte er nichts Auffälliges registriert. Die Bewohner schienen zu schlafen oder bei nicht zugezogenen Vorhängen fernzusehen. Die Fahrzeuge waren unbesetzt.

Am Eingang holte er sein Handy aus der Hosentasche und schickte vereinbarungsgemäß eine Nachricht an Jennifer.

Ich stehe vor der Haustür. Öffne bitte!

Über seine Pläne würde er sie persönlich informieren.

***

Das Telefon signalisierte einen Nachrichteneingang. Müde griff Mühlenberg zum Handy. Die Mitteilung stammte von der Zentrale. Stunden zuvor hatte er den Diensthabenden gebeten, über besondere Vorkommnisse möglichst schnell in Kenntnis gesetzt zu werden.

Schießerei am Messegelände. Zwei Tote. Ein polizeibekannter Russe, der fürs russische Syndikat arbeitet. Eine Frau, die eine Prostituierte sein könnte. Identifi-

zierung der weiblichen Person steht noch aus. Es gibt Anzeichen, dass der Täter per Motorrad geflohen ist. Hauptkommissar Hofer hat die Ermittlung übernommen.

Schlagartig war Mühlenberg hellwach. Hing das mit Sommer zusammen?

Die Schlafzimmertür öffnete sich, und Jennifer trat heraus.

»Lukas hat gerade eben geschrieben. Ich soll ihm öffnen.«

»Hat er sonst irgendetwas erwähnt?«

»Nein. Er hat sich genau an den Text gehalten, den wir vorher vereinbart hatten.«

»Beruhigend«, murmelte Mühlenberg. »Tust du mir einen Gefallen?«

»Welchen?«

»Erwähnst du nicht unser Gespräch? Ich möchte von ihm eine detaillierte Wiedergabe des Treffens bekommen. Wenn er abgelenkt wird, weil er sich für das falsche Alibi rechtfertigt, ist das zumindest momentan kontraproduktiv.«

»Okay.« Jennifer ging in die Diele.

***

Sommer lief die Stufen hoch. Vor der Wohnungstür schickte er die nächste Nachricht ab, klopfte und wartete. Nachdem das System ihm anzeigte, dass seine

Mitteilung gelesen worden war, hörte er, wie jemand das Schloss entriegelte.

Er hatte mittlerweile eine Entscheidung getroffen. Dafür war es notwendig, gut gelaunt zu wirken.

Jennifer machte die Tür auf.

»Hi«, begrüßte sie ihn. »Alles in Ordnung?«

Er nickte und schaute zu Mühlenberg, der ebenfalls in der Diele auftauchte.

»Das Ganze hat sich gelohnt«, behauptete Sommer. »Ich kann nun besser nachvollziehen, wie die Dinge zusammenhängen.«

»Dann sollten wir in der Küche darüber reden«, schlug der Hauptkommissar vor.

»Einverstanden. Aber zuerst muss ich dringend aufs Klo.«

Er betrat den kleinen Raum und verriegelte ihn. Im Spiegel betrachtete er sein bleich wirkendes Gesicht. Es gab keine Alternative. Er musste mit Jennifer und Jeremias flüchten und untertauchen. Doch wie sollte er mit Mühlenberg umgehen? Reichte es, ihm Halbwahrheiten aufzutischen? Oder musste er schwerere Geschütze auffahren?

Er vergewisserte sich, dass die Pistole noch in seiner Jackentasche steckte.

***

»Was hast du herausgefunden?«, fragte Tobias Mühlenberg, als Sommer zu ihm und Jennifer in die Küche kam.

Bevor Sommer antwortete, hängte er seine Lederjacke über eine Stuhllehne und setzte sich auf den entsprechenden Stuhl.

»Die Personenbeschreibung Kimberlys war nicht besonders toll«, bekannte er und wiederholte ihre Beschreibung.

»Mich wundert deine gute Laune«, sagte Mühlenberg. »Die Beschreibung trifft auf Zehntausende zu.«

»Wichtiger war, dass sie den Zeitraum benennen konnte. Der Freier war vor ungefähr vier Monaten bei ihr. Somit halte ich einen Zusammenhang zu den BKA-Ermittlungen für ausgeschlossen. Das Ganze hat entweder mit meinem ersten Undercover-Einsatz oder mit der Entführung der Holtzmann-Kinder zu tun.«

»Hat sie sonst noch etwas beigesteuert, was uns hilft?«

»Nein.«

»Und wie seid ihr verblieben?«

Sommer schaute ihn verwundert an. »Inwiefern?«

»Trefft ihr euch ein weiteres Mal? Erkundigt sie sich im Milieu für dich?«

»Nein. Sie ist nach dem Treffen zurückgefahren, und ich bin direkt hierhergekommen. Unter normalen Umständen sehe ich sie nicht wieder.«

Mühlenberg trank einen Schluck Wasser, ehe er aufstand. »Dann kann ich ja endlich nach Hause. Bin nämlich verdammt müde.«

»Klar.«

»Aber vorher gehe ich aufs Klo.«

***

Sommer wartete, bis er hörte, dass Mühlenberg die Badezimmertür zudrückte und verriegelte. Sofort sprang er auf und schloss leise die Küchentür.

»Was ist los?«, wunderte sich Jennifer.

»Ich musste ihn anlügen«, gestand Sommer.

»Du hast gerade gelogen? Weswegen?«

»Das Treffen war ein Hinterhalt. Irgendwer muss davon gewusst haben. Plötzlich tauchte ein Russe auf und hat wild um sich geballert. Kimberly ist tot. Ich habe den Russen in Notwehr erschossen.«

Entsetzt sah sie ihn an. »Du bist nicht am Tatort geblieben?«

»Das war eine Falle. Wir müssen verschwinden. Zumindest für eine Weile untertauchen.«

»Du, Jeremias und ich?«

»Je schneller, desto besser.«

»Ausgeschlossen.«

»Wieso?«

»Ich mute Jeremias kein Leben auf der Flucht zu. In gut zwei Wochen beginnt das neue Schuljahr.«

»Wenn wir bis dahin passiv bleiben, erlebt er es nicht mehr. Oder er ist Vollwaise!«

In ihren Augen erkannte Sommer, dass sie ihm nicht vertraute.

»Irgendetwas belastet dich.«

Sie nickte. »Tobias und ich haben uns lange unterhalten. Er hat mir von einer verrückten Theorie berichtet, die im Präsidium kursiert. Angeblich steckst du hinter den Morden. Mühlenberg glaubt das nicht, dafür aber einige andere Polizisten. Frühere Freunde von dir.«

»Die spinnen! Ich habe nichts getan. Warum ...«

»Ich habe zugegeben, dir ein falsches Alibi verschafft zu haben. Tut mir leid. Ich fand, Tobias hatte ein Recht darauf, das zu erfahren.«

»Oh Gott«, murmelte Sommer und starrte zur Decke. Das verkomplizierte die Lage. Etwas verunsicherte ihn: Weshalb hatte Mühlenberg das nicht erwähnt? Sommer tastete nach der Jacke, öffnete den Reißverschluss der Tasche und holte die Pistole heraus, die er auf den Tisch legte.

»Lukas!«

»Pst.« Er führte seinen rechten Zeigefinger an die Lippen.

»Du wirst Tobias nichts ...«

»Ich bin kein Mörder! Vertrau mir!«

***

Mühlenberg vermutete, dass die Toten am Messegelände in Zusammenhang mit Sommers Treffen standen. Trotzdem hatte der kein Wort darüber verloren. Wusste er nichts davon?

Genau das musste er herausfinden.

Mühlenberg zog das Handy aus der Hosentasche und schickte der Zentrale eine Nachricht. Er bat um personelle Unterstützung und wies darauf hin, dass die Kollegen ohne Blaulicht oder Sirenen zu der genannten Adresse kommen sollten.

Die Antwort ließ nicht lange auf sich warten.

Streifenbeamte sind informiert.

»Wenn er sich der Verhaftung widersetzt, musst du vergessen, dass er ein ehemaliger Kollege ist«, flüsterte er seinem Spiegelbild zu.

Er trug das Schulterholster, in dem die Dienstwaffe steckte, unter seinem schwarzen Jeanshemd. Mühlenberg knöpfte es auf und nahm die Waffe in die Hand, ehe er das Badezimmer verließ.

15

Der Mörder hatte den Polizeifunk abgehört und gewusst, dass sein Vorhaben weitestgehend funktioniert hatte. In den letzten Wochen hatte er anonym bei den Russen Zweifel an der Loyalität einer Hure gestreut – ohne ihren Namen zu nennen. Er hatte behauptet, sie würde mit einem Cop zusammenarbeiten, der gegen die Russen ermittelte. Außerdem hatte er versprochen, Beweise zu sammeln, und ihnen geraten, vorläufig nichts gegen die Nutten zu unternehmen. Als er in einer verschlüsselten Nachricht mitgeteilt hatte, dass heute die Beweisübergabe stattfände und Kimberly die Verräterin sei, hatten sie direkt einen Handlanger losgeschickt. Es hatte sich also gelohnt, der Nutte einen Handyvirus unterzujubeln – wodurch er Sommers Kontaktaufnahme live miterlebt hatte. Nur sein Anruf bei den Bullen war wohl zu spät erfolgt, da es Sommer gelungen war, sich einer Verhaftung zu entziehen und hier aufzutauchen.

Der Mörder hatte Sommers Rückkehr aus sicherer Entfernung beobachtet und mitbekommen, wie aufmerksam der Oberkommissar die nächtliche Umgebung gemustert hatte. Offenbar rechnete er mittlerweile mit der Überwachung des Viertels. Ob er wohl irgendwann von dem erst im letzten Monat abgeschlossenen Mietvertrag der Einzimmerwohnung erfuhr? Das Appartement lag schräg gegenüber von dem Haus, in dem Jennifer und Jeremias lebten, und kostete nur wenig Miete.

Der Mann schaute sich um. Sollte er versuchen, seine Fingerabdrücke zu beseitigen, für den Fall, dass er nicht hierher zurückkehren könnte? Aber da ihm die Bullen nie Fingerabdrücke abgenommen hatten, bestand keine Gefahr, auf diese Weise enttarnt zu werden. Daher konnte er sich die Mühe sparen.

Heute Nacht würde es eine weitere Tote oder einen Toten geben. Je nachdem, wer zur Tür ginge.

Sein Plan war einfach und effektiv. Mithilfe eines Dietrichs, dessen Benutzung er nach unzähligen Übungsstunden im Schlaf beherrschte, würde er sich Zugang zum Hausflur verschaffen und sich anschließend vor Jennifers Wohnungstür postieren. Er würde klingeln, und sobald er Geräusche an der Tür vernahm oder einen Schatten im Spion bemerkte, mindestens dreimal feuern. So gelänge es ihm garantiert, den Bewohner tödlich zu verletzen. Danach würde er verschwinden. Entweder sich in das Appartement zurückziehen oder sein eigenes Heim ansteuern.

Er schraubte den Schalldämpfer auf die Waffe und steckte den Dietrich in seine Jackentasche.

»Das ist ganz allein deine Schuld, Lukas Sommer!«, flüsterte er, als er die Wohnung verließ.

***

»Leg die Pistole auf den Tisch!«, befahl Tobias Mühlenberg.

»Komm rein und mach die Tür zu!«, erwiderte Sommer. »Ich will nicht, dass Jeremias wach wird.«

»Dann weißt du, was du zu tun hast.«

Die beiden Männer starrten sich an, ohne dass sich einer von ihnen bewegte. Sekunden verstrichen, bis Lukas Sommer endlich seufzte und die Schusswaffe weglegte.

Mühlenberg machte zwei Schritte in den Raum hinein und schloss die Küchentür.

»Was ist bei dem Treffen passiert?«, fragte er. »Wieso erfahre ich von der Zentrale, dass es zwei Tote gegeben hat?«

»Weshalb informiert dich die Zentrale? Du bist gar nicht im Dienst«, konterte Sommer.

»Ich hatte den Wunsch geäußert, über ungewöhnliche Ereignisse unterrichtet zu werden.«

»Das war ein Hinterhalt. Kimberly und ich haben uns wie vereinbart getroffen, und sie hat mir mitgeteilt, was sie wusste. Plötzlich kam ein Transporter angerast, in dem ein Russe saß. Er hat mich überrumpelt.«

»Inwiefern?«

Sommer legte den kompletten Ablauf dar. »Der Mistkerl springt aus dem Fahrzeug, Kimberly läuft weg, ich hinterher. Er feuert auf sie ohne Vorwarnung. Ich schätze, die Eintrittswunden befinden sich im Rücken. Anschließend dreht er sich blitzschnell zu mir um. Ich musste ihn erschießen, sonst wäre *ich* jetzt tot. Und dann waren plötzlich Polizeisirenen zu hören.«

»Und du beschließt, einfach abzuhauen.«

Sommer nickte. »Ich fürchtete um Jennifers und Jeremias' Leben.«

»Das klingt weit hergeholt.«

»Tobias, denk nach! Glaubst du, der Russe ist da *zufällig* aufgetaucht?«

»Vielleicht beobachten sie ihre Schäfchen.«

»Garantiert nicht, solange sie genug Geld einbringen.«

»Du hast mich erst kürzlich angelogen«, warf ihm Mühlenberg vor und sprach das fehlende Alibi an.

»Es tut mir leid. Ich hatte keine andere Wahl. Du kannst nicht ernsthaft glauben, ich hätte Pietsch umgebracht.«

»Es ist schon erstaunlich, wie viele Leute aus deinem Umfeld gerade sterben.«

»Meinem *Umfeld*?«, erwiderte Sommer ungläubig. »Ich kannte die Krankenschwester nicht einmal, geschweige denn ihren Mann. Mein letztes Aufeinandertreffen mit Pietsch ist eine Ewigkeit her, und Kimberly habe ich seit Monaten nicht gesehen. Bislang habe ich dich für einen besseren Kriminalisten gehalten.«

»Es ist höchst verdächtig, wenn du dir ein falsches Alibi geben lässt und Tage später von einem Tatort fliehst, an dem du jemanden getötet hast.«

»Aus Notwehr.«

»Das bestreite ich gar nicht. Umso mehr hättest du dortbleiben müssen. Genau deswegen bin ich doch hier. Ich sollte Jennifer und euren Sohn beschützen. Du hattest keinen Grund zu verschwinden.«

»Ich wollte dich nicht ebenfalls in Lebensgefahr bringen.«

»Du redest dummes Zeug. Es hätte so viele Möglichkeiten gegeben.«

»Welche?«

»Du hättest vom Messeparkplatz anrufen können, damit Jennifer, Jeremias und ich hier durch den Hinterausgang abhauen. Während du den Kollegen gegenüber für dein Handeln Verantwortung übernimmst.«

»Ich fürchte, auf eine solche Chance wartet er.«

Mühlenberg schüttelte unwirsch den Kopf. »Er kann nicht überall sein. Unterstellen wir, dass alles, was du gesagt hast, stimmt. Dann muss er in der Nähe des Tatorts gewesen sein, um die Polizei zu alarmieren.«

»Wie lange benötigt mitten in der Nacht eine alarmierte Streifenbesatzung?«

»Hängt von ihrem Standort ab.«

»Zehn Minuten?«

»Wahrscheinlich schon«, bestätigte Mühlenberg. »Es sei denn, sie ist in der Nähe.«

»Die Sirenen näherten sich bereits eine Minute nach dem Schusswechsel. Ich vermute, er hat gepokert und den Notruf viel früher informiert.«

In diesem Moment klingelte es an der Wohnungstür.

»Wer ist das?«, fragte Sommer.

»Verstärkung. Die *ich* angefordert habe. Rühr dich nicht vom Fleck! Alles andere würde mich von deiner Schuld überzeugen! Außerdem nehme ich deine Waffe an mich. Sorg dafür, dass deine Hand ruhig bleibt.«

Er ging zum Tisch, griff nach der Pistole und schob sie in seinen Hosenbund. Sommer beobachtete ihn zwar grimmig, verhielt sich jedoch passiv.

***

Jeremias öffnete lautlos die Zimmertür. Zwei Männer redeten so lautstark miteinander, dass er Bruchstücke ihrer Unterhaltung verstand.

Wieso stritt sich sein Vater? Ob er den Streit dadurch beenden konnte, dass er zu ihnen in die Küche lief?

Plötzlich ertönte die Türklingel.

Sollte er aufmachen? Ob sich die Erwachsenen darüber freuten? Oder wäre es besser, zurück ins Bett zu huschen und sich schlafend zu stellen?

***

»Ich habe jetzt nur noch ein paar Sekunden«, zischte Lukas. »Wir müssen Tobias überwältigen, bevor er an der Tür ist.«

»Vergiss es! Wir stehen das gemeinsam durch.«

»Jennifer!«

»Lukas, ich weiß, dass du nichts mit den Morden zu tun hast. Aber Tobias hat recht. Es ist die Aufgabe der Polizei, uns zu beschützen. Im Alleingang verschlimmerst du die Situation bloß.«

Ehe Sommer Gegenargumente fand, erklang in der Diele Tobias' gedämpfte Stimme.

»Was machst du denn da?«

***

Mühlenberg schaltete das Dielenlicht ein und entdeckte sofort den Jungen, der ertappt zusammenzuckte.

»Was machst du denn da?«

»Ich wollte öffnen«, antwortete Jeremias, der bereits zwei Schritte aus seinem Zimmer herausgekommen war.

»Um diese Uhrzeit solltest du schlafen.«

»Ihr seid zu laut.«

»Geh bitte zurück ins Bett.«

***

»Super!«, stöhnte Jennifer. »Jeremias ist aufgewacht.« Sie erhob sich. »Darum kümmere ich mich. Bleib sitzen! Außerdem hast du eh keine Fluchtmöglichkeit. Oder kletterst du allen Ernstes über die Balkonbrüstung und springst zwei Etagen in die Tiefe?«

»Nein«, flüsterte Sommer. »Deswegen will ich ihn ja außer Gefecht setzen.«

Sie schüttelte energisch den Kopf, bevor sie zur Tür ging.

***

Der Junge verschränkte trotzig die Arme vor der Brust und schaute ihn herausfordernd an.

Unterdessen echote Sommers Stimme in Mühlenbergs Erinnerung.

»Wie lange benötigt mitten in der Nacht eine alarmierte Streifenbesatzung? Zehn Minuten?«

Mühlenberg hatte vor weniger als fünf Minuten die Zentrale um Verstärkung gebeten. Konnte es sein, dass sie so schnell hier waren?

In seinem Rücken hörte er das Öffnen der Küchentür und trat deshalb automatisch einen Schritt nach vorn.

»Mama!«, rief Jeremias.

»Wieso bist du wach?«, fragte sie ihn.

»Ihr seid voll laut!«

»Willst du dich zu uns in die Küche setzen?«

»Mir wäre es lieber ...«, begann Mühlenberg.

***

Er hatte das Haustürschloss ohne Probleme geknackt und war im Dunkeln nach oben gegangen. Schussbereit wartete er vor der Wohnungstür und klingelte. Nach einer Weile bemerkte er im Türspion einen Lichtschein. Jemand hatte in der Diele das Licht angeschaltet.

Lukas oder Jennifer?

Eigentlich war es egal.

Er musste bloß den richtigen Moment abwarten. Sobald sich der Spion wieder verdunkelte, wusste er, dass einer der Bewohner nachschaute, ob der unangekündigte Besucher bereits im Hausflur war. Oder hatte er sogar so viel Glück und die Person würde unbedarft aufmachen? So spät in der Nacht war das allerdings unwahrscheinlich. Nein! Er musste auf den Türspion achten und blindlings feuern.

Plötzlich glaubte er, aus der Wohnung leise Stimmen zu vernehmen. Was hatte das zu bedeuten?

Sekunden verstrichen ereignislos. Warum gab es keine Anzeichen dafür, dass jemand zur Tür kam? Wieso dauerte das so lange? Hatten sie etwa den Trick durchschaut?

Er beschloss, nur noch wenige Augenblicke auszuharren. Angestrengt lauschte er nach Hinweisen, was in der Wohnung passierte.

***

Trotz Mühlenbergs Protest lief Jeremias direkt los.

»Papa, was ist denn los?«, rief er.

Mühlenberg schaute über die Schulter. Sommer stand mitten in der Küche und hatte die Arme ausgebreitet.

»Verdammt! Du solltest sitzen bleiben.«

***

»Papa, was ist denn los?«

Irritiert versuchte der Mörder, die Situation zu erfassen. Anscheinend war der Junge aufgewacht. Und aus irgendeinem Grund ging niemand zur Wohnungstür. Durchkreuzten sie gerade seinen Plan? Hatte er sich irgendwie verraten?

Sollte er abhauen oder auf einen Glückstreffer hoffen?

Der Mörder entschied sich für die zweite Variante. Im nächsten Moment zielte er genau in die Mitte der Tür und feuerte. Den zweiten Schuss setzte er höher und weiter rechts an.

Aus dem Inneren der Wohnung erklangen Schreie.

Zwei weitere Schüsse – danach drehte er sich um und sprang die Stufen hinunter.

16

Holzsplitter flogen umher, Jeremias und Jennifer schrien erschrocken auf, und der Junge stürzte zu Boden.

»Oh Gott«, stöhnte Jennifer und wollte zu ihrem Sohn.

Doch der rappelte sich bereits wieder auf. Gleichzeitig hielt Lukas Sommer seine Ex-Frau zurück.

»Wir dürfen nicht in die Schusslinie geraten. Geht in die Küche und duckt euch!«

Ohne zu zögern folgten sie der Anweisung. Unterdessen wandte sich Sommer an Mühlenberg.

»Glaubst du mir jetzt? Oder habe ich das alles arrangiert?«

»Würde mich diesmal wundern«, entgegnete der Hauptkommissar angespannt. Er reichte Sommer die Pistole. »Wie sollen wir vorgehen?«

»Wir können nicht blind zurückfeuern. Wer weiß, welche Nachbarn der Lärm alarmiert hat. Ich will keinen Kollateralschaden.«

Mühlenberg nickte. »Andererseits verlieren wir wertvolle Zeit, falls er geflohen ist.« Er holte sein Handy aus der Hosentasche. »Ich kontaktiere die Zentrale. Vielleicht haben wir Glück.« Sekunden später hatte er jemanden in der Leitung und erklärte, was passiert war. »Informieren Sie die Verstärkung. Der Schütze ist bewaffnet und gefährlich. Sie sollen sich vorsichtig nähern und am Hauseingang warten.« Er lauschte eine Weile. »Ja, die andere Sache hat sich geklärt. Danke!« Mit diesen Worten beendete er das Gespräch.

»Lauert er im Hausflur?«, sprach Sommer eine Befürchtung aus.

»Das müssen wir herausfinden. Geh du zur Tür und reiß sie auf. Ich positioniere mich schussbereit.«

Rasch huschte Sommer zum Eingang und umfasste den Türgriff.

»Fertig?«

Mühlenberg hockte sich hin, um ein kleineres Ziel abzugeben. »Ja!«

Sommer riss die Tür auf.

»Keiner da!«, rief Mühlenberg.

Gemeinsam betraten sie den Hausflur.

»Wahrscheinlich ist er nach draußen abgehauen«, vermutete der Hauptkommissar. Allerdings zeigte er mit seinem Zeigefinger nach oben.

»Vielleicht kriegen wir ihn. Los!«

Doch statt nach unten zu rennen, liefen sie die Stufen hoch. Nichts deutete jedoch darauf hin, dass er diesen Weg gewählt hatte. Sie drehten um und eilten hinunter. Bevor sie das Haus verließen, überprüften sie noch den Keller. Vor dem Hauseingang blieben sie stehen und lauschten nach verräterischen Geräuschen: Schritten oder Motorenlärm. Aber da war nichts.

»Scheiße!«, fluchte Sommer. »Er kann sich nicht in Luft aufgelöst haben!«

»Beten wir, dass die Verstärkung etwas beobachtet hat.«

***

Atemlos lehnte er sich gegen seine Appartementtür. Er war um sein Leben gerannt und hoffte, Glück gehabt zu haben. Oder hatte Sommer ihn verfolgt und gesehen, wohin er geflüchtet war? Noch ehe er wieder ruhig atmete, postierte er sich an der heruntergelassenen Jalousie und schob sie ein minimales Stück beiseite.

Auf der Straße tat sich vorläufig nichts. Harrte Sommer in der Wohnung aus? Hatte er Angst vor einem Hinterhalt? Oder war er getroffen worden?

Plötzlich öffnete sich die Haustür.

Was war das?

Fassungslos betrachtete der Mörder die beiden Männer. Woher kam Mühlenberg? Hatte der etwa die ganze Zeit in der Wohnung gewartet? Wieso war er ihm nicht aufgefallen?

»Ihr miesen Schweine!«, zischte er wütend. Sie

machten gemeinsame Sache. Die Bullen hielten eisern zusammen und erweckten nicht den Anschein, als wäre jemand durch die Kugeln verletzt worden. Keiner von ihnen telefonierte hektisch oder rannte zurück, um Erste Hilfe zu leisten.

Offenbar hatte er zu früh geschossen.

Ein Streifenwagen näherte sich – allerdings ohne Sirene und Blaulicht. Im Inneren saß nur eine Person. Der Bulle stellte den Wagen mitten auf der Fahrbahn ab und ging zu den Kommissaren. Aufgeregt diskutierten sie miteinander.

***

»Mein Partner ist zwei Straßen entfernt ausgestiegen und stößt aus der anderen Richtung zu uns«, teilte der Streifenbeamte mit.

»Ihnen ist niemand begegnet?«, vergewisserte sich Mühlenberg. »Kein Fahrzeug? Kein Passant?«

»Nein«, bedauerte der Polizist.

»Das kann einfach nicht sein«, murmelte Sommer. »Hat er sich in Luft aufgelöst?«

Im Schein der Straßenlaternen musterte er die gegenüberliegenden Häuser und hoffte, eine verräterische Bewegung zu entdecken. Hinter einigen Fenstern brannte Licht, doch die meisten Anwohner lagen vermutlich in ihren Betten und bekamen von dem Drama nichts mit.

Im Laufschritt stieß der zweite Streifenpolizist zu ihnen.

»Nichts!«

»Sollen wir weitere Einsatzkräfte anfordern?«, fragte sein Kollege.

»Dafür ist es zu spät«, antwortete Mühlenberg. »Wir brauchen die Spurensicherung, aber darum kümmere ich mich. Oberkommissar Sommer und ich gehen zurück in die Wohnung, um unser Vorgehen zu besprechen. Sie bleiben hier am Eingang.«

»Achten Sie besonders auf die Gebäude in unmittelbarer Nähe. Wenn jemand eines der Häuser verlässt, nehmen Sie seine Personalien auf«, fügte Sommer hinzu.

Die Polizisten nickten, Mühlenberg kommentierte die Anweisung zunächst nicht. Erst als sie im Hausflur außer Hörweite waren, fragte er: »Was hatte das gerade zu bedeuten?«

»Ich glaube, er hat einen Unterschlupf in der Nachbarschaft.«

Sie blieben im Erdgeschoss stehen, um die Theorie leise zu diskutieren.

»Wir hätten irgendetwas bemerkt. Ein wegrasendes Auto, zuschlagende Türen, was auch immer«, argumentierte Sommer.

»Er hatte einen ziemlichen Vorsprung.«

»Trotzdem! Die Kollegen haben ebenfalls nichts registriert. Ich fürchte, er beobachtet uns mit einem Fernglas durch eines der Nachbarfenster.«

»Bringt uns die Erkenntnis weiter?«

Sommer überlegte. Man konnte die Namen an den Klingelschildern abgleichen, gegebenenfalls sogar das

Einwohnermeldeamt um Hilfe bitten. Doch der Täter konnte bei jemandem eingestiegen sein, der sich in Urlaub befand. Eine Beziehung führen. Oder sonstige Schlupflöcher gefunden haben.

»Nein«, gab er zerknirscht zu. »Ich weiß bloß eins: Jennifer und Jeremias schweben in Gefahr.«

»Genau wie du.«

»Ich kann auf mich selbst aufpassen.«

Mühlenberg entfuhr ein grunzendes Geräusch, das nicht zustimmend klang.

»Lass uns zu deiner Familie gehen. Wir bequatschen die Alternativen in der Küche.«

Sommer lief voran und schloss mit seinem eigenen Schlüssel die durchlöcherte Tür auf.

»Lukas?«, erklang Jennifers Stimme aus der Küche.

»Wir sind wieder da«, beruhigte er sie.

Sekunden später stürmte sein Sohn heran und warf sich seinem Vater in die Arme. An den roten Augen erkannte Sommer, dass Jeremias geweint hatte.

»Wer war das?«

»Ich weiß es nicht«, bekannte Sommer. »Aber ich sorge für eure Sicherheit, das verspreche ich dir.«

Gemeinsam gingen sie in die Küche. Auch Jennifer wirkte erschüttert.

»Ihr habt ihn also nicht verhaftet«, stellte sie fest.

»Er war weg.« Lukas zögerte. Konnte er ihnen das Folgende wirklich antun? Ihnen das – zugegeben trügerische – Gefühl der Geborgenheit rauben? »Ich fürchte, er hat einen Unterschlupf ganz in der Nähe.«

»Nein!«, widersprach Jennifer.

»Das ist reine Spekulation«, mischte sich Mühlenberg ein.

»Es würde vieles erklären.«

»Wenn es so wäre, könnt ihr ihn dann aufscheuchen?«, fragte sie.

»Aufgrund einer Spekulation?«, entgegnete Mühlenberg. »Ausgeschlossen.«

Betreten schaute Jennifer Lukas an. »Was unternehmen wir?«

»Ich würde gern untertauchen und auf eigene Faust ermitteln«, sagte Sommer. »Immerhin haben wir in den letzten Tagen ein paar Informationen zusammengetragen. Das hilft mir, ihm näher zu kommen. Ich hole meinen BKA-Partner ins Boot, der wird mich aus Wiesbaden unterstützen. Dafür sind allerdings zwei Voraussetzungen notwendig.«

»Lass mich raten«, stöhnte Mühlenberg. »Die Ermittlungen am Messeparkplatz?«

Innerlich dankte Sommer ihm für die harmlose Umschreibung. »Genau. Ich habe keine Zeit, Rede und Antwort zu stehen.«

»Das ist sehr unglücklich, Lukas.«

»Ich versichere dir, es war ein Hinterhalt, und mir ist nichts anderes übrig geblieben. Sobald der Täter gefasst ist, bin ich bereit, mich zu rechtfertigen. Aber so lange brauche ich freie Hand.«

»Das wird Polizeipräsident Bolte nur schwer akzeptieren.«

»Du musst ihn überzeugen, dass wir richtig gehandelt haben.«

Mit den Zeigefingern knetete Mühlenberg seine Lippen und starrte vor sich hin. »Meinetwegen«, sagte er schließlich. »Ich schätze, ich kann ihn auf unsere Seite ziehen.«

»Was ist die zweite Voraussetzung?«, wollte Jennifer wissen.

Offenbar kannte sie die Antwort bereits, denn ihre verschränkten Arme deuteten an, dass sie nicht einverstanden sein würde.

»Ihr müsst euch schützen lassen.«

»Diese Diskussion haben wir bereits geführt. Ich werde wieder arbeiten!«

»Wirst du nicht!«, widersprach er. »Wobei mir das überhaupt nicht mehr ausreicht.«

»Sondern?«

»Tobias, könntest du sie heute Nacht in Schutzhaft nehmen und morgen in einer Zeugenschutzwohnung unterbringen?«

»Ist nicht dein Ernst«, protestierte Jennifer.

»Das halte ich für sinnvoll«, konterte Mühlenberg ihren Ausbruch. »Jennifer, er hat recht. Beim nächsten Versuch verläuft es nicht so glimpflich.« Er schaute in Richtung der Diele.

»Jeremias, deine Mutter und ich müssen kurz allein reden. Wartest du hier bei Tobias?«

Der Junge, der den Schlagabtausch stumm verfolgt hatte, nickte. Ohne ihr Einverständnis einzuholen, stand Lukas auf und verließ die Küche. Im Wohnzimmer wartete er, bis sie zu ihm kam und genervt die Tür zudrückte.

»Das ist so unfair!«, beschwerte sie sich.

»Uns bleibt keine andere Wahl.«

»Schutzhaft und Zeugenschutzwohnung? Ist das wirklich das Beste, was euch einfällt? Oder geht es dir darum, deinen Willen durchzusetzen?«

»Traust du mir das zu?«, fragte er traurig.

In ihren Augen erkannte er, dass ein Teil der Vertrautheit, die sich in den letzten Tagen zwischen ihnen aufgebaut hatte, wieder eingerissen worden war.

Sie trat ans Fenster und starrte hinaus. Am liebsten hätte er sie aus Sorge vor einem Heckenschützen zurückgezerrt, doch er wusste, wie übertrieben das gewirkt hätte.

»Natürlich nicht«, murmelte sie nach einem Augenblick Stille. »Entschuldige. Aber was passiert, wenn ihr dem Täter in den nächsten Wochen keinen Schritt näher kommt? Davor habe ich Angst. Demnächst beginnt das neue Schuljahr. Das darfst du nicht vergessen.«

»Werde ich nicht. Außerdem bin ich mir sicher, dass wir ihn vorher fangen.«

»Woher nimmst du deinen Optimismus?«

»Die Lage eskaliert so schnell. Offenbar fühlt er sich unter Zugzwang. Sonst hätte er niemals durch eine geschlossene Wohnungstür gefeuert. Ich schätze, er wird schon bald versuchen, erneut zuzuschlagen. Das ist meine Chance.«

Endlich drehte sie sich zu ihm um.

»Diesmal wirst du dich vernünftig von deinem Sohn verabschieden. Selbst wenn es nur für zwei Wochen ist. Oder wie lange auch immer du brauchst. Das bist du ihm schuldig.«

»Ich weiß.« Doch bevor er das Wohnzimmer verließ, ging er zu seiner Ex-Frau und nahm sie in den Arm.

»Es tut mir leid«, flüsterte er. »Ich fürchte, das ist alles meine Schuld.«

»Blödsinn«, wisperte sie.

In seinen Ohren klang ihr Widerspruch allerdings wenig überzeugend.

17

Jeremias schaute ihn mit traurigen Augen an. »Das ist so doof«, beschwerte er sich.

Lukas Sommer streichelte ihm über die Haare. »Es tut mir leid.« Die gleichen Worte, die er Minuten zuvor seiner Ex-Frau gesagt hatte. Warum flüchtete er sich in solche Plattitüden? Doch wie sollte er einem Vierzehnjährigen klarmachen, dass der Schritt absolut notwendig war?

»Wann sehe ich dich diesmal wieder? In ein paar Monaten? Weihnachten?«

»Hey, mal nicht so schwarz. Zum neuen Schuljahr bin ich zurück.«

»Versprichst du das?«

»Hundertprozentig.«

»Okay.«

Ein angedeutetes Lächeln erhellte Jeremias' Züge. Sommer fühlte sich von dieser positiven Veränderung angespornt.

»Hatten wir in den letzten Wochen eine tolle Zeit zusammen?«, vergewisserte er sich.

»Ja«, bestätigte sein Sohn. »Das war super.«

»Ich weiß, dass mein Job manchmal blöd ist. Aber andere Väter haben dann anschließend nicht wochenlang frei, wenn sie haufenweise Überstunden machen mussten. Das ist der Vorteil meiner Arbeit.«

Jeremias brummte zustimmend. Sommer gab ihm einen Kuss auf den Haarschopf und stupste ihm die Nase.

»Lass das!«, quietschte der Junge.

»Ich bringe euch noch zu Tobias' Fahrzeug. Erst dort sage ich richtig ›Tschüss‹.«

***

»Verdammt! Verdammt! Verdammt!«, fluchte er leise.

Genau das hatte er befürchtet. Lukas Sommer brachte seine Familie mitten in der Nacht nach draußen. Flankiert von Mühlenberg und zwei Streifenbeamten. Selbst wenn er Frau und Kind nicht einberechnete, stände er einer vierköpfigen, bewaffneten Übermacht gegenüber.

Was sollte er tun? Trotzdem einen Angriff wagen? Oder den bereits früher ausgetüftelten zweiten Plan in Gang setzen?

Der Mörder starrte auf seine Pistole. Wie nah würde er ihnen kommen, um zumindest die Sommers auszuschalten? War das eine realistische Option, oder wären die Polizisten so misstrauisch, dass sie sein Vorhaben im Keim erstickten?

Er musste sich schnell entscheiden!

***

»Du fährst sie ohne Umwege in die Polizeistation Süd, wo sie die Nacht verbringen«, fasste Lukas Sommer ihre Überlegung zusammen.

»Beschützt von allen diensthabenden Polizisten«, bestätigte Mühlenberg.

»Morgen sucht ihr die passende Zeugenschutzwohnung aus.«

Mühlenberg nickte. »Wir transportieren sie in einem von außen nicht einsehbaren Mannschaftswagen. Sollte er uns heute Nacht folgen, wird er das nicht mitbekommen.«

»Der Streifenwagen begleitet euch als Schutz. Ich hänge mich mit dem Motorrad dran, halte aber Abstand und achte auf Verfolger.«

»Mach dir keine Sorgen. Sie sind sicher.«

»Ich hoffe es.«

Mühlenberg reichte ihm die Hand. »Verzeih mir mein Misstrauen.«

Sommer drückte fest zu. »Ich hätte umgekehrt an dir genauso gezweifelt«, bekannte er.

Der Hauptkommissar trat an die Fahrerseite. Sorgfältig musterte er die Umgebung, bevor er einstieg. Derweil nahm Sommer seinen Sohn in den Arm.

»Bereite Mama keinen Ärger«, bat er ihn.

»Versprochen.«

»Ich bin so stolz auf dich.«

»Fang den Kerl!«

Sommer spürte einen Kloß im Hals. »Worauf du dich verlassen kannst.« Er öffnete ihm die hintere Tür und wartete, bis sich Jeremias hineingesetzt und angeschnallt hatte. Dann warf er die Autotür zu und ging zu Jennifer, die am Kofferraum stand.

»Sie werden es euch so angenehm wie möglich machen.«

»Sonst schuldest du mir einen Gutschein für ein Wellnesshotel meiner Wahl.«

»Einverstanden.«

Obwohl Jennifer versucht hatte, die Situation mit einem Witz zu entkrampfen, bemerkte er nach wie vor die Veränderung zwischen ihnen. Es war wie der erste Anflug von kühler Herbstluft nach einem wundervollen Hochsommer.

»Sie werden euch neue Handys zur Verfügung stellen, damit er die alten Nummern nicht ortet. Ich kontaktiere euch darüber. Ebenfalls mit anderer Telefonnummer.«

»Okay.«

Er fühlte das Verlangen, sie zu umarmen, hatte jedoch Angst vor einer ablehnenden Reaktion. Deswegen berührte er bloß ihre Schulter. Sie lächelte mit zusammengepressten Lippen, ehe sie sich sichtbar überwand, die Arme ausbreitete und ihn umklammerte.

»Pass auf dich auf!«, sagte sie. »Du willst weder Jeremias noch mir eine zweite Beerdigung zumuten. Wir haben uns an deine Anwesenheit gewöhnt.«

Vorsichtig streichelte er ihren Rücken. »Ich liebe ... euch.«

»Und wir dich.«

Sie sahen sich intensiv in die Augen. Plötzlich kam ihr Kopf ein Stück nach vorn und sie küsste ihn kurz.

»Wehe, du kommst nicht wieder!«, flüsterte sie.

Das private Chaos in seinem Kopf wurde größer. Hatte er sich getäuscht, als er die Distanz gespürt hatte? Oder drückte der Kuss mehr ihre Besorgnis denn Zuneigung aus?

»Wir sollten los!«, rief Mühlenberg.

Jennifer stieg ein. Er schaute zu, wie sie sich anschnallte. Im nächsten Moment startete Mühlenberg den Motor. Langsam parkte er aus, und auch der Streifenwagen fuhr los.

Sommer rannte zu seinem abgestellten Motorrad.

***

In seiner Wohnung konzentrierte sich Lukas Sommer auf die nächsten Aufgaben. Der Täter hatte Jennifer und Jeremias zu Hause angegriffen – als Nächstes könnte er es folglich hier probieren. Um ihm näher zu kommen, musste er sein gewohntes Umfeld zurücklassen und ebenfalls untertauchen. Hastig packte er eine Reisetasche mit genügend Wechselkleidung für fünf Tage ein. Dann schrieb er sich die wichtigsten

Handynummern heraus – die Vorsichtsmaßnahme, die für seine Familie galt, musste er genauso einhalten.

Aufgrund der späten – beziehungsweise frühen – Uhrzeit wählte er schließlich die Nummer seines BKA-Partners mit schlechtem Gewissen. Obwohl Robert Drosten bestimmt geschlafen hatte, meldete er sich bereits nach wenigen Sekunden.

»Lukas, einen Augenblick.«

Geduldig hörte Sommer dabei zu, wie Robert etwas zu seiner Frau sagte. Danach passierte einen Moment nichts, ehe der BKA-Hauptkommissar wieder bei ihm war.

»Was ist geschehen?«, fragte Drosten besorgt.

»Eine Menge. Entschuldige, dass ich dich geweckt habe.«

»Nicht schlimm. Erzähl!«

Ausführlich berichtete Sommer von den Ereignissen der vergangenen Stunden.

»Das ist übel«, bekannte Drosten. »Wie wird deine Familie geschützt?«

»Momentan befinden sie sich in Schutzhaft. Am Vormittag kommen sie in einer Zeugenschutzwohnung unter.«

»Sehr gut! Das klingt so, als seien sie aus der Schusslinie.«

»Ich hoffe es.«

»Was unternimmst du?«

»Ich werde mich in ein Hotel zurückziehen, um ein bisschen Schlaf zu finden. Ab morgen gehe ich Spuren nach und brauche vielleicht deine Hilfe.«

»Jederzeit.«

»Danke. Ich lasse mein Handy zurück und besorge mir aus Sicherheitsgründen eine neue Nummer, die ich dir so schnell wie möglich mitteile.«

»Glaubst du, das Ganze hat mit Johannes Haupt zu tun? Macht dir ein Mitglied seines Rudels das Leben schwer?«

»Das hätte ich bis Mitternacht durchaus für realistisch gehalten. Aber der Freier hat sich vor ungefähr vier Monaten nach mir erkundigt. Damals war meine Tarnung unter seinen Anhängern intakt.«

»Wer könnte es sonst sein?«

Obwohl Sommer den Gedanken schon mehrfach durchgekaut hatte, gefiel es ihm, die Alternativen mit Robert Drosten zu besprechen. Manchmal halfen andere Sichtweisen, um weiterzukommen.

»Der Täter befindet sich auf einem Rachefeldzug. Er bringt meinen Tarnnamen ins Spiel, den ich bei zwei beziehungsweise drei Ermittlungen benutzt habe. Je nachdem, wie man rechnet. Einen Zusammenhang zu Johannes Haupt schließe ich aus besagten Gründen aus. Bleiben bloß die Ermittlungen im Rockermilieu und die Jagd auf den Holtzmann-Entführer übrig. Die Kroaten und die Russen hätten genügend Gründe, um sich an mir zu rächen. Im schlimmsten Fall vermuten die Kroaten, ich hätte ihre Anführer in den Tod geschickt. Oder die Russen machen mich für ein Blutbad verantwortlich, das Polizeirat Koch angerichtet hat. Allerdings zweifle ich an dieser Theorie.«

»Wieso?«

»Kimberly meinte, der Freier wäre Deutscher gewesen. Natürlich gab es in der Rockergang deutsche Mitglieder, aber wir waren eindeutig in der Unterzahl. Jemand aus den oberen Führungsschichten hätte Kimberly erkannt. Ist ja keine Ewigkeit her. Und die Russen waren sehr selektiv und haben keine deutschen Mitglieder zugelassen. Unter anderem aus Angst vor verdeckten Ermittlern.« Er schmunzelte. »Außerdem gehört ihnen das Bordell. Sie hätten Kimberly die Informationen leichter zukommen lassen können.«

»Klingt nachvollziehbar. Also geht es um die Entführung der Holtzmann-Kinder.«

»Kochs Verwicklung darin, die durch mich aufgedeckt wurde, hat hohe Wellen geschlagen.«

»Die von seinem Selbstmord verstärkt wurden.«

»Falls es denn Selbstmord war«, sagte Sommer.

»Sind das nicht die üblichen Verschwörungstheorien, wenn an der offiziellen Version gezweifelt wird?«, fragte Drosten.

»Würde ich auch annehmen, jedoch war es sehr fragwürdig, dass Koch nicht rund um die Uhr bewacht worden ist.«

»Hast du weitere Ansätze?«

»Den Tod meiner Partnerin Lisa Jung. Nach allem, was ich gehört habe, hat sie eine absolut am Boden zerstörte Familie zurückgelassen. Die Eltern, der Bruder, der Verlobte. Ich kann mir nicht vorstellen, dass sie mir die Schuld an Lisas Schicksal geben, trotzdem behalte ich die Möglichkeit im Auge.«

»Du kannst mich jederzeit anrufen, wenn du BKA-Befugnisse benötigst. Ich kläre das dann auf dem kurzen Dienstweg.«

»Das weiß ich zu schätzen.«

»Teil mir bitte schnellstmöglich die Handynummer mit, unter der ich dich erreiche. Ich will dich damit zwar momentan nicht behelligen, aber hier in Wiesbaden ist dein Name in den letzten zwei Wochen häufig gefallen.«

»In welchem Zusammenhang?«, wunderte sich Sommer.

»Ist noch nicht spruchreif. Nur so viel: Die Entscheidungsträger des BKA und der Landeskriminalämter überlegen, neue Schnittstellen zu schaffen. Dafür werden flexible Polizisten benötigt, die sich in Extremsituationen ausgezeichnet haben. Ich musste dich erst gar nicht ins Gespräch bringen, obwohl ich sofort an dich gedacht habe. Dein guter Ruf eilt dir mittlerweile voraus. Ob daraus etwas wird: keine Ahnung. Sobald ich mehr weiß, erhältst du Details. Und jetzt schnapp den Mistkerl.«

18

An der Rezeption saß eine junge Frau, die für die frühe Uhrzeit erstaunlich frisch aussah.

»Guten Morgen«, begrüßte sie Lukas Sommer freundlich.

»Hallo«, sagte er. »Ich brauche ein Zimmer. Bis übermorgen. Allerdings gibt es da ein kleines Problem.«

»Sie haben kein Geld«, vermutete die Rezeptionistin, die laut ihres Namensschilds Nicole hieß, schmunzelnd.

»Nicht ganz.« Er holte seinen BKA-Dienstausweis hervor. »Ich bin Polizist und müsste unter falschem Namen einchecken.«

»Ein Polizist? Spannend! Mein Freund wird gerade an einer Polizeiakademie in Niedersachsen ausgebildet.«

»Sie sehen sich vermutlich nicht sehr regelmäßig. Ihre Arbeitszeiten und seine passen eher schlecht zusammen, oder?«

»Leider. Aber meine Ausbildung endet nächstes Jahr, dann suche ich mir in seiner Nähe einen Job.« Mit flinken Fingern tippte sie auf der Tastatur. »Unsere Doppelzimmer zur Alleinnutzung kosten neunundneunzig Euro inklusive Frühstück. Ich muss zwei Nächte in Rechnung stellen, könnte Ihnen jedoch ein kostenfreies Zimmerupgrade anbieten, da wir momentan bloß zur Hälfte ausgebucht sind.«

»Danke.«

Sie reichte ihm einen Anmeldezettel. »Geben Sie einfach einen x-beliebigen Namen an. Ich verrate Sie nicht. Bezahlen können Sie beim Auschecken. Gerne bar.«

Sommer griff zu einem Kugelschreiber und nannte sich Martin Müller, wohnhaft in Berlin. Ohne mit der Wimper zu zucken, übertrug sie die Daten in den PC und programmierte anschließend eine Zugangskarte. »Zimmer vierhundertzwölf, Herr Müller. Frühstück bekommen Sie von sechs Uhr dreißig bis zehn.«

Sommer schaute auf seine Handyuhr. Es war kurz nach vier. »Da nehme ich vorher glatt eine Mütze Schlaf.«

Als Sommer das Licht in dem dunklen Raum anschaltete, staunte er über die Großzügigkeit der Mitarbeiterin. Sie hatte ihm eine Suite zum Normalpreis gebucht. Die Hotelsuite bestand aus einem getrennten Schlaf- und Wohnbereich.

»Perfekt«, flüsterte er. Hier könnte er die Erkenntnisse, die er tagsüber zusammentragen wollte, wunderbar aufschreiben und verarbeiten.

Auch das Badezimmer entsprach dem luxuriösen Ambiente und verfügte über eine geräumige Dusche und eine separate Badewanne. Da er zu Hause nur duschen konnte, war die Versuchung groß, sich ein heißes Bad einzulassen. Doch er befürchtete, dadurch das Müdigkeitsgefühl zu vertreiben. Also zog er sich lediglich aus, putzte seine Zähne und schlüpfte nackt unter die Bettdecke des herrlichen Kingsize-Boxspringbetts. Während er langsam wegdämmerte, erinnerte er sich an Kochs Ex-Ehefrau, der er voriges Jahr das Leben gerettet hatte. Bestimmt würde sie ihm weiterhelfen.

***

Nach einem ausgiebigen Frühstück besorgte sich Sommer im nächstgelegenen Handyshop ein Prepaidtelefon und überzeugte den Verkäufer dank des Dienstausweises, die gesetzlichen Bestimmungen locker zu sehen. So blieb sein richtiger Name außen vor. Er kontaktierte zunächst Mühlenberg, der ihm Jennifers neue Telefonnummer mitteilte. Anschließend telefonierte Sommer mit seiner Ex-Frau. Ihr und Jeremias ging es in der beengten Zweizimmerwohnung vergleichsweise gut – was unter anderem an der

Videospielkonsole lag, die am Fernseher angeschlossen war.

»Wenn man sich drauf einlässt, ist *Mario Kart* ein amüsanter Zeitvertreib«, erklärte sie. »Obwohl ich gegen Jeremias natürlich keine Chance habe. Bist du schon weitergekommen?«

»Ich fahre gleich los«, antwortete er. »Zuerst suche ich Wilhelm Kochs Ex-Frau Franziska Ritsche auf. Letztes Jahr hatte sie wegen ihres Sohnes Maximilian bloß einen Teilzeitjob. Ich hoffe, sie ist nicht im Sommerurlaub. Mal schauen, ob mich das weiterbringt. Falls nicht, stehen Lisa Jungs Eltern und gegebenenfalls weitere Familienmitglieder auf meinem Zettel.«

»Toi, toi, toi«, wünschte sie ihm.

***

Franziska Ritsche begrüßte ihn überrascht an der Wohnungstür.

»Ich hätte nicht erwartet, Sie jemals wiederzusehen«, bekannte sie. »Aber es freut mich. Kommen Sie rein.«

Franziska schüttelte ihm die Hand und trat einen Schritt beiseite. In der Diele standen vier große Einkaufstüten von Geschäften in der Innenstadt. Sie bemerkte, dass er sie musterte.

»Maximilian befindet sich auf einer Ferienfreizeit, und ich habe mir Überstundenabbau gegönnt. Seit Wilhelms Tod ist das Geld nicht mehr ganz so knapp.

Maxi war Wilhelms Alleinerbe. Trotz allem. Gehen wir in die Küche.«

Sommer folgte ihr dorthin und erinnerte sich an das erste Gespräch, das er letztes Jahr dort mit ihr geführt hatte. Sie war eine verängstigte Frau gewesen, die aus Angst, ihren Ex-Mann zu belasten, nichts unternommen hätte. An diesem frühen Mittag wirkte sie deutlich selbstsicherer und befreiter.

»Was führt Sie zu mir?«

»Eine Mordermittlung.«

Sie setzten sich an den Küchentisch.

»Was habe ich damit zu tun?«, fragte Franziska.

»Ich benötige eine Information von Ihnen: Hat sich seit unserer letzten Begegnung jemand bei Ihnen nach mir erkundigt?«

»Am Anfang gab es Anfragen von Zeitungen und Fernsehsendern«, antwortete sie. »Das habe ich alles abgeblockt. Danach war Ruhe.«

»Niemand in den letzten vier, fünf Monaten?«

»Nein«, sagte sie sofort.

Seine Zuversicht, die Anschläge mit Wilhelm Koch in Verbindung zu bringen, schwand.

»Sie dürfen mir wahrscheinlich nicht verraten, wieso Sie gefragt haben?«, hakte sie nach.

»Bedaure.«

»Dann interessiert mich eine andere Sache: Haben *Sie* damals Wilhelm in Untersuchungshaft getötet?«

Überrascht sah er sie an. »Wie kommen Sie darauf?«

»Ich habe nach der Todesmitteilung viel darüber nachgedacht. Selbstmord passt nicht zu Wilhelm. Er hätte versucht, einen Deal herauszuschlagen, und wäre eventuell sogar damit durchgekommen. Er verstand sich darin, Leute zu manipulieren. Also ging mir folglich die Frage durch den Kopf, ob Sie sich gerächt haben.«

»Niemand hat Sie auf diese Idee gebracht? Kurz nach Wilhelms Tod oder auch erst kürzlich?«

»Ich versichere es Ihnen. Sie haben mir das Leben gerettet. Ich würde Sie niemals anlügen. Und ehrlich gesagt hat sich meine Situation aufgrund seines Todes vereinfacht.«

Sommer glaubte ihr. »Sie sind nicht die Einzige, die an der offiziellen Version zweifelt. Wilhelm hätte rund um die Uhr bewacht werden müssen. Er hätte keine Gelegenheit haben dürfen, sich zu erhängen. Trotzdem ist es angeblich passiert. Ich habe ebenfalls meine Zweifel. Aber wenn es Ungereimtheiten gibt, habe ich damit nichts zu tun. Ich habe ihn nach der Verhaftung nicht mehr zu Gesicht bekommen. Am nächsten Morgen, als ich ihn vernehmen wollte, war er bereits tot.«

»Danke für Ihre offene Antwort.«

»Hatte Koch Verwandte, die den gleichen Verdacht äußern und es mir krummnehmen?«

»Vermutlich nicht. Zu seiner Einäscherung sind keine Verwandten gekommen – hat mir zumindest der Anwalt erzählt. Dass Maximilian der Alleinerbe war, sagt viel über Wilhelms soziale Bindungen aus.«

***

Bevor Sommer den Motor des Wagens startete, fasste er die Schlussfolgerungen des Gesprächs zusammen. Vermutete der Attentäter, dass Sommer hinter dem vermeintlichen Selbstmord steckte, und rächte er sich deshalb? Doch wer käme dafür infrage? Er musste Mühlenberg eine Liste erstellen lassen, ob es Polizisten oder sonstige Personenkreise gab, die durch Kochs Tod Nachteile erlitten hatten. Sommer fürchtete jedoch, dass dabei eine leere Liste herauskäme.

***

Die Eltern seiner ehemaligen Partnerin Lisa Jung lebten in einem Einfamilienhaus aus den Sechzigerjahren. Das ganze Wohnviertel wirkte wie ein Relikt vergangener Tage. Die Häuser waren mindestens fünfzig Jahre alt und hätten dringend Anstriche oder sonstige Modernisierungsmaßnahmen nötig gehabt.

Eine Narbe an seinem Bauch erinnerte Sommer an die Situation, in der Lisa bei der Jagd nach den Holtzmann-Kindern gestorben war. Kaum hatte er den Motor abgeschaltet, schien die Körperstelle zu jucken. Er schaffte es, dem Impuls nicht nachzugeben, sondern stieg aus und ging mit großen Schritten zum Eingang. Nach einer leichten Berührung der Klingel ertönten die ersten Takte aus Beethovens *Ode an die Freude*. Gerade als er überlegte, den Klingelknopf erneut zu drücken, öffnete sich die Tür. Ein Mann, der einen burgunderfarbenen Pullunder, eine Cordhose und Hausschuhe trug, stand ihm gegenüber. Das Lächeln auf seinen Lippen gefror.

»Sie?«, fragte er eisig.

»Guten Tag, Herr Jung.«

Im Hintergrund tauchte Lisas Mutter auf, die genauso erschüttert aussah, weil Sommer so unerwartet aufgetaucht war.

»Was wollen Sie?«

»Zum einen mich bei Ihnen entschuldigen, dass ich Ihnen nie mein Beileid ausgesprochen habe. Es tut mir sehr leid, dass Sie damals Ihre Tochter verloren haben. Es vergeht kaum ein Tag, an dem ich Lisa nicht vermisse.«

Theodor Jung nickte kurz. »Und der andere Grund?«

»Eine aktuelle Mordermittlung. Darf ich reinkommen?«

Jung zögerte, bevor er zur Seite trat. »Wir haben nicht viel Zeit.«

Sommer überquerte die Türschwelle und wäre fast abrupt stehen geblieben. Im Flur hingen rund ein Dutzend Fotos der Tochter. Bei jeder Rückkehr nach Hause und jedem Verlassen des Gebäudes wurden die Eltern an ihr Kind erinnert.

Theodor Jung ging schleppenden Schrittes voran und führte ihn ins Wohnzimmer. Stumm zeigte er auf einen neu wirkenden Ledersessel. Die beiden Hausbewohner nahmen auf einer zum Sessel passenden

Zweiercouch Platz. Marlies Jung starrte ihn an. In ihren Augen lag ein unausgesprochener Vorwurf.

»Was wollen Sie wissen?«, fragte Theodor Jung.

»Hat sich in den letzten Wochen oder Monaten jemand bei Ihnen nach mir erkundigt?«

»Nach Ihnen? Wie kommen Sie darauf?« Jung musterte ihn abfällig.

Die Feindseligkeit der Eltern überraschte Sommer. Gaben sie ihm die Schuld am Tod ihrer Tochter? Oder hatte die ablehnende Haltung eine andere Ursache?

»Dazu kann ich aus ermittlungstaktischen ...«

»Warum dürfen Sie überhaupt weiter als Polizist arbeiten?«, entfuhr es der Mutter.

»Ich konnte Lisas Erschießung nicht verhindern«, versicherte er. »So gern ich es getan hätte.«

»Wussten Sie, dass Lisa schwanger war? Wir haben durch Ihr Versagen Tochter und Enkelkind verloren.«

»Schwanger?«, wisperte Sommer fassungslos. »Wirklich? Oh Gott, wieso ...«

»Ja, *wirklich*!«, entgegnete Theodor Jung.

Mit offenem Mund schaute Sommer zu Boden. Das konnte nicht wahr sein! Das hatte ihm nie jemand gesagt. Doch im gleichen Moment verstand er den Grund dafür. Die Kollegen hatten ihm diese zusätzlichen Schuldgefühle ersparen wollen. Und Mühlenberg hatte wahrscheinlich nicht daran gedacht, ihn zumindest heute Morgen ins Bild zu setzen.

»Es tut mir so unendlich leid.«

»Am besten gehen Sie jetzt!«, sagte Lisas Vater.

»Beantworten Sie bitte meine Frage. Das ist wichtig.« Aufgrund der neuen Erkenntnis erschien ein Zusammenhang zwischen Lisas Tod und den Angriffen auf Sommers Familie umso plausibler. Ein Täter, der ihm die Schuld gab und sich persönlich rächen wollte, hätte wegen der Schwangerschaft ein Motiv, um auch Jeremias ins Visier zu nehmen. Theodor Jung kam jedoch nicht in Betracht, denn Kimberly hatte von einem Mann in Sommers Alter oder jünger gesprochen.

»Jeder, der sich nach Ihnen und Ihrem *Wohlergehen* bei mir erkundigen würde, bekäme die passende Antwort«, sagte Jung. »Aber zum Glück habe ich das letzte Mal über Sie reden müssen, als die Presse die Befreiung der Holtzmann-Kinder gefeiert hat. Wenigstens eine Sache, die Sie vernünftig hinbekommen haben. Eine eiskalte Mörderin zu befreien. Verlassen Sie auf der Stelle mein Haus!«

»Wir sind noch nicht fertig«, erwiderte Sommer scharf. »Als Angehörige einer Polizistin ist es Ihre moralische Pflicht, mich zu unterstützen. Und ich verstehe Ihre Haltung mir gegenüber nicht. Das Mädchen wurde von Polizeirat Koch gezwungen, auf Lisa und mich zu schießen. Dass ich überlebt habe, war purer Zufall.«

»Schön für Sie.«

»Lisa hatte einen Bruder und einen Verlobten. Ihren Sohn Gunnar und Julian Nickel. Können Sie mir die Rufnummern der beiden Männer geben? Vielleicht sind die willig, mir zu helfen.«

»Herr Nickel hat jeden Kontakt zu uns abgebrochen. Ein weiterer schmerzhafter Verlust«, sagte Jung.

»Dann benötige ich zumindest die Kontaktdaten Ihres Sohnes. Wo erreiche ich ihn?«

»Das glauben Sie nicht ernsthaft, oder?«, meinte Marlies Jung.

»Was meinen Sie?«

»Dass unser Sohn in irgendeiner Weise in einer Mordermittlung verstrickt ist.«

Sommer wunderte sich über den mütterlichen Einwand. »Ich will von ihm bloß wissen, ob sich jemand nach mir erkundigt hat. Das ist alles.«

»Ich wiederhole mich ungern«, schritt Theodor Jung ein. »Verlassen Sie auf der Stelle mein Haus. Sonst rufe ich die Polizei und zeige Sie wegen Hausfriedensbruch an.«

»Sie verraten mir nicht einmal Gunnars Telefonnummer, die ich sowieso herausfinde?«

»Unter keinen Umständen«, erklärte Jung. »Sie haben uns ein Kind geraubt, das zweite schützen wir vor Ihnen.«

»Das wirkt für mich gerade so, als ob Gunnar etwas zu verbergen hätte, von dem Sie Kenntnis besitzen.«

»Unterstehen Sie sich, solche haltlosen Unterstellungen laut auszusprechen«, warnte ihn der Vater.

Sommer stand auf. »Ich finde allein heraus. Vielen Dank für Ihre Gastfreundschaft.«

Bevor er das Haus verließ, warf er einen flüchtigen Blick auf die gerahmten Bilder seiner toten Partnerin. Die meisten zeigten sie lachend, einige wenige nachdenklich. Schwanger!, schoss es ihm durch den Kopf. Wieso hatte sie keinen Ton gesagt?

19

Die Nummer auf dem kleinen Telefondisplay verwunderte ihn.

»Hallo?«, meldete er sich dementsprechend reserviert.

»Ich bin's«, sagte der alte Mann, zu dem er in den letzten Monaten selten Kontakt gehabt hatte.

»Was für eine Überraschung!«

»Wir hatten unerwarteten Besuch«, sagte sein Gesprächspartner.

»Von wem?«

»Diesem Mistkerl Sommer. Er hat sich nach dir erkundigt.«

Gebannt hörte er zu.

»Und ihr habt nichts über unsere Gespräche verraten?«, vergewisserte er sich schließlich.

»Natürlich nicht! Oder glaubst du, wir würden nach Lisas Tod mit einem solchen Dreckskerl kooperieren?«

»Danke!«

»Wann kommst du mal wieder vorbei?«

»Demnächst«, versprach er. »Wenn alles erledigt ist.«

»Sei vorsichtig!«

»Versprochen.« Ohne Verabschiedung beendete er das Telefonat.

Lukas Sommer hatte also die richtigen Rückschlüsse gezogen und jagte ihn. Der Mörder hatte gehofft, dass diese Phase später oder gar nicht eintreten würde – trotzdem war er vorbereitet.

Der Bulle hatte seine Ex-Frau und seinen Sohn von zu Hause mit Polizeischutz fortschaffen lassen. Wahrscheinlich standen sie jetzt unter permanenter Bewachung und wären für ihn nicht mehr greifbar.

Doch auch eine solche Situation hatte er immer als möglich erachtet und einen Alternativplan entwickelt, den er nun in Gang setzte.

***

Lukas Sommer schloss die Tür des Hotelzimmers, warf die Jacke über einen Stuhl und legte sich auf die Couch im Wohnbereich.

Die für ihn unerwartet gekommene Feindseligkeit von Lisas Eltern beschäftigte ihn. Noch stärker schockierte ihn jedoch die Neuigkeit, dass seine Partnerin zum Zeitpunkt des Todes schwanger gewesen war. Hatte sie das möglicherweise nicht gewusst? Oder warum hatte sie es nicht dem Dienstherrn gemeldet?

Sommer überlegte, was mit schwangeren Polizisten automatisch geschah. Sie wurden zu langweiligen Schreibtischtätigkeiten verdonnert. Diejenigen, die das nicht ertrugen, flüchteten sich in Krankschreibungen, bis sie in den Mutterschutz eintraten.

Hatte Lisa die in ihren Augen als Degradierung empfundene Verbannung an den Schreibtisch hinauszögern wollen? Sie war ein energiegeladener Mensch gewesen, ständig in Bewegung. Einen reinen Bürojob hätte sie gehasst.

Sommer war versucht, Mühlenberg zu kontaktieren. Er hätte ihn in den letzten Monaten – spätestens aber heute früh – informieren müssen. Weil er allerdings dessen Beweggründe, es nicht zu tun, verstand, verzichtete er darauf. Im Nachhinein brachten Vorwürfe gar nichts. Stattdessen griff er zu dem Prepaidhandy und wählte Drostens Nummer an.

»Hallo, Lukas«, begrüßte der ihn.

»Wie erwartet, brauche ich deine Hilfe.«

»Worum geht's?«

»Ich habe zwei Namen für dich und benötige alles, was du im System findest. Vor allem Meldeadressen und Rufnummern, die auf sie registriert sind. Falls in den Datenbanken etwas hinterlegt ist, wäre das ebenfalls von Interesse.«

»Ich habe einen Stift zur Hand. Wie heißen die Personen?«

»Julian Nickel. Das ist der ehemalige Verlobte meiner Partnerin Lisa Jung gewesen. Der zweite Mann heißt Gunnar Jung, ihr Bruder.«

Sommer versorgte Drosten mit weiteren Details. Er grenzte ihr Alter ein und nannte Drosten alles, an was er sich von früher erinnerte.

»Das sollte ausreichen«, meinte der Hauptkommissar. »Ich setze eine Datenbankspezialistin daran. Wahrscheinlich hören wir uns im Laufe der nächsten Stunden.«

Nach dem Telefonat ging Sommer ins Badezimmer und öffnete den Wasserhahn der Badewanne. Zehn Minuten später tauchte er in das heiße Wasser ein, das er mit einer Badelotion versehen hatte. Seine strapazierten Muskeln freuten sich über die Entspannung. Er legte den Kopf auf den Rand und schloss die Augen. Lisas Bruder Gunnar hatte in ihren Gesprächen keine große Rolle gespielt. Persönlich begegnet waren sie sich nie. Laut Lisa hatten die beiden ein normales geschwisterliches Verhältnis. Weder besonders eng, noch außergewöhnlich distanziert.

Julian Nickel hingegen hatte er ein Mal bei einem gemeinsamen Mittagessen getroffen. Ein attraktiver Mann. Damals war er sportlich gewesen, lief sogar Triathlons. Wäre Kimberly nicht gestorben, könnte Sommer ihn der Prostituierten zumindest vage beschreiben. Wobei das keine Garantie darstellte, dass er sich in der Zwischenzeit äußerlich nicht verändert hatte. Zudem hatte Nickel einen Makel, den Kimberly wohl erwähnt hätte.

An was erinnerte sich Sommer noch? Lisa hatte mehrfach Andeutungen gemacht, dass Julian ein *Bad Boy*-Image pflegte. Er hatte auch schon Anzeigen wegen Körperverletzungen kassiert und an illegalen Straßenrennen teilgenommen. Angeblich war er aber durch Lisas Einfluss ruhiger geworden.

Hatte sich das nach ihrem Tod möglicherweise wieder umgedreht und ins negative Extrem gesteigert? Oder suchte Sommer nach einer Erklärung, die überhaupt nicht existierte? Hoffentlich fand Drosten etwas heraus.

***

Früher als erwartet meldete sich Drosten bei ihm.

»Von Nickels Anzeigen hattest du ja schon berichtet. Dreimal wegen Körperverletzung, zweimal im Anschluss an einen Discobesuch, einmal auf dem Münchener Oktoberfest. Außerdem eine Anzeige wegen Teilnahme an einem illegalen Straßenrennen. Das hat ihm ein halbes Jahr Führerscheinverlust eingebracht.«

»Ist nach Lisas Tod etwas hinzugekommen?«, fragte Sommer.

»Nein. Danach ist er nicht mehr auffällig geworden.«

Sommer brummte unzufrieden. »Und Gunnar?«

»Sitzt du?«, erkundigte sich Drosten.

»Was hast du herausgefunden?«

»Ich habe dir ja oft von den Darknet-Ermittlungen erzählt.«

»Am Anfang unserer Zusammenarbeit kanntest du kein anderes Thema.«

»Wir haben die Forumsnutzer unterschieden in die sogenannten *Namen des Todes*, weil wir sie für Täter hielten, und in die *Münchhausens*, die Prahler waren. Gunnar Jung ist einer dieser Angeber gewesen.«

»Echt?«

»Irrtum ausgeschlossen. Die IT hatte seine IP-Adresse ermittelt, wodurch ziemlich schnell seine Identität geklärt worden ist.«

»Wurde er irgendwann vernommen?«

»Es war zu offensichtlich, dass er lediglich über eine kranke Fantasie verfügt, aber kein Täter ist. Insofern ist er nicht straffällig geworden.«

»Welche Fantasien hat er damals geäußert?«

»Es drehte sich viel um Vergewaltigungen, Töten beim erzwungenen Sex und solche Sachen. Er fand die Verwendung von K.-o.-Tropfen interessant. Im Vergleich zu vielen anderen Usern war er eher harmlos. Wir haben uns sogar gewundert, dass der Initiator des Forums überhaupt auf ihn aufmerksam geworden ist.«

»Zumindest kennt er sich im Darknet aus«, gab Sommer zu bedenken.

»Das heißt?«

»Der Mörder hat wenigstens zwei Waffen zur Verfügung. Eine hat er beim zweiten Todesopfer zurückgelassen, um uns auf die falsche Fährte eines erweiterten Selbstmords zu schicken. Mit der zweiten hat er Hauptkommissar Pietsch erschossen und durch die Tür von Jennifers Wohnung gefeuert. Außerdem nutzt er einen Schalldämpfer. Die Sachen bekommt man nicht einfach so an jedem Kiosk. Im Darknet hingegen wäre es keine große Schwierigkeit, Schusswaffe und Schalldämpfer zu erwerben.«

»Leider wahr.«

»Andererseits sollte ich mich nicht auf Gunnar einschießen. Wer weiß, wie Julian Lisas Tod verkraftet hat. Zumal sich bei der Obduktion herausgestellt hat, dass sie schwanger gewesen ist.«

»Verdammt!«

»Den Beinahe-Vater hat die Erkenntnis sicher stärker getroffen als den Beinahe-Onkel.«

»Sehe ich auch so.«

»Hast du ihre aktuellen Adressen herausgefunden?«

Drosten nannte sie ihm. »Fährst du zu den Männern?«

»Ja«, antwortete Sommer. »Allerdings nicht mehr heute. Ich nehme das morgen früh in Angriff.«

»Mit oder ohne polizeiliche Unterstützung?«

»Ohne«, entschied er. »Je nachdem, welche Gegebenheiten ich vorfinde, will ich flexibel vorgehen können.«

Drosten lachte. »*Flexibel.*«

»Du weißt, was ich meine.«

»Lass uns am besten nicht weiter darüber sprechen. Sonst muss ich es dir noch ausreden. Ruf mich an, wenn du unsere Hilfe benötigst.«

Sie beendeten das Telefonat. Sommer schaute auf seine Notizen, die er sich während des Gesprächs gemacht hatte. Bei den Informationen über Gunnar

Jung schrien seine Instinkte auf. Doch gerade deshalb würde er am nächsten Tag zunächst Nickel aufsuchen. Es musste ein harter Schlag für Nickel gewesen sein, zuerst den Tod seiner Lebensgefährtin zu verkraften und später von der Schwangerschaft zu erfahren.

20

Julian Nickel lebte laut Drostens Recherche in einem Acht-Parteien-Haus am Rande der Stadt. Lukas Sommer stellte am frühen Vormittag seinen Wagen ungefähr einhundert Meter von der Adresse entfernt in eine Parkbucht. Ehe er ausstieg, musterte er die Umgebung. Mehrfamilienhäuser reihten sich hier eng aneinander, schmale Grünstreifen trennten die Gebäude vom Bürgersteig. Eine gute Gegend, aber nichts Exklusives. Trotzdem fürchtete Sommer, dass es schwierig sein könnte, unbemerkt in Nickels Wohnung einzubrechen. Bestimmt wohnten in einer solchen Lage auch ältere Menschen, die nicht mehr zur Arbeit mussten, sondern stets einen wachsamen Blick auf ihre Nachbarschaft warfen.

Wie zur Bestätigung ging eine Rentnerin, die einen Einkaufstrolley hinter sich herzog, an seinem Auto vorbei und schaute länger als nötig zu ihm. Er erwiderte den Augenkontakt und schaffte es, dass sie das

Interesse verlor. Sommer wartete, bis sie weit genug die Straße entlanggegangen war, dann stieg er aus dem Fahrzeug aus und lief zu der richtigen Hausnummer.

Nickels Name stand auf einem Klingelschild in der vorletzten der vier Reihen. Wenn sie korrekt angeordnet waren – woran Sommer in dieser Wohngegend nicht zweifelte –, lebte Lisas damaliger Verlobter in der ersten Etage links.

Sommer trat ein paar Schritte zurück und sah vom Bürgersteigrand zu den entsprechenden Fenstern des ersten Stockwerks. Dunkelblaue Vorhänge waren zugezogen und verhinderten, dass er hineinschauen konnte. So kam er nicht voran. Ob er irgendwie ins Innere gelangen und die Tür mit einem einfachen Kreditkartentrick öffnen könnte? Sommer bezweifelte, dass Nickel seine Wohnung so schlecht schützte.

»Kann ich Ihnen helfen?«, erklang plötzlich eine tiefe Männerstimme.

Sommer wandte sich ihr zu. Ein Mann, der einen Besen in der Hand hielt, betrachtete ihn misstrauisch. Seine Vermutung, dass die Anwohner genau aufpassten, prophezeite sich schneller, als ihm lieb war. Doch er hatte sich zu diesem Zweck bereits eine Geschichte zurechtgelegt.

»Das kommt darauf an«, sagte Sommer.

»Worauf?«

»Wer Sie sind und wie gut Sie die Bewohner des Hauses kennen.«

»Wer sind denn *Sie*?«

»Peter Lorenzo, Mitarbeiter der A1-Privatdetektei. A1, verstehen Sie?« Sommer schmunzelte. »So steht man in den Gelben Seiten immer ganz vorn.«

»A-ha.«

Er hatte gegoogelt. Tatsächlich gab es ein Detektivbüro mit diesem Namen. Sollte sein Gegenüber das überprüfen, würde es keine Unstimmigkeit geben.

»Sie sind also Privatdetektiv?«

»Korrekt. Und Sie? Der Besen deutet auf eine Hausmeistertätigkeit hin.«

»Meyer. Ich bin der Hausmeister des Objekts.«

Sommer nährte sich ihm, bis sie nur noch eine Körperlänge trennte.

»Kennen Sie die Mieter hier gut?«

»Wieso wollen Sie das wissen?«

»Ich vertrete eine Klientin, die sehr an einem der Bewohner interessiert ist.«

»An wem?«

Sommer holte demonstrativ sein Portemonnaie aus der Jackentasche, in dem einige Zwanziger und drei Fünfziger steckten. Er entnahm der Geldbörse die Scheine und hielt dem Hausmeister einen Zwanziger hin.

»Sind Sie diskret?«

Der Mann musterte gierig die Geldscheine. »Stellen wir uns unters Vordach«, schlug er vor. »Damit man uns nicht beobachten kann.«

»Einverstanden.« Sommer ging voran, und der Mann folgte ihm.

Möglichst unauffällig reichte er dem Hausmeister das Bargeld.

»Meine Klientin ist eine reiche Industrielle, Ende vierzig. Zweifach geschieden. Ihr letzter Ehemann hat sie bei der Scheidung finanziell bluten lassen«, behauptete Sommer. »Nun hat sie einen neuen Heiratskandidaten kennengelernt. Julian Nickel.«

»Herr Nickel ist mir vertraut«, sagte der Mann.

»Wunderbar!« Sommer gab ihm den zweiten Zwanziger und dachte fieberhaft nach. Welche Information brachte ihn weiter?

»Angeblich ist Herr Nickel Single. Können Sie das bestätigen?«

»Hm«, seufzte der Hausmeister. »Schwierig.«

»Warum?«

»Bislang hätte ich geglaubt, er sei liiert. Zumindest im letzten Jahr.«

»Also haben Sie ihn im vergangenen Jahr regelmäßig mit einer Frau zusammen gesehen?«

Der Mann starrte auf das Geld. Sommer trennte sich vom dritten Schein.

»Er ist mir ein paar Mal in Begleitung einer dunkelhaarigen Schönheit begegnet. Langes, pechschwarzes Haar. Immer in schwarzen Klamotten gekleidet. Auch im Gesicht dunkel geschminkt, vor allem die Lippen. Eine auffällige Erscheinung. Als ich jung war, hätte man wohl *Grufti* zu ihr gesagt. Keine Ahnung, wie sie sich in der Szene heute nennen.«

»Haben sie in der Öffentlichkeit Händchen gehalten oder sich geküsst?«

Er überlegte so lange, dass Sommer bereits befürchtete, der nächste Geldschein müsse den Besitzer wechseln, doch dann schüttelte sein Gesprächspartner den Kopf.

»Ich glaube nicht. Wenigstens nicht so exzessiv, dass es mir aufgefallen wäre.«

»Meine Klientin meint, in den letzten drei Wochen sei ihr Herr Nickel verändert vorgekommen. Können Sie hierzu etwas sagen? Ist Ihnen da etwas im Gedächtnis geblieben? Hat Herr Nickel besonders gehetzt gewirkt, war cr öfter in Begleitung der schwarz gekleideten Dame, oder haben Sie eine ungewöhnliche späte Heimkehr bemerkt?«

Er gab der Quelle einen Fünfziger. Rasch steckte der Hausmeister den Schein ein.

»Ganz ehrlich? Ohne Ihr Nachfragen wäre mir das nicht bewusst geworden, aber ich habe Herrn Nickel in den letzten Wochen überhaupt nicht mehr gesehen.«

»Sicher?«

Der Mann schaute mit offenem Mund ins Leere. »Ja«, sagte er schließlich. »Ja. Ihm ist nichts passiert, oder?«

»Meine Klientin hätte mir mitgeteilt, wenn sie ihn gar nicht erreicht hätte«, beruhigte Sommer ihn. Allerdings fragte er sich, ob Nickel das erste Opfer des Täters gewesen war und nun als Verdächtiger herhalten musste. Er fand die lange Abwesenheit des Mieters in seinen eigenen Räumen zumindest außergewöhnlich. »Sie haben nicht zufällig einen Schlüssel zur Wohnung? Das wäre mir das Restgeld wert.«

»Nein«, bedauerte der Mann.

»Hat sich einer der Bewohner über unangenehme Gerüche beschwert?«

Wieder schüttelte er den Kopf. »Soll ich Sie anrufen, wenn ich ihn sehe?«

»Ich habe leider keine Visitenkarte dabei, um Ihnen meine Telefonnummer zu geben«, antwortete Sommer.

Der Mann griff in seine Hosentasche und holte sein Handy hervor. »Ich speicher Ihre Nummer unter *A1* ab.«

»Wunderbar!« Sommer nannte ihm die Prepaid-Rufnummer. »Herr Nickel darf das nicht mitbekommen.«

»Das versteht sich von selbst.«

***

Gunnar Jung lebte in einem Einfamilienhaus. Laut Drostens Rechercheergebnisse war er im Grundbuchamt nicht als Eigentümer eingetragen. Anscheinend wohnte er in dem Haus zur Miete.

In der näheren Umgebung befanden sich mehrere Hochhäuser. Die insgesamt vier zweigeschossigen, schmalen Häuser passten nicht so richtig in das Wohnviertel. Zu ihnen gehörten rechteckige Grünstreifen, auf denen jeweils kleine Schuppen standen.

Sommer schlenderte an dem Gebäude vorbei, in dem Lisas Bruder gemeldet war. Unauffällig linste er zum Eingangsbereich hinüber. Auf einer Terrasse direkt vor der Eingangstür bemerkte er Gartenmöbel, die mit Polsterauflagen versehen waren. Außerdem entdeckte er eine Getränkeflasche neben einem Stuhl auf dem Boden. Sie war umgekippt. Ein grüner hüfthoher Gartenzaun umrandete das Grundstück.

Als er sich zehn Schritte von der Grundstücksgrenze entfernt hatte, drehte er um und ging zielstrebig zu dem im Zaun eingelassenen Tor. Er drückte den Türgriff und stellte fest, dass es nicht verschlossen war. Sommer trat über die Schwelle. Ein mit Pflastersteinen belegter Streifen führte bis zur Terrasse.

Bevor er die Holzplanken betrat, registrierte Sommer ein weißes Stück Papier, das unter der Fußmatte vor der Haustür herauslugte. Ehe er sich das näher anschaute, warf er einen Blick durch das große Terrassenfenster, an dem von innen ein Vorhang bloß halb zugezogen war. Nichts in dem Wohnzimmer deutete auf die Anwesenheit des Bewohners hin.

Sommer bückte sich. Das, was er für einen Zettel gehalten hatte, entpuppte sich als zugeklebter Briefumschlag. Der Brief war an eine Person namens *Reinhilde* gerichtet.

Obwohl Sommer wusste, dass er die Aktion nicht ungeschehen machen konnte und somit Spuren hinterließ, ritzte er den Umschlag auf.

Liebe Reinhilde,

ich bin wahrscheinlich nicht da, wenn du vorbeikommst, um meinen Haushalt in Ordnung zu bringen. Deshalb habe ich einen Schlüssel in den Gartenschuppen gelegt. Das Zahlenschloss öffnet sich, indem du meinen Geburtstag eingibst. Aufgrund der Aufmerksamkeiten, die ich letztens von dir erhalten habe, wirst du das kleine »Rätsel« bestimmt lösen. Ansonsten ruf mich an. Dein Lohn liegt ebenfalls im Schuppen. Den Schlüssel kannst du behalten. Ich habe ihn extra für dich nachmachen lassen.

Wir sehen uns nächste Woche.

Gunnar

Sommer freute sich über die unerwartete Gelegenheit. Robert Drosten würde das Geburtsdatum leicht herausfinden. Hoffentlich tauchte die Putzfrau nicht zu früh auf.

Er wählte Drostens Nummer und schilderte ihm die Problematik. Drosten legte den Hörer beiseite und ließ ihn warten. Keine Minute später kam er zurück.

»Sechsundzwanzigster Mai«, lautete die Antwort.

»Danke!«

»Lass dich nicht erwischen.«

Sommer beendete das Gespräch und ging zum Schuppen. Das Zahlenschloss verlangte über einen Drehmechanismus die Eingabe von vier Zahlen. Er gab die Ziffernfolge zwei, sechs, null, fünf ein. Das Schloss sprang auf. Sommer öffnete die Tür und entdeckte sofort einen einzelnen Schlüssel, unter dem ein Zwanzig-Euro-Schein lag. Er nahm den Schlüssel an sich, sperrte den Schuppen zu und lief rasch zur Eingangstür. Den Umschlag steckte er in seine hintere Hosentasche. Sollte die Putzkraft inzwischen auftauchen, würde ihn ihr Klingeln vorwarnen.

Da er befürchtete, unter immensem Zeitdruck zu stehen, schaute er sich zunächst nur oberflächlich um. Im Erdgeschoss befanden sich ein Badezimmer, das Wohnzimmer und eine offene Küche. Von der Diele ausgehend führte eine Treppe nach oben und eine nach unten. Er ging in die erste Etage, die über ein weiteres Bad, ein Schlafzimmer und einen Arbeitsraum verfügte. Alles war ordentlich aufgeräumt. Reinhilde müsste lediglich saugen und ein bisschen im Badezimmer fuhrwerken. Wahrscheinlich war der Lohn deshalb überschaubar.

Sommers Blick fiel auf den Computer im Arbeitszimmer, den er sich vornehmen wollte, nachdem er im Keller gewesen war. Er rannte nach unten. In einem der beiden Räume war der Hauswirtschaftsraum untergebracht.

»Oh Gott«, entfuhr es Sommer, als er die zweite Tür aufstieß.

Jung hatte den Raum in eine Art Gruft verwandelt. An den Wänden hingen Dutzende Bilder seiner toten Schwester. Außerdem Zeitungsausschnitte, die den Tod zweier Polizisten thematisierten. Mit einem roten Stift war das Wort »Lügner« darauf gekritzelt und Sommers Name eingekreist. Auf einem Möbelstück standen ebenfalls gerahmte Fotografien der gestorbenen Schwester.

Plötzlich ertönte die Klingel. Sommer zuckte ertappt zusammen.

»Scheiße!«

Was sollte er tun? Wenn er Reinhilde nicht hereinließ, würde sie ihren Auftraggeber anrufen. Der fehlende Umschlag und der entfernte Schlüssel würden ihn misstrauisch stimmen.

Obwohl Sommer sich mehr Zeit gewünscht hätte, entschied er sich. Er eilte nach oben und öffnete die Eingangstür. Dort wartete eine ungefähr fünfzig Jahre alte Frau.

»Oh«, sagte sie, überrascht von seinem Anblick. »Hallo.«

»Sind Sie Reinhilde?«

Nun lächelte die Frau. »Stimmt.«

»Ich bin Oliver, ein Nachbar. Hallo!«

Er reichte ihr die Hand.

»Gunnar hat mich gebeten, hier auf Sie zu warten. Er ist unterwegs und kommt erst abends wieder.« Aus seiner Hosentasche holte er den einzelnen Schlüssel und gab in ihr.

»Den hat er extra für Sie nachmachen lassen, damit so eine Situation nicht erneut eintritt. Und Ihren Lohn soll ich Ihnen auch geben. Sie bekommen zwanzig Euro?«

»Ja«, bestätigte die Frau. »Wo ist Gunnar?«

Sommer entnahm seinem Portemonnaie den letzten Zwanzig-Euro-Schein, den sie dankbar entgegennahm.

»Ein unaufschiebbarer Familientermin.«

»Ist etwas mit seinen Eltern?«, befürchtete sie. »Das wäre ein schwerer Schlag.«

»Nein«, beruhigte er sie. »Ich habe nicht näher nachgefragt, aber Gunnar wirkte ganz entspannt.«

»Gott sei Dank. Wäre ja schlimm, wenn ihn jetzt wieder etwas aus der Bahn wirft. In den letzten Wochen hatte ich das Gefühl, dass es ihm endlich besser geht.«

»Ja«, sagte Sommer. »Ging mir genauso. Der Tod seiner Schwester ist ja auch lang genug her.«

Sie nickte.

Sommer war versucht, ihr weitere Fragen zu stellen. Doch er wollte nicht ihr Misstrauen wecken.

»Sie haben alles, was Sie benötigen?«

»Ich denke schon.«

»Dann verabschiede ich mich. Ich wünsche Ihnen gutes Gelingen.«

»Danke, dass Sie auf mich gewartet haben.«

Sommer verließ das Haus und trat an den Schuppen, um das dort liegende Geld an sich zu nehmen. Er hätte sich gern länger umgesehen, trotzdem hatte er den Eindruck, in seinen Ermittlungen vorangekommen zu sein.

21

Nachdem Lukas Sommer sein Arrangement in dem Hotel um zwei Nächte verlängert hatte und dabei noch immer von einem Spitzenpreis profitierte, informierte er umgehend Robert Drosten über die Fortschritte.

»Es war wirklich gruselig«, berichtete er. »Der Raum schien in Lisas Krypta verwandelt worden zu sein. Hätte bloß gefehlt, dass beim Eintreten Orgelmusik einsetzt.« Ihm schauderte es bei der Erinnerung daran. »Leider konnte ich das nicht näher in Augenschein nehmen, weil die Putzfrau geklingelt hat und ich mir eine Geschichte für meinen Aufenthalt ausdenken musste. Ich schätze, mein Märchen vom hilfsbereiten Nachbarn fliegt spätestens nächste Woche auf. Bis dahin muss ich ihn aus dem Verkehr gezogen haben oder von seiner Unschuld überzeugt sein.«

»Hat deine Partnerin dieses enge Verhältnis zu ihrem Bruder erwähnt?«, erkundigte sich Drosten. »Steckt vielleicht mehr dahinter?«

»Eine inzestuöse Beziehung?«

»Zum Beispiel.«

Bevor er das sofort verneinte, da die Vorstellung nicht zu Lisa passte, dachte er nach.

»Halte ich für ausgeschlossen. Gunnar hat sie in den Jahren unserer Zusammenarbeit nie abgeholt, genauso wenig wie sie mit ihm ihre Mittagspause verbracht hat. Manchmal hat sie über ihn geredet. Harmloses Zeug. Meistens ging es darum, dass er wieder einmal etwas nicht geschafft hat, weswegen sie ihm unter die Arme greifen musste.«

»War sie älter oder jünger?«

»Älter. Ein oder zwei Jahre.«

»Also hat ihr Tod ihm möglicherweise seine wichtigste Bezugsperson geraubt. Eine Frau, die für ihn Fehltritte ausgemerzt hat«, spekulierte Drosten.

»Wie bringen wir das in Einklang mit den Vergewaltigungs- und Tötungsfantasien, die er im Darknet ausgelebt hat?«

»Falls die nicht schon immer in ihm geschlummert haben, könnten sie durch Lisas Ermordung ausgelöst worden sein.«

Sommer brummte zustimmend. »Hat er in seiner Fantasie junge Frauen gequält?«

»Ja«, bestätigte Drosten. »Es ging eher um Teenager als um erwachsene Personen.«

»Darin könnte der Bezug zu Carla Holtzmann stecken. Ein Teenager tötet seine geliebte Schwester, weshalb er sich in Gewaltfantasien zu dieser Personengruppe hineinsteigert.«

»Wäre eine Möglichkeit«, sagte Drosten. »Allerdings ist eine landläufige Lehrmeinung, dass sich Täter, die deutlich jüngere Opfer auswählen, Gleichaltrigen unterlegen fühlen. Sorry, ich bin psychologisch in dieser Hinsicht zu wenig geschult.«

»Dito.«

»Aber mir fällt jemand ein, der dir eventuell weiterhelfen könnte.«

»Wer?«

»Professor Mark Gruber. Ein Kriminalpsychologe, der einige Jahre fürs BKA als Fallanalytiker gearbeitet hat. Irgendwann hat er sich aus der Ermittlungsarbeit zurückgezogen, um sich wieder auf seine Lehrtätigkeit zu konzentrieren. Zu Beratungszwecken könnte ich ihn kontaktieren und ihm deine Nummer nennen.«

»Dafür wäre ich dir sehr dankbar.«

»Okay, ich hoffe, ich erreiche ihn.«

***

Eine halbe Stunde später klingelte Sommers Handy und zeigte eine ihm unbekannte Telefonnummer.

»Hallo?«, meldete er sich dementsprechend reserviert.

»Mark Gruber, guten Tag. Sind Sie Oberkommissar Sommer? Hauptkommissar Drosten bat mich, Sie anzurufen.«

Die Stimme des Mannes klang angenehm entspannt und drückte Kompetenz aus.

Wie ein fähiger Telefonjoker bei einer Quizshow, dachte Sommer unwillkürlich.

»Professor Gruber, ja, das bin ich. Danke für den Anruf.«

»Drosten hat mich damit geködert, dass Ihre Familie in Gefahr schwebt«, erklärte er. »Und mir schon zahlreiche Details des Falls verraten. Sie wollen hauptsächlich wissen, wie eine übersteigerte Geschwisterliebe nach dem Tod der Schwester zu Mordfantasien beim Bruder führen könnte.«

»Das hat Robert perfekt zusammengefasst. Hat er Ihnen auch gesagt, dass die Schwester von einer Teenagerin getötet wurde? Oder benötigen Sie zusätzliches Hintergrundwissen?«

»Er hat das erwähnt«, erwiderte Gruber. »Carla Holtzmann hat Ihre Partnerin erschossen und Sie schwer verletzt.«

»Auf Befehl ihres Entführers.«

»Ich will Sie jetzt nicht mit psychologischem Fachwissen langweilen, aber ich bin überzeugt, dass ein unbescholtener Bürger durch ein solches Ereignis keine dunklen Fantasien entwickelt. Im Gegenteil. Im Regelfall wird man aufgrund eines solch traumatischen Erlebnisses eher sensibler. Natürlich gibt es Ausnahmen – wie immer im Leben. Trotzdem: Der gewaltsame Tod der eigenen Schwester dient wahrscheinlich nicht als Auslöser. Wenn er sich bloß auf einen Rachefeldzug begeben würde, wäre das etwas anderes. Dann könnte ich sogar verstehen, dass er Sie und Ihre Familie ins Visier nimmt. Logischer wäre es allerdings, gegen Carla Holtzmann vorzugehen. Doch Hauptkommissar Drosten hat ausdrücklich auf die Tätigkeiten des Verdächtigen im Darknet hingewiesen.«

»Also schätzen Sie, Lisas Bruder trug die Gewaltfantasien bereits länger in sich.«

»Ich gehe noch weiter. Das eine Kind der Familie entscheidet sich für den Polizeiberuf, das andere Kind hingegen trägt sich mit Mordfantasien. Das deutet für mich auf Probleme in der Kindheit hin. Beide wollen in ihren Augen Gerechtigkeit herstellen.«

»Sie meinen Missbrauch durch die Eltern? Lisa hat das nie angedeutet.«

»Die meisten Betroffenen schweigen darüber. Außerdem könnte ich mich total irren und Ihre ehemalige Partnerin hatte eine traumhaft schöne Kindheit. Manche meiner Kollegen tun gerne so, als seien unsere Vermutungen eine exakte Wissenschaft. Was ich lächerlich finde. Ich habe selbst schon ziemlich danebengelegen und es anschließend bitter bereut.«

Sommer dachte an den Besuch bei Lisas Eltern. Aufgrund ihres Verhaltens ihm gegenüber traute er ihnen alles zu. Aber er gestand sich ein, nicht vorurteilsfrei zu urteilen.

»Es existiert ein weiterer Verdächtiger. Hat Robert das erwähnt?«

»Nur andeutungsweise. Was wissen Sie über ihn?«

»Zum Zeitpunkt von Lisas Tod war Julian Nickel mit ihr verlobt. Somit voraussichtlich auch der Vater des ungeborenen Kindes.«

Gruber zog hörbar Luft ein. »Also hat er durch die Tat Frau und Kind verloren. Hauptkommissar Drosten hat mir gesagt, dass er zuallererst Ihre Frau ins Visier genommen hat, die eher zufallsbedingt nicht zu Schaden kam.«

»Weil sie ihr Auto einer Kollegin ausgeliehen hat. Und mittlerweile hat der Täter die Familienwohnung angegriffen. Nickel hat ein *Bad Boy*-Image gepflegt. Teilnahme an mindestens einem illegalen Autorennen, Verwicklung in Schlägereien. Seit Lisas Tod ist er jedoch nicht aktenkundig geworden.«

»Verkehrsdelikte passen nicht zu einem mehrfachen Mörder. Den Teilnehmern solcher Rennen geht es um den Nervenkitzel und den Beweis, der bessere Fahrer zu sein. Körperverletzungsdelikte hingegen finden sich öfter in den Akten von Mördern. Falls er der Täter ist, können Sie davon ausgehen, dass unverarbeitete Trauer über den Verlust der geliebten Frau und des ungeborenen Nachwuchses die Lunte war, wegen der Sie und Ihre Familie in Gefahr schweben. Allerdings ist das bloß möglich, wenn er schon Jahre vorher Probleme gehabt hat, seine destruktive Energie zu zähmen.«

»Wofür ja die Anzeigen sprechen dürften.«

»Genau.«

»Wer ist anhand dieses rudimentären Wissens in Ihren Augen verdächtiger? Der Verlobte oder der Bruder?«

Gruber seufzte. »Ich habe befürchtet, dass Sie diese Frage stellen.«

»Ich werde Sie bei einer Fehleinschätzung anschließend nicht verklagen«, versprach Sommer.

»Das ist großzügig. Meine Antwort fällt aber schwammig aus und ist zweigeteilt. Sollte es in der Familie Ihrer Partnerin Missbrauch gegeben haben, würde ich den Bruder als Hauptverdächtigen einschätzen.«

»Also falls *er* missbraucht worden ist?«, vergewisserte sich Sommer.

»Nicht unbedingt. Es reicht, wenn er beispielsweise vom Missbrauch der Schwester wusste und sich verantwortlich gefühlt hat, weil er es nicht verhindern konnte. Jahre später stirbt sie, und wieder konnte er nichts dagegen ausrichten. Er entwickelt Gewaltfantasien gegen Minderjährige und gibt schließlich Ihnen die Schuld. Immerhin hat er anfangs geglaubt, Sie wären ebenfalls ein Opfer des Teenagers. Dann erfährt er von Ihrem Überleben, weswegen er sich rächen will. Das Wort *Lügner* auf dem Zeitungsartikel ist in dieser Hinsicht hochinteressant.«

»Und anderenfalls?«

»Der Verlobte. Da dürfte Ihr Überleben übrigens auch eine wichtige Motivation spielen. Haben Sie die Gelegenheit, den Bruder zu vernehmen? Vielleicht würden Sie unter Druck herausfinden, ob in der Missbrauchstheorie ein Funke Wahrheit steckt. Denn die Eltern werden Ihnen kaum Auskunft erteilen.«

»Ich weiß, wo er wohnt. Doch ich will ihn aus taktischen Überlegungen nicht zu früh aufscheuchen. Oder würden Sie mir zu einem solch proaktiven Vorgehen raten?«

»Nun sprechen Sie *meinen* neuralgischen Punkt an.«

»Inwiefern?«

»Bis vor ein paar Jahren wäre ich ein glühender Unterstützer dieser Vorgehensweise gewesen.«

»Was ist passiert?«

»Ich habe mich völlig geirrt, was die Reaktion eines Verdächtigen anbelangte. Seitdem plage ich mich mit der Last herum, mir die Schuld für einen toten Ehemann und Vater zu geben.«

Gruber erzählte, was damals geschehen war. Auf der Jagd nach einem Serienmörder, der ganze Familien auslöschte, hatte der als Fallanalytiker zugezogene Professor der ermittelnden Kommissarin geraten, den Verdächtigen unter Druck zu setzen. Der Mann war daraufhin in das Haus der Polizistin eingebrochen und hatte deren Ehemann erschossen. Wenigstens waren die Kommissarin und ihr Kleinkind im letzten Moment gerettet worden.

Nachdem Sommer das gehört hatte, beschloss er, zumindest keinen Schnellschuss zu riskieren, sondern eine Nacht darüber zu schlafen.

22

Er schaute sich um. Die Tische der Cocktailbar waren fast vollständig besetzt. Strich er gedanklich jedoch alle Paare und Frauen, die in größeren Gruppen unterwegs waren, blieben nur wenige Kandidatinnen übrig. Am interessantesten fand er eine ungefähr Zwanzigjährige, die bis vor einer Viertelstunde mit einer anderen Frau zusammengesessen hatte. Dann hatten sie sich mit einer innigen Umarmung verabschiedet, die Zwanzigjährige war allerdings sitzen geblieben und hatte einen Longdrink bestellt.

Sie hatte langes, hellblondes Haar, trug ein dunkelblaues, legeres Oberteil und dazu eine farblich passende Jeanshose. Die Absätze der Schuhe waren mehrere Zentimeter hoch und schmal. Ein wichtiges Detail, da es ihr auf solchen Schuhen schwerfallen würde, schnell vor ihm wegzulaufen.

Seit sie keine Gesprächspartnerin mehr hatte, hielt sie ihr Smartphone in der Hand und tippte immer wieder darauf herum. Manchmal huschte ein Lächeln über ihr Gesicht. Ob sie noch jemanden erwartete, oder warum verharrte sie an dem Zweiertisch?

Er entschied, das Risiko, die falsche Kandidatin auszuwählen, einzugehen. Die Frau gefiel ihm. Er tastete nach der kleinen Phiole, die unauffällig in der Hemdbrusttasche steckte. Darin befanden sich K.-o.-Tropfen. Dann nahm er sein halb gefülltes Glas und ging auf sie zu. Als er vier Schritte entfernt war, sah sie von ihrem Handy auf und bemerkte ihn. Er lächelte ihr zu. Sollte sie falsch reagieren, könnte er den Versuch rechtzeitig abbrechen.

Doch sie lächelte zurück.

»Hi«, begrüßte er sie und setzte sich hin. »Ich bin Jörn.«

Sie betrachtete seine teure Uhr und den Ring, den er an den rechten Ringfinger gesteckt hatte.

»Melissa«, erwiderte sie.

Obwohl ihr Altersunterschied geschätzt zwanzig Jahre betrug, schien sie das nicht zu stören. Ließ sie sich von den Anzeichen, dass er Geld besaß, beeindrucken? Neben den Schmuckstücken hatte auch der Anzug einen beträchtlichen Betrag gekostet – was man ihm durchaus ansah.

»Deine Freundin ist bereits gegangen? Oder kommt sie gleich wieder?«

»Hast du mich beobachtet?«, fragte sie und hob die Augenbrauen.

»Du bist mir schon vor einer halben Stunde aufgefallen«, bekannte er. »Bin ja schließlich nicht blind.«

Sie zwinkerte ihm zu. »Bist du allein hier?«, erkundigte sie sich.

Demonstrativ schaute er auf seine Armbanduhr, damit sie mitbekam, welch elegantes Exemplar er trug. »Seit einer Dreiviertelstunde. Ich hatte ziemlich anstrengende Verhandlungen im Job und musste runterkommen, bevor ich nach Hause fahre.«

»Was machst du beruflich?«

»Vorstandsvorsitzender eines börsennotierten Unternehmens. Aber ich will dich nicht mit Einzelheiten langweilen. Wie verdienst du deine Brötchen? Modelst du?«

Sie schmunzelte. »Gelegentlich. Nichts, was ich regelmäßig tun könnte. Dafür ist das Business zu oberflächlich. Ich studiere.«

»Welches Fach?«

»Rate!«

Er linste zu ihrem Glas. Irgendwie musste es ihm gelingen, ihr die Tropfen einzuflößen.

»Wetten wir«, schlug er vor. »Wenn ich bei maximal drei Versuchen richtigliege, gibst du mir den nächsten Drink aus, ansonsten spendiere ich dir, was du willst.«

»Du hättest also kein Problem, dich von einer armen Studentin aushalten zu lassen? Ich bin schockiert.«

»Das entscheiden wir dann später. Mein erster Tipp lautet Psychologie.«

»Weit daneben.«

»Jura?«

»Nicht viel näher dran.«

Er überlegte. Falls er richtiglag, würde er ihr trotzdem anbieten, das Getränk zu holen, und auf dem Weg von der Theke zum Tisch die Tropfen hineingeben.

»BWL?«

Genüsslich trank sie den letzten Schluck ihres Longdrinks aus. »Fast. Ich habe mich für Agrarwissenschaften entschieden.«

»Darauf wäre ich nie gekommen.«

Sie lachte und griff gleichzeitig zu ihrer Handtasche. »Ist auch gelogen. Hab noch einen schönen Abend.«

»Du gehst?«, fragte er entsetzt.

»Mein Freund wartet zu Hause auf mich.«

Fassungslos sah er ihr hinterher und spürte maßlose Wut in sich aufsteigen. Er hatte ihr so viel Zeit geopfert – völlig umsonst. Was sollte er jetzt unternehmen? Sein Blick schweifte über die Anwesenden. Doch er war sich bewusst, dass infrage kommende Frauen ihn beobachtet haben und ihm deswegen die kalte Schulter zeigen könnten. Nein! In dieser Bar hatte es keinen Sinn mehr.

Zornig stiefelte er hinaus. Sein Wagen parkte dreihundert Meter entfernt in einer Tiefgarage. Nachdem er die Parkgebühr bezahlt hatte, setzte er sich in seinen Wagen und dachte nach. Er konnte den einfachen Weg wählen, zum Straßenstrich fahren und eine Prostituierte entführen. Für seine Zwecke reichte eine solche Frau aus – je jünger sie wäre, desto besser. Aber ihm würde der Reiz der Jagd fehlen. Deshalb beschloss er, eine angesagte Cocktailbar in einem anderen Stadtteil aufzusuchen. Sollte er dort erfolglos bleiben, wäre der Straßenstrich seine Notfall-Option.

***

»Hi!«, rief er ungefähr eine halbe Stunde später laut, um den Lärm der Gäste und der im Hintergrund laufenden Musik zu übertönen.

Er hatte nicht lange überlegen müssen, bei wem er es probieren würde, denn ihm war schnell die junge Frau aufgefallen. Sie passte mit ihren noch beinahe kindlich anmutenden Gesichtszügen perfekt in sein Beuteschema. Außerdem hatte sie ein paar Minuten zuvor das Portemonnaie aus der Handtasche geholt, es geöffnet und die Lippen verärgert verzogen. Anschließend hatte sie langsam an ihrem fast leeren Getränk genippt und sich ebenfalls umgesehen. Ihre Blicke hatten sich gekreuzt und waren kurz aneinander hängen geblieben.

Ob sie jemanden suchte, der die nächste Runde ausgab? Das wollte er rasch in Erfahrung bringen.

»Ich bin Arthur. Darf ich mich zu dir setzen?«

»Arthur? Außergewöhnlicher Name. Oder bist du Engländer und ziehst Schwerter aus Steinen?«

Er lachte. »Nein. Mein Großvater hieß so, und da er das Familienimperium aufgebaut hatte, fühlten sich meine Eltern zu der Namensgebung verpflichtet.«

Sie nahm die Handtasche vom Stuhl direkt neben ihr. »Nimm Platz!«

Der erste Schritt war getan. Er stieß mit ihr an. »Wie heißt du?«

»Ricarda.«

»Du bist allein hier?«

»Eigentlich war ich verabredet. Aber meine bis vorhin beste Freundin hat es dann vorgezogen, den Abend mit einer *Tinder*-Bekanntschaft zu verbringen. Blöde Kuh!«

»Das ist mies. Wenigstens komme ich so in den Genuss deiner Bekanntschaft. Ganz ohne *Tinder*.« Er lächelte und hielt ihr sein halb gefülltes Glas zum Anstoßen entgegen.

»Was trinkst du?«

»*Mai Tai*. Mein Lieblingscocktail.«

»Ich bevorzuge Wodka als Basis. So hat jeder seinen eigenen Geschmack. Soll ich dir an der Theke Nachschub besorgen?«

»Gern«, antwortete sie.

Er trank seinen *Caipiroska* in einem Zug leer. »Bin gleich wieder da.« Hoffnungsfroh ging er zur Bar. Sobald sie die Tropfen intus hätte, müsste er sie innerhalb einer Viertelstunde zum Auto schaffen.

Beim Barkeeper bestellte er die zwei Getränke. Während er wartete, holte er bereits die Phiole aus der Hemdtasche. Er bezahlte die Rechnung, drehte sich um und kippte die Tropfen in das bauchförmige Glas. Den Behälter ließ er danach in seiner Anzugtasche verschwinden.

»Lass es dir schmecken«, sagte er bei seiner Rückkehr an den Tisch.

»Auf den edlen Spender.«

Sie stießen miteinander an, und Ricarda zog am Strohhalm. Offenbar bemerkte sie nichts.

»Womit verdienst du dein Geld?«, fragte er.

»Ach, das ist momentan eine deprimierende Geschichte«, bekannte sie.

»Ich will sie trotzdem hören. Und vielleicht kann ich dir ja helfen.«

»Welches Imperium hat dein Großvater gegründet?«

»Das verrate ich dir, wenn ich weiß, ob dir meine Kontakte nützen.«

Stockend begann sie von ihrem kürzlich beendeten Studium zu berichten und wie schwierig es sei, im Berufsleben Tritt zu fassen.

Nachdem sie die Hälfte ausgetrunken hatte, lallte sie.

»Der Barkeeper hat die Mischung ein bisschen übertrieben. Puh!«

»Brauchst du frische Luft?«

Sie nickte.

»Nimm noch einen Schluck, dann gehen wir.«

»Später.« Sie griff zu ihrer Handtasche, verfehlte allerdings die Trageriemen.

»Hak dich bei mir unter«, schlug er vor. Er nahm die Tasche an sich, um keine Spuren ihres abrupten Aufbruchs zu hinterlassen.

»Kannst du mich zu einem Taxi bringen?«, bat sie mit schwacher Stimme.

»Ich fahr dich nach Hause. Ist billiger für dich.«

»Danke. Hofreitweg sieb... siebzehn.«

»Das finde ich«, versprach er.

Langsam gingen sie in Richtung seines Autos, das er in einer Parkbucht abgestellt hatte, die bei normalem Tempo keine zwei Minuten entfernt war. Doch er musste sie mittlerweile festhalten, damit sie nicht umkippte, und bewegte sich nur im Schneckentempo vorwärts. Obwohl Ricarda das Glas nicht leer getrunken hatte, war sie kurz davor, das Bewusstsein zu verlieren. Im Versteck wäre sie ein leichtes Opfer.

Nach der Hälfte der Strecke hörte er plötzlich schnelle Schritte hinter sich. Er drehte sich um. Zwei Streifenbeamte kamen aus Richtung der Cocktailbar rennend hinter ihm her.

»Scheiße!«, fluchte er.

Ob er es bis zum Auto schaffte? Er schüttelte Ricarda ab. Ohne seinen Halt verlor sie das Gleichgewicht und stürzte zu Boden. Er rannte unterdessen los.

»Polizei!«, brüllte einer der Bullen.

Er sprintete um eine Ecke. Er erreichte die Parkbuchten, jedoch hatte er weit hinten geparkt.

»Stopp!«

Im Rennen angelte er in seiner Anzugtasche nach dem Autoschlüssel. Aufgrund des Kennzeichens könnten sie leicht seine Identität ermitteln – um dieses Problem musste er sich kümmern, sobald er geflohen war.

Hektisch drückte er mehrfach die Entriegelungstaste, bis endlich an einem Pkw die Lichter aufleuchteten.

Du hast es fast geschafft!, versuchte er sich zu beruhigen.

Tatsächlich erreichte er sein Fahrzeug und packte den Türgriff. Er warf einen Blick über die Schulter. Ein Bulle war gut fünfzehn Meter hinter ihm, vom anderen fehlte jede Spur. Ob er sich um die Schlampe kümmerte?

Er riss die Tür auf und sprang ins Innere. Per Knopfdruck verriegelte er den Wagen.

Genau in diesem Moment zerrte der Bulle an der Fahrertür.

»Öffnen Sie!«

Unbeeindruckt von der Aufforderung steckte er den Schlüssel ins Zündschloss und startete den Motor. Der Polizist zog seine Pistole.

»Nicht losfahren!«, schrie er so laut, dass er ihn sogar im Auto verstand.

Trotzdem legte er den Rückwärtsgang ein und gab Gas, ohne nach hinten zu sehen. Die Zeit, Verkehrsregeln einzuhalten, war abgelaufen. Er fuhr komplett aus der Bucht und schaltete in den ersten Gang. Aus dem Augenwinkel beobachtete er den Bullen, der die Waffe wieder eingesteckt hatte. Wie vermutet, war es nur ein Täuschungsmanöver gewesen. Polizisten waren überaus zurückhaltend, wenn es um den Einsatz ihrer Dienstpistole ging. Stattdessen sprach der Bulle in sein Funkgerät. Wahrscheinlich übermittelte er der

Zentrale das Kennzeichen und forderte Verstärkung an. Umso wichtiger war es, dass er das Stadtviertel verließ. Er fuhr an und bog bei der nächsten Gelegenheit nach links.

Wohin sollte er flüchten? Er hatte keine Klamotten und kaum Bargeld dabei. Seine Bank- und Kreditkarten lagen bis auf eine Ausnahme zu Hause. Wie schnell wäre er dort? Er würde mindestens eine Viertelstunde benötigen. Behandelten die Bullen die Fahndung mit ...

Im Rückspiegel erkannte er näher kommendes Blaulicht.

Das durfte nicht wahr sein! Wie hatten sie so zügig Unterstützung organisiert?

Er beschleunigte, doch das nächste Problem tauchte zweihundert Meter später auf. Ein beschrankter Bahnübergang mit heruntergelassener Schranke. Er hatte keine Möglichkeit, irgendwo zu wenden, und von links näherte sich gemächlich ein Güterzug. Niemals würde sich die Schranke rechtzeitig öffnen. Der Streifenwagen war mittlerweile dicht hinter ihm. Er bremste scharf ab, schaltete die Lichter aus und legte seine Hände demonstrativ an den Hinterkopf.

23

Lukas Sommer stand im Badezimmer und rasierte sich. Die eine Hälfte des Gesichts war noch mit Schaum bedeckt, als sein im Wohnraum liegendes Handy klingelte. Er trocknete seine Hände am Handtuch ab und eilte dorthin. Mühlenberg rief an.

»Hallo, Tobias«, begrüßte er ihn.

»Hi, Lukas. Ich habe sehr gute Nachrichten für euch.«

»Warte kurz. Ich hatte mich gerade rasiert.« Er ging zurück ins Bad und wischte mit dem Handtuch den Rasierschaum weg. »Jetzt hast du meine volle Aufmerksamkeit.«

»Gestern Nacht ist uns ein dicker Fisch ins Netz gegangen.«

»Wer?«

»Gunnar Jung.«

Sommer setzte sich auf die Couch. »Was hat er getan? Hat er die Morde gestanden?«

»Er hat versucht ...« Mühlenberg brach mitten im Satz ab. »Einen Moment.«

Anhand der folgenden Geräusche schlussfolgerte Sommer, dass Mühlenberg das Telefon gegen seine Kleidung drückte. Gedämpfte Stimmen erklangen – was gesprochen wurde, verstand er leider nicht.

»Ich muss auflegen. Wichtige Angelegenheit. Kommst du vorbei? Dann kann ich dir persönlich Einzelheiten berichten. Oder soll ich ...«

»Ich bin in einer Viertelstunde im Präsidium.«

***

In Mühlenbergs Büro musste er sich fünf Minuten gedulden, bis der Hauptkommissar endlich das Zimmer betrat.

»Da bist du ja schon!«, sagte Mühlenberg.

»Hatte das abrupte Ende unseres Telefonats mit Lisas Bruder zu tun?«

»Ja!« Mühlenberg setzte sich ihm gegenüber hin und lächelte ansatzweise. »Die Spurensicherung hat interessante Sachen in Jungs Miethaus gefunden.«

Sollte Sommer beichten, dass er sich bereits vor den Kollegen dort umgesehen hatte? Er hielt es vorläufig für klüger, das zu verschweigen.

»Was denn?«, fragte er deshalb.

»Im Kellergeschoss gibt es einen Raum, in dem er Andenken an seine erschossene Schwester sammelt. Außerdem ...«

Mühlenberg legte eine Kunstpause ein. Sommer forderte ihn gestenreich zum Weitersprechen auf, obwohl er ahnte, welchen Punkt er ansprechen würde. Der Zeitungsausschnitt stellte zweifellos ein belastendes Detail dar.

»Außerdem haben die Kollegen einen Zeitungsartikel entdeckt, der von deiner und Lisas Erschießung berichtet. Darauf hat jemand das Wort *Lügner* gekritzelt.«

»Oh Gott! Hat er mittlerweile die Morde gestanden?«

»Nein. Aber das ist bloß eine Frage der Zeit. Vertrau mir. Wir haben den Täter.«

»Erzähl mir bitte, wie es zu der Festnahme gekommen ist.«

»Die haben wir einem aufmerksamen Barkeeper zu verdanken. Das *El Loco* ist zumindest in dieser Hinsicht die hohen Cocktailpreise wert. Hier achtet man noch auf seine Gäste.«

»Hat er in der Öffentlichkeit zugeschlagen?«

»Er hat versucht, eine junge Frau mittels K.-o.-Tropfen außer Gefecht zu setzen. Dem Barkeeper ist aufgefallen, dass er die Gläser von der Theke bis zum Tisch komisch getragen hat. Zwar hat er ihn nur von hinten beobachtet, doch es wirkte für ihn so, als würde der Mann was ins Getränk mischen. Also hat er ihn im Auge behalten und mitbekommen, dass das Mädchen plötzlich völlig fertig von dem deutlich älteren Kerl hinausbegleitet wurde. Daraufhin hat er Zivilcourage bewiesen und den Notruf gewählt. Wahrscheinlich glaubt er, er hätte eine Vergewaltigung verhindert.«

»Du klingst so, als wüsstest du bereits mehr«, schlussfolgerte Sommer aufgrund Mühlenbergs zur Schau gestellter Selbstzufriedenheit.

»Das Opfer, das Jung betäubt hat, ist Anfang zwanzig, jedoch eher ein jugendlicher Typ. Das hat mich misstrauisch gestimmt. Ich habe mir die Entführungsakte angeschaut. Sie hat eine gewisse Ähnlichkeit mit Carla Holtzmann.«

»Hast du ihn darauf angesprochen?«

»Grundsätzlich schweigt er eisern, allerdings ist ihm direkt im Anschluss an meinen Vorwurf etwas herausgerutscht. Er sagte wörtlich ›Ich wollte sie wie Carla arrangieren, ehe ich Sommer‹. Dann hielt er abrupt inne und sah ertappt aus. Er hat sich sein eigenes Grab geschaufelt – und das wusste er.«

»Sonst hat er nichts preisgegeben?«

»Bislang nicht. Aber das kommt noch. Keine Sorge!«

Sommer dachte an sein Gespräch mit dem Kriminalpsychologen Mark Gruber und dessen Schlussfolgerungen. »Darf ich Jung befragen? Mein unerwartetes Auftauchen im Vernehmungszimmer könnte ihn endgültig aus der Fassung bringen.«

»Darüber habe ich schon nachgedacht.«

»Super! Wann ...«

»Ich habe mich dagegen entschieden.«

Ungläubig schaute Sommer den Hauptkommissar an. »Wieso?«

»Mir ist die Gefahr zu groß, dass ein listiger Anwalt das gerichtlich gegen uns verwenden könnte. Du bist weder in unserer Dienststelle beschäftigt, noch warst du an der Verhaftung beteiligt.«

»Das ist Paragrafenreiterei.«

»Du weißt, dass du dich irrst. Oder willst du ihn als freien Mann aus dem Gerichtssaal gehen sehen?«

Sommer stöhnte frustriert. Leider musste er Mühlenberg recht geben. »Ich war auch nicht untätig. Gunnar Jung stand genau wie Lisas Verlobter auf meiner kurzen Verdächtigenliste.«

»Hast du etwas herausgefunden, was uns weiterbringt?«

»Ich habe mit einem ehemaligen Fallanalytiker des BKA gesprochen und ihn um seine Einschätzung gebeten.«

»Ein Fallanalytiker?« In Mühlenbergs Stimme schimmerte Skepsis durch.

»Laut meinem Partner Drosten ein sehr fähiger Mitarbeiter, der an Unis Vorträge hält und Studenten ausbildet. Es ging mir nur um neue Denkansätze.«

Mühlenberg brummte distanziert. »Was hat er gesagt?«

Sommer fasste das Telefonat prägnant zusammen und beschränkte sich auf Grubers Vermutungen bezüglich Gunnar Jung. »Mich würde interessieren, wie er reagiert, wenn du ihn nach Missbrauchsvorfällen in seiner Kindheit befragst. Vielleicht knackst du ihn dadurch.«

Sommer rechnete mit einer ablehnenden Reaktion, doch Mühlenberg schien dem Vorschlag gegenüber offen.

»Keine schlechte Idee«, erwiderte er zustimmend. »Das passt gut zu der Strategie, die ich mir für die nächste Vernehmung vorgenommen habe.« Demonstrativ schaute er auf die Armbanduhr. »Langsam wird es übrigens Zeit. Was hast du mit deiner Familie vor? Sie könnten vorübergehend in der Schutzwohnung bleiben, bis Jung gestanden hat. Andererseits gefällt es ihnen in den eigenen vier Wänden garantiert besser.«

Sommer dachte über die Möglichkeiten nach. Bestimmt würde Jennifer irgendwann von der Festnahme erfahren und darauf bestehen, die Wohnung zu verlassen.

»Noch wissen sie es nicht?«

»Nein. Auch die Aufpasser habe ich nicht ins Bild gesetzt. Aber PP Bolte wird die Bindung von Ressourcen nicht zusagen.«

»Okay. Ich hole sie persönlich ab. Gibst du den Männern vor Ort Bescheid? Damit sie mir nicht den Zugang verweigern.«

»Das erledige ich«, versprach Mühlenberg. »Und sobald Jung gesteht, erfährst du es telefonisch.«

***

»Papa!«, rief Lukas begeistert und lief ihm in die Arme.

»Hey, mein Großer!«

Jennifer betrachtete die beiden lächelnd. »Was für eine Überraschung.«

»Und es wird noch besser«, sagte Sommer. »Ihr könnt einpacken. Ich bringe euch nach Hause.«

»Hammer!«, jubelte Lukas. Sofort rannte er in sein provisorisches Zimmer.

»Wie kommt's?«, fragte Jennifer leise.

»Die Kollegen haben gestern jemanden verhaftet, der auf der Verdächtigenliste an oberster Stelle stand. Mühlenberg denkt, wir können das Risiko eingehen. Lass uns das zu Hause besprechen, einverstanden? Mir wäre wohler, wenn du mich ein paar Tage in deiner Nähe erträgst, bis der Verdächtige endgültig überführt ist. Aber es sieht so aus, als sei der Spuk vorbei.«

»Wie schön!«, freute sich Jennifer. »Zur Feier des Tages könnte wir ja bei meinem Lieblingsitaliener vorbeifahren und Antipasti für heute Abend mitnehmen. Dann reden wir nachher in Ruhe.«

Interpretierte er sie falsch, oder wollte sie nicht bloß über die Konsequenzen der Verhaftung sprechen? Zumindest lächelte sie ihm zu und erwiderte seinen Blick länger als nötig. Erst Jeremias' Auftauchen zerstörte die knisternde Atmosphäre zwischen ihnen.

»Ob wir uns die Konsole ausleihen dürfen? Ich habe *Mario Kart* nicht zu ...«

»Nein!«, sagten seine Eltern gleichzeitig.

»Toll!«, brummte er. »Also habe ich die ganzen Rekorde umsonst aufgestellt.«

***

Nachdem Jeremias am frühen Abend vom Esstisch aufgestanden war, um in seinem Zimmer zu zocken, hatten Lukas und Jennifer endlich Zeit füreinander. Der Oberkommissar bemerkte rasch, dass seiner Ex-Frau etwas auf dem Herzen lag.

»Was ist los?«, fragte er.

Sie beugte sich vor, griff über den Tisch und streichelte seinen Handrücken. »Wir können das Gespräch verschieben«, schlug sie vor. »Ich weiß ja, wie ungern du über Gefühle sprichst.«

Er winkte lässig ab. »Das war der *alte* Lukas. Der *neue* ist total anders.«

Sie lachte amüsiert. »Sicher?«

»Moment!« Er trank sein halb volles Glas in einem Zug leer und wischte sich anschließend den Mund trocken.

Wieder schmunzelte sie. Die Zuneigung, die er in ihren Augen erkannte, löste ein unerwartetes Flattern in seinem Bauch aus.

»Wir haben uns nie darüber unterhalten, was beziehungsmäßig in den Jahren deines *Todes* passiert ist«, begann sie. »Plötzlich höre ich von einer Prostituierten, zu der du Kontakt hattest, und spüre Eifersucht. Das hat mich umgehauen. Es tut mir leid, dass ich zickig reagiert habe.«

»Alles okay«, beruhigte er sie.

»In der Schutzwohnung habe ich nachgedacht, was ich dir vorenthalten habe. Es gab einen jungen Assistenzarzt, mit dem ich mich mehrfach getroffen habe. Das Ganze hat vier Monate gedauert. Jeremias hat es nicht mitbekommen. Außerdem noch zwei kurze Affären, einmal sogar mit einem verheirateten Mann. Zu meiner Ehrenrettung muss ich gestehen, dass ich anfangs nichts von seiner Ehe gewusst habe. Damit bin ich in meiner Aufzählung bereits am Ende. Meine Jobs im Krankenhaus und als Alleinerziehende haben nicht mehr zugelassen.«

»Verliebt war ich seit unserer Trennung kein einziges Mal«, gestand Sommer. »Zunächst habe ich das Büßerhemd getragen, dann wurden die Holtzmann-Kinder entführt und Lisa erschossen. Ich *starb*. In vielerlei Hinsicht. Die ersten Monate meiner Undercover-Tätigkeit ging ich jedem kleinen Hinweis nach, ohne dem Entführer näherzukommen. Weil Koch das sehr klug arrangiert hatte. Irgendwann überredete er mich dazu, im Rockermilieu zu ermitteln. Ich hätte sexlos leben können, hatte aber Angst, dass meine Tarnung auffliegt. Also habe ich ab und zu die kostenfreien Dienste der Prostituierten in Anspruch genommen. Nicht sehr oft, doch ich will nicht so tun, als hätte es mir nicht gefallen.« Er zuckte die Achseln. »Vielen Männern ist es im Bordell unangenehm, weil sie keine Verbindung zu den Frauen haben. Das war bei mir anders. Mich haben sie wahrscheinlich zuvorkommender beziehungsweise persönlicher behandelt. Und bei meinem letzten großen Fall, als ich monatelang unter Haupts Anhängern lebte, ist ebenfalls nichts geschehen.«

»Wie viele unterschiedliche Nutten waren es?«

»Drei. Wobei Kimberly die einzige Professionelle war, mit der ich öfter im Bett war. Vielleicht fünf Mal. Alles andere waren einmalige Begebenheiten.«

Sein Handy signalisierte den Eingang einer WhatsApp-Mitteilung. Vorläufig ignorierte er das.

»Da haben wir beide wohl ziemlich staubtrockene Jahre hinter uns«, schlussfolgerte Jennifer.

Er schmunzelte über ihre zutreffende Formulierung.

»Willst du nicht nachsehen, wer dir geschrieben hat?«

Sommer entsperrte das Display des Handys.

»Mühlenberg hat eine Sprachnachricht geschickt«, sagte er und berührte das Pfeilsymbol, um die Nachricht abzuhören.

24

Sie waren zurück in der Wohnung. Anscheinend hielten sie die Situation für sicher. Nur weil Gunnar einverstanden gewesen war, das Bauernopfer zu spielen.

Julian Nickel schaute aus dem Fenster. Von seinem Standort aus erkannte er Licht in Jennifers Wohnung. Wie verbrachte die Familie den Abend miteinander? Ob zwischen dem Polizisten und dessen Ex etwas lief?

Der Gedanke gefiel ihm, denn dadurch würde sich der Schmerz des Verlustes intensivieren.

Nickel überlegte seine Optionen. Er zweifelte nicht daran, dass Gunnar in der Untersuchungshaft Stillschweigen bewahrte – zumindest, bis er die neueste Entwicklung erfuhr. Danach könnte er von einem Teil seiner Lügen abrücken. Gunnar hasste Lukas Sommer mindestens so sehr wie Nickel – und litt noch heute unter dem Tod der Schwester. Deswegen war er ein so gefügiger Handlanger, der bereit gewesen war, sich verhaften zu lassen.

Doch wie sollte Nickel vorgehen? Solange der Bulle Wache schob, könnte er sein Vorhaben nicht durchziehen. Also müsste er entweder vom Plan abweichen oder darauf hoffen, dass Sommer nicht bei seiner Ex-Frau übernachtete.

Er sah auf sein Handy und stellte den Timer ein. In vier Stunden würde er sich allerspätestens Zutritt verschaffen. Bis dahin schliefen sie hoffentlich und würden sein lautloses Eindringen nicht bemerken. Der Dietrich lag griffbereit neben der Pistole, die er ebenfalls benötigen würde.

Vier Stunden Gnadenfrist. Sollte Sommer jedoch irgendwann aufbrechen, könnte Nickel die nächtliche Exekution aufschieben und der Familie ein bisschen mehr Lebenszeit einräumen.

***

Lukas Sommer bemerkte an Mühlenbergs aufgezeichneter Stimme, wie erschöpft der Hauptkommissar war.

»Hi, Lukas. Ich bin gerade zu faul, die Nachricht zu tippen, deshalb per Sprachmitteilung. Jung schweigt eisern. Er sagt kein Wort, verzichtet aber bislang auch auf einen Anwalt. Ich habe versucht, ihn mit der Frage nach einem Missbrauch in der Kindheit zu schocken. Er hat lediglich gelächelt. So kommen wir nicht weiter. Morgen früh bespreche ich mit Bolte, ob wir dir doch die Möglichkeit zur Vernehmung geben können. Ich habe nämlich den Eindruck, wir müssen Jung aus der Reserve locken, damit er alles gesteht. Halt dich diesbezüglich bereit. Ansonsten warte ich dringend auf die Auswertung der Spurensicherung. Vielleicht können wir Fasern aus Jungs Wohnung in Jablonskis Wagen sicherstellen. Oder bei Martin Pietsch. Und den Barkeeper nehme ich mir ebenfalls noch einmal vor. Irgendwas an seiner Aussage stört mich. Wobei das eher ein vages Gefühl ist. Bevor ich die Sache an die Staatsanwaltschaft übergebe, will ich dieses Gefühl ausgeräumt wissen. Telefonieren wir am besten morgen Vormittag. Ich melde mich. Grüß Jennifer von mir.«

Jennifer schaute ihn an. »Klingt jetzt nicht so, als sei die Verurteilung von Lisas Bruder in trockenen Tüchern.«

Unzufrieden schüttelte Sommer den Kopf. »Solange er schweigt und die Kollegen keinen eindeutigen Beweis finden, wird das schwierig. Ideal wäre es, die Tatwaffe mit ihm in Verbindung zu bringen.«

»Was meint er wohl wegen des Barkeepers?«

»Das interessiert mich am meisten. Ich fürchte, ihm sind Widersprüche aufgefallen.« Sommer knetete seine Unterlippe. Dieser Punkt würde ihn heute Nacht wachhalten. Nach einem Blick auf die Uhr traf er deshalb eine Entscheidung. »Ich suche die Bar auf. Wenn ich Glück habe, hat der Kerl Dienst. Falls ich wie Mühlenberg ein ungutes Gefühl habe, wedle ich mit meinem BKA-Ausweis vor seiner Nase herum und setze ihn unter Druck.«

***

Das *El Loco* war trotz der frühen Uhrzeit gut gefüllt. An der Hälfte der Tische saßen Gäste und unterhielten sich miteinander. Lukas Sommer suchte einen freien Platz, um sich zunächst einen Überblick zu verschaffen. Nach einigen Minuten trat eine junge Kellnerin zu ihm.

»Hi! Hast du dir schon etwas ausgesucht?«, fragte sie.

Sommer bestellte einen alkoholfreien Cocktail. Die Kellnerin notierte seinen Wunsch und ging anschließend zur Theke, hinter der ein einziger Mann arbeitete. Eine Weile später brachte ihm die Kellnerin das Getränk und rechnete direkt ab.

»Sobald ich Nachschub brauche ...«

»... kannst du mir einfach zuwinken. Ich komme dann schnellstmöglich.«

»Oder ich hole es mir selbst an der Theke?«

»Klar, das kannst du auch machen.«

Sie schenkte ihm ein Lächeln, bevor sie sich dem Nachbartisch zuwandte.

Er nippte an dem erfrischenden Cocktail und schaute sich alles sorgfältig an. Dabei bemerkte er, dass der Barkeeper die Gäste, die zu ihm kamen, rasch bediente und abkassierte, aber ihnen danach keine weitere Aufmerksamkeit schenkte.

Nachdem er ausgetrunken hatte, ging er zur Theke.

»Was darf's sein?«, fragte ihn der Endzwanziger.

»Hatten Sie gestern Dienst?«

»Wieso wollen Sie das wissen?«

»Berufliche Neugierde.« Sommer holte seinen Ausweis hervor und zeigte ihn dem Mann.

»Bundeskriminalamt?«, wunderte der sich. »Geht es um den Kerl, der die Frau betäubt hat?«

»Genau. Da haben sich im Nachhinein ein paar Fragen ergeben.«

Der Barkeeper griff nach einem Tuch, wischte hektisch über die Theke und legte den Lappen wieder weg. Er machte einen nervösen Eindruck.

»Das ist gerade schlecht. Ich bin die nächsten Stunden allein. Am besten geben Sie mir Ihre Karte, und ich rufe Sie morgen Vormittag an.«

Sommer schüttelte demonstrativ den Kopf. »So lange kann ich nicht warten. Außerdem bestellt ja momentan niemand etwas. Ihr Verhalten weckt übrigens mein Misstrauen.«

Der Mann lachte unsicher. »Ist das der Dank dafür, dass ich aufgepasst habe?«

»Warum lügen Sie?«, fragte Sommer.

***

Wie schon beim letzten Mal knackte Nickel die Haustür ohne Probleme. Er lief die zwei Etagen hoch und betrachtete im Licht der Flurbeleuchtung die Auswirkung seines Werks. Bislang war die Wohnungstür nicht ausgetauscht worden. Stattdessen hatte jemand die Einschusslöcher mit Holzbrettern zugenagelt.

Er kniete sich auf die Fußmatte und führte den Dietrich vorsichtig in das Schloss ein. Nun kam es darauf an, absolut lautlos zu sein.

***

»Sie schenken die Getränke aus, kassieren den entsprechenden Betrag und kümmern sich dann nicht mehr um den Gast«, fasste Sommer seine Beobachtung zusammen. »Aber Sie behaupten, Sie hätten gesehen, wie ein Mann, der mit dem Rücken zu Ihnen stand, eine Bewegung vollführte, die Ihnen seltsam vorkam. In meinen Ohren klingt das nach einer fetten Lüge.«

Der Barkeeper verdrehte die Augen. »Okay«, brummte er. »Es war nicht ganz die Wahrheit.«

»Was ist gestern passiert?«

Sein Gegenüber schob genervt die Zunge zwischen die Lippen. »Hätte ich gewusst, was das nach sich zieht, hätte ich die Bitch ihrem Schicksal überlassen. Selbst schuld, wenn sie einen doppelt so alten Kerl an sich ranlässt.«

Sommer schaute ihn böse an. Endlich kapierte der Mann, dass er eine vernünftige Antwort geben musste.

»Ich mache zwei Drinks fertig. Der Gast gibt mir die Kohle samt großzügigem Trinkgeld. Die nächste Bestellung kommt rein, eigentlich habe ich den Typen schon wieder vergessen. Obwohl mir seine teure Armbanduhr aufgefallen ist. Eine *Breitling*. Hätte ich auch gerne. Plötzlich spricht mich ein anderer Gast an. Behauptet, er hätte beobachtet, wie ein Mann Tropfen aus einem kleinen Fläschchen in ein Glas geschüttet habe. Er zeigt mir den Übeltäter. Vor ein paar Monaten hatten wir Polizisten hier wegen einer Vergewaltigung unter dem Einfluss von K.-o.-Tropfen. Unser Chef meinte, solche Sachen sollen wir sofort melden. Da ich unsicher bin, ob der Zeuge richtigliegt, behalte ich den Verursacher und seine junge Begleitung im Auge. Und tatsächlich führt er sie ziemlich schnell benommen wirkend nach draußen. Also informiere ich Ihre Kollegen.«

»Wieso Sie und nicht der wahre Zeuge?«

»Er hat mich ausdrücklich darum gebeten. Angeblich war er mit einer *Bekannnten* da, wovon seine Frau nichts wissen dürfe. Deswegen bat er mich, das zu übernehmen.«

»Warum haben Sie der Polizei keinen hundertprozentig zutreffenden Bericht geliefert?«

»Mir gefiel die Vorstellung, der Held des Tages zu sein. Sorry.«

»Beschreiben Sie mir den Mann, dem wir die Festnahme zu verdanken haben.«

***

Jennifer Sommer schreckte aus dem Schlaf hoch. Hatte Jeremias nach ihr gerufen? Oder hatte sie das bloß geträumt?

»Jennifer!«, ertönte eine unbekannte männliche Stimme.

Schlagartig war sie hellwach und sprang aus dem Bett.

»Ich bin im Zimmer deines Sohnes!«, rief der Mann.

Hektisch schaute sie sich um. Doch im Schlafzimmer lag nichts, was zur Verteidigung geeignet wäre. Sie schlich zur Tür und öffnete sie leise. Vielleicht gelang es ihr, aus der Küche ein Messer zu besorgen.

»Na endlich! Komm her! Aber schön langsam, wenn dir die Gesundheit deines Kindes wichtig ist.«

Die Kinderzimmertür stand sperrangelweit offen. Ihr Herz hämmerte wie verrückt. Sie durchquerte die Diele und blieb an der Schwelle zum Kinderzimmer stehen. Jeremias' Nachttischlampe brannte, der Junge rührte sich nicht. Auf der Bettkante saß ein ihr unbekannter Mann.

»Wer sind Sie?«, fragte sie panisch.

»Julian Nickel«, antwortete der Mann überheblich grinsend.

Er musterte sie interessiert, und Jennifer wünschte sich, nicht nur ein T-Shirt und einen Slip zu tragen.

»Geht es Jeremias gut?«

»Er ist narkotisiert.«

»Sie Mist...«

»Halt die Klappe! Zieh dich an. Ich gebe dir eine Minute.«

»Was haben Sie vor?«

»Wir machen einen Ausflug. Jeremias ist mein Faustpfand, damit du nicht auf dumme Ideen kommst. Solltest du mich angreifen oder dich widersetzen, werde ich ihm das Genick brechen.«

»Nein!«, flehte sie.

»Sechzig Sekunden. Deine Zeit läuft.«

Sie drehte sich um und rannte ins Schlafzimmer. Julian Nickel. So hieß der Verlobte von Lukas' toter Partnerin Lisa. War der verhaftete Bruder eine falsche Spur gewesen? Sie musste Lukas dringend informieren. Das Handy steckte am Ladekabel. Warum hatte sie nicht direkt nach dem Aufwachen einen Notruf abgesetzt? Wie sollte es ihr jetzt gelingen, sich in weniger als einer Minute anzuziehen und einen Hilferuf abzusenden?

»Zwölf, dreizehn, vierzehn, fünfzehn«, ertönte seine kalte Stimme.

25

»Beschreiben Sie mir den Mann, dem wir die Festnahme zu verdanken haben«, forderte Sommer den Barkeeper auf.

»Der war annähernd so groß wie Sie«, begann der Gefragte nachdenklich. »Trug eine schwarze Lederjacke und dunkle Hosen. Wahrscheinlich Jeans. Das Haar wirkte im Licht der Lampe getönt. Schwarz.«

»Welche Länge?«

»Hinten kurz. Oben etwas länger.«

»War er schlank?«

»Sportliche Figur. Die Jacke war hüftbetont geschnitten und hat seinen muskulösen Oberkörper zur Geltung gebracht.«

»Hatte er einen Bart?«

Der Barkeeper schüttelte den Kopf.

»Brille?«

»Nein.«

»Fällt Ihnen ein äußeres Merkmal ein, an dem man den Unbekannten wiedererkennen könnte?«

Der Mann kratzte sich am Hinterkopf. Sommer hatte den Eindruck, dass er verneinen wollte, als er plötzlich innehielt.

»Da war ein recht auffälliges Muttermal im Gesicht. Etwa im Umfang einer Daumenkuppe.«

Oh Gott!, dachte Sommer entsetzt. *Das durfte nicht wahr sein!*

»An welcher Stelle?«

Fassungslos sah er dem Barkeeper zu, wie dieser den eigenen Zeigefinger zu seinem linken Ohrläppchen führte und auf einen Punkt direkt neben dem Ohr zeigte. »Ungefähr hier.«

»Scheiße!«, fluchte Sommer.

»Kennen Sie ihn?«

»Ich fürchte ja!« Er griff zu seinem Handy und öffnete WhatsApp.

Hi, Jen! Ich glaube, Jeremias und du schwebt weiter in Gefahr. Ich bin in fünfzehn Minuten zurück, sei bis dahin auf der Hut und halte dich von der Eingangstür fern! Auch wenn es klingelt.

Sommer schob das Telefon in die Hosentasche.

»Hatten Sie den Kollegen Ihre Kontaktdaten genannt?«

»Musste ich. Wieso?«

»Die werden sich morgen bei Ihnen melden. Sie sagen denen alles, was Sie mir gesagt haben.«

»Herrje, reicht es nicht ...«

Sommer drehte sich um und hastete hinaus.

»Ich schlafe lang!«, rief ihm der Barkeeper hinterher. Das letzte Wort verschluckte allerdings die zufallende Eingangstür.

Kaum hatte Sommer den Bürgersteig betreten, vibrierte sein Smartphone. Er holte es heraus und sah, dass Jennifer geantwortet hat. Doch die kurze Vorschau der Nachricht im gesperrten Display-Modus genügte bereits, um seine Panik zu vervielfachen.

Zu spät!

Sommer rannte los. Er erinnerte sich an das gemeinsame Abendessen mit Lisa und Julian. Schwarze, getönte Haare, durchtrainierter Körper. Aber das traf auf tausend andere Männer auch zu. Julian hatte jedoch ein auffälliges Muttermal neben dem linken Ohrläppchen gehabt. Und damit wurde die Anzahl der potenziell Verdächtigen deutlich kleiner.

Er erreichte seinen Wagen, riss die Fahrertür auf und sprang hinein.

Gunnar Jung flößte einer Frau K.-o.-Tropfen ein. Die Polizei erhielt einen Tipp, und wie sich herausstellte, verdankten sie diesen nicht einem aufmerksamen Barkeeper, sondern einem Unbekannten, bei dem es sich möglicherweise um Julian Nickel handelte.

Ein Zufall? Sehr unwahrscheinlich!

Eher sprach einiges dafür, dass die beiden zusammenarbeiteten und Sommer eine klug konstruierte Falle gestellt hatten.

Nachdem er die Schutzwohnung für seine Familie organisiert hatte, war sie in Sicherheit gewesen. Erst Gunnars Verhaftung hatte sie aus dieser Schutzzone herausbefördert.

Über das Multimediasystem seines Autos wählte er Jennifers Handynummer. Der Anruf wurde direkt zur Mailbox umgeleitet. Hatte Nickel Jennifers Handy ausgeschaltet, nachdem er die Nachricht verschickt hatte?

Ohne die Geschwindigkeitsbegrenzungen zu beachten, raste er durch die Straßen der Nacht. Selbst an zwei roten Ampeln, die seine Fahrt blockierten, hielt er bloß kurz, bis er sich überzeugt hatte, keinen Unfall zu verursachen. Sollte ihn eine Polizeistreife rauswinken, würde er die Polizisten als Verstärkung mitnehmen. Doch niemand versuchte ihn zu stoppen. Für den Hinweg hatte er fast zwanzig Minuten benötigt. Zurück schaffte er den Weg in der Hälfte der Zeit.

Bei Jennifer angekommen, parkte er den Wagen in einer nahe gelegenen Garagenauffahrt, da er sonst keinen freien Platz fand. Er rannte zur Haustür und schloss sie hektisch auf. Im Eiltempo lief er die Stufen hoch, bis er wie vom Schlag getroffen stehen blieb.

Als ob Nickel ihn damit verhöhnen wollte, steckte im Türschloss ein Dietrich. Die Tür war zudem nur angelehnt. Offenbar war es dem Entführer egal, ob ein Nachbar das seltsame Szenario bemerkte.

Sommer zog seine sich im Schulterhalfter befindliche Waffe und betrat die Wohnung. Einzig in Jeremias' Zimmer brannte Licht. Bevor Sommer in den Raum ging, inspizierte er Schlafzimmer, Wohnzimmer und Küche. Nichts deutete auf einen Kampf hin. Nickel hatte es geschafft, seine Familie zu überrumpeln.

Neben Jeremias' Kopfkissen entdeckte Sommer einen Zettel.

Ich melde mich bei dir und gebe dir Hinweise, wo du uns findest. Das Spiel kennst du ja bereits!

Anscheinend sprach er darauf an, dass die entführte Holtzmann-Tochter den Notruf gewählt und ihnen Hinweise gegeben hatte, wo sie gefangen gehalten wurde. Dass sich dahinter eine Finte des Entführers verbarg, hatten sie damals zu spät begriffen.

Obwohl Sommer das Bedürfnis hatte, seine Wut laut herauszuschreien und Gegenstände zu zertrümmern, blieb er völlig ruhig. Er half seiner Familie am ehesten, indem er die Lage mit kühlem Kopf analysierte.

Julian Nickel war wahrscheinlich der Dreifach-Mörder. Außerdem hatte er in gewisser Weise Kimberlys Tod zu verantworten. Gunnar war ebenfalls darin verstrickt, doch Sommer vermutete, dass er lediglich diesen einen Handlangerdienst ausgeübt hatte. Ob Gunnar Kimberly aufgesucht hatte? An Julians Muttermal hätte sie sich wohl erinnert.

Da Sommer keinen Anhaltspunkt hatte, wo sich Nickel versteckt hielt, musste er dementsprechend Lisas Bruder weichklopfen. Ob Mühlenberg schon schlief? Polizisten schalteten im Regelfall nicht ihr Handy aus, aber er hoffte, einen noch wachen Kollegen anzutreffen.

Nach wenigen Sekunden Freizeichen erfüllte sich sein Wunsch.

»Hast du Sehnsucht nach mir?«, fragte Mühlenberg.

»Julian Nickel hat uns genarrt! Er hat Jennifer und Jeremias in seiner Gewalt.«

»Was?«

In aller Kürze fasste Sommer die Informationen der letzten Stunde zusammen.

»Oh nein«, stöhnte Mühlenberg. »Hat uns Jung so verarscht?«

»Ich muss mit ihm reden. Je früher, desto besser.«

Mühlenberg brummte zuerst unverständliches Zeug, bis er seufzte. »Zum Glück sitzt er noch im Präsidium. Wir haben gestern Abend den Antrag auf Untersuchungshaft genehmigt bekommen. Morgen Vormittag soll er per Gefangenentransporter in die JVA gebracht werden.«

»Ich kann in zwanzig Minuten da sein.«

»Treffen wir uns in einer Stunde. So lange benötige ich, um ein Vernehmungszimmer vorzubereiten.«

***

Gunnar Jung saß in dem Vernehmungsraum und wirkte gelangweilt. Er hatte seine gefesselten Hände auf dem Tisch abgelegt, der vor ihm stand. Sommer beobachtete ihn durch eine Klappe in der Tür. Nichts deutete darauf hin, dass er wegen der späten Uhrzeit, zu der normalerweise keine Vernehmungen eines bereits inhaftierten Täters stattfanden, nervös war.

»Er hat überhaupt nicht den Versuch unternommen, die anstehende Befragung zu boykottieren. Genauso wenig verlangt er einen Anwalt.«

»Er kennt Nickels Pläne«, vermutete Sommer.

»Dann hoffen wir, dass wir etwas aus ihm herausbekommen.«

»Mir wäre es am liebsten, ihn allein auszuquetschen.«

»Nein!«, widersprach Mühlenberg energisch. »Ich begebe mich auf dünnes Eis, denn natürlich habe ich Bolte nicht informiert. Aber ich verspreche dir, ich stelle mich ruhig in die Ecke und sage keinen Ton. Vorausgesetzt, du hältst dich an die Regeln.«

»Meinetwegen! Lass uns beginnen.«

Mühlenberg entriegelte die Tür und betrat zuerst das Vernehmungszimmer. Jung musterte ihn desinteressiert. Plötzlich registrierte er, wer nach dem Hauptkommissar hereinkam. Ein Lächeln huschte über seine Gesichtszüge.

Wie vereinbart stellte sich Mühlenberg in eine Ecke des Raums breitbeinig hin. Seine Arme verschränkte er hinter dem Rücken. Unterdessen trat Sommer an den Tisch.

»Hallo, Gunnar«, sagte er und setzte sich. »Sie wissen, wer ich bin, deswegen muss ich mich nicht vorstellen.«

»Als ich damals von Ihrer Wiederauferstehung gehört habe, war ich sehr überrascht«, erwiderte der Mann.

»Wieso nennen Sie mich deshalb einen Lügner?«, erkundigte sich Sommer.

»Haben Sie das nicht getan? Gelogen?«

»Ich habe dank einer Notoperation überlebt. Carla hat mir in den Bauch geschossen.« Er stand auf und hob sein Hemd an, damit der Gefangene die Narbe betrachten konnte. »Als ich gesundheitlich wiederhergestellt war, habe ich alles darangesetzt, den Fall zu lösen. Nicht zuletzt, um Lisas Tod zu sühnen.«

»Das war Ihr Hauptanliegen? Oder lügen Sie erneut?«

»In erster Linie wollte ich die Kinder retten.«

»Das Mädchen hat Lisa erschossen.«

»Auf Geheiß des Entführers. Ihn trifft die Schuld.«

»Da bin ich anderer Meinung.«

»Teilen Sie mir Ihre Meinung mit?«

Jung sah ihn verärgert an. »Meine Schwester war schwanger. Sie hätten sie niemals zu diesem Einsatz mitnehmen dürfen. Sie hätten sie beschützen müssen!«

»Ich wusste bis vor Kurzem nichts von der Schwangerschaft.«

»Fällt mir schwer, Ihnen das zu glauben. Lisa hat so viel von Ihnen erzählt. Ich bin überzeugt, Sie waren derjenige, der es zuerst erfahren hat. Wahrscheinlich haben Sie ihr geraten, das freudige Detail so lange wie möglich zu verheimlichen.«

»Nein!«

»Ich schätze, Sie wären der Patenonkel geworden.«

Sommer bemühte sich um ein Pokerface. Jung wollte ihn emotional erschüttern und so aus der Fassung bringen.

»Also haben Sie das alles getan, um mich zu bestrafen.«

»Was getan? Wovon reden Sie?«

»Der Mord auf dem Krankenhausparkplatz. Sie hatten vor, meine Frau zu erschießen. Die beiden weiteren Morde. Die Angriffe auf unsere Familienwohnung.«

»Familie? Ich habe mich erkundigt: Sie und Ihre Ex-Frau Jennifer sind geschieden.«

»Das stimmt. Deshalb verstehe ich nicht, wieso Sie Jennifer ins Visier genommen haben.«

Jungs Blick glitt an ihm vorbei. Er suchte den Augenkontakt zu Mühlenberg.

»Er redet das gleiche Zeug wie Sie. Ich kapiere das nicht.« Plötzlich jammerte er. »Das ist ein riesiges Missverständnis.«

»Missverständnis?«, erklang Mühlenbergs Stimme aus dem Hintergrund.

»Ich habe einen Fehler gemacht, auf den ich nicht stolz bin, als ich eine junge Frau gesucht habe, die ich betäuben wollte. Sobald sie in meinem Haus gewesen wäre, hätte ich sie an die Heizung gebunden und ihr eine echt aussehende Spielzeugpistole unter den Oberschenkel geschoben. Sie wäre wach geworden, hätte die Pistole bemerkt und mich damit bedroht.« Er richtete seine Augen wieder auf Sommer. »Mein Therapeut hat mir empfohlen, mir die Situation vorzustellen. Ich sollte mir bewusst machen, dass Lisa keine Chance hatte. In meiner Vorstellung wurde sie aber jedes Mal gerettet. Von Ihnen! Oder Ihren herbeieilenden Kollegen. Darum habe ich zu diesem drastischen Mittel gegriffen. Eine Holzhammermethode. Ich wollte der gleichen Gefahr ausgesetzt sein, hätte der Frau allerdings niemals etwas angetan. Das könnte ich gar nicht. Ich hatte überlegt, dafür eine Nutte zu engagieren. Doch es sollte lebensecht wirken. Ich bereue diese Dummheit, für die ich die volle Verantwortung trage.«

»Wo ist Julian Nickel? Wo hält er meine Familie versteckt?«, schrie Sommer.

Jung wich im Stuhl ein Stück nach hinten. »Ihre Familie ist verschwunden? Oh Gott! Das tut mir leid.«

Sommer sprang auf. »Lügen Sie mich nicht an!«

»Der Lügner sind Sie!«

»Wo steckt Nickel?«

»Zu dem Verlobten meiner Schwester habe ich schon seit Jahren keinen Kontakt mehr. Glauben Sie mir.«

Jung lächelte ihn spöttisch an. Gleichzeitig legte sich von hinten Mühlenbergs Hand beruhigend auf Sommers Schulter.

»Ich habe jetzt lang genug kooperiert«, sagte Lisas Bruder. »Ohne einen Anwalt erfahren Sie nichts mehr. Sie wollen mir irgendetwas unterschieben! Dabei war es bloß eine therapeutische Maßnahme.«

26

»Wir sind da«, sagte Nickel.

Er parkte den Wagen vor einem absolut unbeleuchteten Bürogebäude in einem Industriegebiet am Rande der Stadt. Es war das letzte Haus vor einem geräumigen Wendehammer.

»Hier hatte die *Assistant Group* viele Jahre ihren Firmensitz«, erzählte er in einem beinahe überschwänglichen Tonfall. »Achtzig Mitarbeiter, die nach der Insolvenz ihren Job verloren haben. Die Wirtschaftsförderung der Stadt bemüht sich gerade um neue Mieter. Aber ich bin ziemlich optimistisch, dass bis zum frühen Vormittag keine Besichtigungstermine geplant sind.«

»Was wollen Sie?«, fragte Jennifer.

Er hatte bei Fahrtantritt den bewusstlosen Jeremias in den Kofferraum gelegt. Anschließend hatte sie auf dem Beifahrersitz Platz nehmen dürfen, denn er hatte geahnt, dass sie nichts unternehmen würde, was die Gesundheit ihres Sohnes gefährdete.

»Am liebsten hätte ich Lisa zurück, um sie noch einmal im Arm zu halten. Um eine Nacht mit ihr durchzutanzen. Roland Kaiser Songs nachzuspielen.« Er lachte, bevor er die ersten Wörter eines Liedes anstimmte und abrupt wieder abbrach.

»Leider geht das nicht«, brüllte er plötzlich und schaute sie wie einen Feind an. »Weil dein Mann, nein, ich korrigiere, dein Ex-Mann ihren Tod nicht verhindert hat.« Seine Stimme senkte sich. »Um mich zu revanchieren, werde ich ihm eine schöne Überraschung bereiten. Da oben!« Er deutete auf das Gebäude. »Ich habe das passende Büro bei einem vorherigen Besuch ausgesucht. Nummer einhundertsiebzehn. Nach der Insolvenz hatte der gerichtlich bestellte Insolvenzverwalter dort seine Zelte aufgeschlagen. Irgendwie finde ich das passend.« Er zwinkerte ihr zu. »Steig aus und stell dich an den Kofferraum. Falls du einen Trick versuchst, schieße ich dir in den Rücken, vergewaltige deinen Sohn mit einem riesigen Baumast und ertränke ihn dann qualvoll, indem ich seinen Kopf in eine der Toilettenschüsseln drücke.«

Sie löste zitternd den Sicherheitsgurt und öffnete die Beifahrertür. Er beobachtete sie dabei, wie sie seinen Befehl befolgte. Kinder waren so herrlich nützlich, um Erwachsene zu maßregeln. Wie hätte er als Vater bei einer solchen Forderung reagiert? Wegen Lukas Sommer würde er das niemals erfahren.

Aber zumindest würde ihm in wenigen Stunden endlich Gerechtigkeit widerfahren.

***

»Ich könnte ihm Folter androhen«, zischte Sommer.

»Unter keinen Umständen!«, widersprach Mühlenberg. »Wir sind die Guten. Keine Ahnung, was du in der Rockergang anstellen musstest, um die Tarnung zu bewahren. In diesen Räumen gelten die Grundrechte auch für Verdächtige.«

Sie standen im Flur vor der Tür des Vernehmungszimmers.

»Gunnar ist schwach«, behauptete Sommer. »Die Drohung wird reichen. Wenn er etwas weiß ...«

»Das ist es ja, Lukas! Er wird nicht wissen, wo deine Familie ist. Sie haben uns die ganze Zeit eine Möhre vor die Nase gehalten, und wir sind stumpf hinterhergelaufen. Wegen dem, was er gerade ausgesagt hat, kommt er mit einer lächerlich milden Strafe davon. Ein verständnisvoller Richter wird ihm Sozialstunden aufbrummen.«

»Er lügt!«, schrie Sommer.

»Das können wir nicht beweisen! Und der Plan ist so clever durchdacht, dass Gunnar garantiert nicht eingeweiht ist. Damit er nichts ausplaudern kann. Es ist sinnlos, ihn weiter zu vernehmen.«

Sommer drehte sich von Mühlenberg weg und stieß einen markerschütternden Schrei aus. Er holte mit dem rechten Arm aus, und Mühlenberg fürchtete, der besorgte Vater würde gegen die Wand boxen und sich die Hand brechen. Doch im letzten Moment hielt er inne.

»Was jetzt?«, fragte er leise.

»Wir fahren zu Nickels Adresse. Ich beantrage den Durchsuchungsbeschluss später. Gefahr ist im Verzug. Rechtlich gibt es deshalb keine Probleme. Um möglichst schnell voranzukommen, organisiere ich uns einige Kollegen. Ich schätze, in einer Stunde beginnen wir, seine Bude auf den Kopf zu stellen.«

»Beeilen wir uns! Wer weiß, was er mit den beiden anstellt. Ihnen darf nichts zustoßen, Tobias! Das würde ich nicht verkraften.«

»Wir werden das verhindern. Aber über eine Sache diskutiere ich nicht: Ich lasse dich nicht in Nickels Wohnung. Das BKA ist nicht zuständig. Verstehst du das?«

»Natürlich! Ich kenne die Regeln. Wieso hast du noch keinen Schlüsseldienst angerufen? Wir vertrödeln wertvolle Zeit.«

»Zunächst kümmere ich mich um Verstärkung. Der Schlüsseldienst wird nach dem Anruf innerhalb einer Viertelstunde vor Ort sein.«

***

Jennifer betrachtete ihren narkotisierten Sohn. »Was haben Sie ihm gespritzt?«

Nickel nannte ihr den Namen eines im Krankenhaus verbreiteten Narkosemittels.

»Wie sind Sie darangekommen?«, wunderte sich Jennifer. »Das Zeug bekommt man nicht einfach im Supermarkt.«

Er lachte. »Langsam kapiere ich, was Lukas an dir schätzt. Dein Humor ist zuckersüß. Ich habe eine Freundin, die in einem psychiatrischen Krankenhaus arbeitet. Dort hat sie eine Ampulle verschwinden lassen. Ist nicht mal aufgefallen.«

»Eine *Freundin*?« Sie starrte ihn überrascht an. »Also ging Ihr Leben doch weiter! Warum wollen Sie sich nach all den Jahren ...«

»Halt's Maul!«, zischte er. »Du weißt nichts über mich. Deswegen solltest du dir kein Urteil erlauben. Eine mit Lisa vergleichbare Frau finde ich nie wieder. Das ist aussichtslos. Und meiner *Freundin* gefällt vor allem, dass ich so kaputt bin. Manchmal bemerke ich, dass sie mich wie einen schillernden Käfer ansieht. Stört mich nicht, denn sie ist nützlich. Ihre destruktive Art ist besonders beim Sex vorteilhaft. Und sie hat mich unterstützt. Ihr gefällt die Vorstellung meiner Rache.« Er spuckte auf den Boden. »Du hebst deinen Sohn raus und trägst ihn ins Gebäude. Erste Etage. Am Treppenabsatz musst du dich nach links wenden. Hast du dir die Zimmernummer gemerkt? Ich leuchte euch mit dem Handy den Weg.«

»Einhundertsiebzehn.«

»Du Streberin!« Er lachte erneut.

»Darf ich zuallererst Jeremias' Puls kontrollieren? Ich bin Krankenschwester ...«

»Meinetwegen«, stöhnte er genervt. »Aber denk immer dran: Auf dich ist neben einem Handy auch eine entsicherte Pistole gerichtet.«

***

Rebekka saß in ihrem Wagen gut dreihundert Meter von Julians Zuhause entfernt und wartete. Julian hatte sie um diesen Gefallen gebeten. Er war überzeugt davon, dass die Bullen im Laufe der Nacht in der Straße auftauchen und seine Wohnung auseinandernehmen würden. Sie betrachtete das Bild des Mannes, auf dem ihr Hauptaugenmerk lag. Sollte sie ihn unter den Polizisten ausmachen, wäre es ihre Aufgabe, ihn von dem Ort wegzuführen. Julian hatte verschiedene Varianten genannt, die er für wahrscheinlich hielt. Sie hatte die Handynummer des Bullen und sollte ihn anrufen, falls es keine andere Möglichkeit geben würde.

Doch erst einmal hatte er sie angewiesen, geduldig zu sein. Eine Eigenschaft, die ihr nicht in die Wiege gelegt worden war.

Rebekka dachte an Julian. Nie zuvor hatte sie eine so erfüllende Beziehung gehabt. Zwar hatte sie früher andere Männer stärker geliebt, allerdings nie eine so intensive, destruktive Verbindung gespürt.

Sie lächelte versonnen.

Nach den heutigen Ereignissen müssten sie verschwinden und untertauchen. Zwei flüchtige Verbrecher. Bonny und Clyde. Ob sie irgendwann im Kugelhagel der Bullen sterben würden? Eine romantische Vorstellung, die ihr sehr zusagte. So würde wenigstens das Ende ihres erbärmlichen Lebens eine Bedeutung bekommen.

***

Sie betraten das dunkle Zimmer einhundertsiebzehn. Im Flur hatte er die Taschenlampenfunktion des Handys benutzt – umso mehr wunderte sie sich nun, dass er das Licht deaktivierte.

»Bleib stehen!«

Er zwängte sich an ihr vorbei und holte aus seiner Jackentasche ein paar Knickstäbe, die er zum Leuchten brachte und hinlegte. Deren schwaches Licht reichte aus, um sich zu orientieren. Der Raum war ungefähr zwanzig Quadratmeter groß. Von einem Stuhl abgesehen, der eher an Küchenmobiliar als an einen Bürostuhl erinnerte, standen keinerlei Möbel in dem Raum.

»Setz ihn auf den Stuhl!«, befahl er.

»Und dann?«

»Das erfährst du früh genug.«

Vorsichtig platzierte sie Jeremias auf die Sitzfläche und streichelte anschließend sein Gesicht.

»Wie rührend!«, höhnte er. »Eine mütterliche Geste voller Zuneigung.«

»Wieso tun Sie uns das an?«

»Hast du etwa die ganze Zeit nicht zugehört? Hock dich neben die Heizung. Sofort!«

Sie suchte Augenkontakt mit ihm, um ihn um Gnade zu bitten. Er wich ihrem Blick allerdings aus.

»Ich verliere gleich die Geduld. Beeil dich!«

Jennifer hockte sich hin. Im nächsten Moment warf er ihr Handschellen zu, die er ebenfalls in seiner Jacke aufbewahrt hatte.

»Leg eine Schelle um dein linkes Handgelenk, die andere um das Heizungsrohr.«

»Warum sind Sie ...«

»Schnauze! Oder du siehst dabei zu, wie ich deinem Schatz das Gehirn wegpuste. Du hast fünf Sekunden. Sonst ist er tot.«

Sie folgte seinem Befehl. Erst jetzt entspannte sich Nickel. Er lächelte ihr beinahe beruhigend zu.

»Du denkst, ich sei gnadenlos? Das stimmt nicht. Ursprünglich wollte ich dich ohne Vorwarnung töten. In deinem Auto am Krankenhaus. Lukas sollte die Chance bekommen, um dich zu trauern. Einen Tag später hätte ich Jeremias umgebracht. Genau das ist mir passiert. Wusstest du das?«

Mit seiner rechten Hand trommelte er im schnellen Tempo gegen seine Brust. Jennifer gewann den Eindruck, dass er das gar nicht mitbekam.

»Kollegen deines Mannes stehen vor meiner Tür und überbringen mir die Todesnachricht. Lisa sei im Dienst erschossen worden. Ich war am Boden zerstört.« Er hielt beim Trommeln inne und verzog das Gesicht.

»Am nächsten Nachmittag erfahre ich, dass Lisa schwanger gewesen ist. Ich hatte meine Frau und mein Kind verloren! Das hätte er auch verdient. Aber du hast Glück, und deswegen solltest du mir nie wieder vorwerfen, keine Gnade zu zeigen. Ich habe meine Pläne nämlich geändert.«

»Inwiefern?« Obwohl sie fürchtete, dass Nickel nur mit ihr spielte, spürte sie eine irrationale Hoffnung.

»Dein Ex-Mann hätte seine Partnerin damals retten können. Er hätte sich wahrscheinlich dafür opfern müssen, doch es hatte in seiner Macht gelegen. Heute Nacht kann er sich entscheiden. Wenn er sich für euch opfert, verschone ich vielleicht euer Leben. Wir werden sehen, was die nächsten Stunden bringen.«

Jeremias stöhnte leicht.

»Zu früh!«, schrie Nickel. »Viel zu früh!« Wütend drehte er sich um.

»Tun Sie ihm nichts«, flehte Jennifer.

Plötzlich hielt Nickel ein langes Seil in der Hand. Was zum Teufel steckte noch alles in den Innentaschen seiner Lederjacke?

27

Aufgeregt schaute Rebekka über die Schulter. Endlich passierte das, was Julian vorausgesagt hatte. Ihre Bewunderung für ihn wuchs weiter an. Gerade in den letzten Tagen hatte er einige zutreffende Vorhersagen gemacht.

Ein Streifenwagen und ein ziviles Fahrzeug stoppten hintereinander vor dem Haus. Aus dem Streifenwagen kletterten drei Uniformierte. In dem anderen Auto saßen zwei Männer. Als diese ausstiegen, lächelte Rebekka.

»Julian, du bist so genial«, flüsterte sie leise.

Die Bullen versammelten sich vor der Haustür, ohne einen Versuch zu unternehmen, in das Gebäude hineinzugelangen. Lukas Sommer, den Rebekka trotz der Entfernung dank des Fotos erkannte, wirkte besonders ungeduldig. Er sprach auf den Mann ein, mit dem er hergekommen war, doch der schien deutlich ruhiger zu sein. Schließlich deutete er die Straße hinab. Ein weiterer Pkw näherte sich, und auch dieses Auto hielt am Haus an. Ein Mann, der komplett rote Kleidung inklusive Basecap trug, gesellte sich zu den Bullen und schüttelte einem von ihnen die Hand. Dann holte er aus dem Kofferraum einen Werkzeugkasten. Er ging zum Eingang, hockte sich dort hin und begann, am Schloss zu arbeiten. Innerhalb weniger Minuten hatte er die Tür geöffnet. Der Typ betrat den Hausflur, die Bullen folgten ihm, ohne dass einer bei den Fahrzeugen wartete.

Rebekka stellte am Handy einen Timer ein. Sie würde eine Weile warten, ehe sie den Wagen umparken und verlassen würde. Damit sie nicht zu früh aufbrach, startete sie den Countdown, der sie zwingen sollte, vorläufig an Ort und Stelle auszuharren.

***

Lukas Sommer versuchte, seine Ungeduld zu zügeln. Er hatte auf einer Stufe Platz genommen, während im Inneren von Nickels Wohnung die vier Kollegen nach Beweisen suchten. Doch Sommer wusste, dass jede verstrichene Minute Jeremias und Jennifer gefährdete.

Zum wiederholten Mal erlosch die Flurbeleuchtung. Er blieb ein paar Sekunden im Halbdunkeln sitzen, bevor er genervt aufsprang und den Schalter betätigte. Danach klopfte er an die angelehnte Tür und öffnete sie einen Spalt.

»Habt ihr schon etwas gefunden? Einen Anhaltspunkt, wo er meine Familie versteckt hält?«

Es dauerte quälend lange, bis Mühlenberg aus einem Zimmer trat und ihn irritiert ansah.

»Ist das dein Ernst?«

»Was denn?«

»Lukas, schau auf deine Uhr. Wann haben wir begonnen? Vor einer Viertelstunde?«

»Reicht das nicht?«

»Offenbar nicht, sonst hätte ich dir ja Bescheid gegeben.«

»Da ist bislang nichts? Gar nichts?«

Mühlenberg seufzte. »Ich will die beiden genauso dringend finden wie du, aber dass ich momentan mit dir rede, statt weiter an seinem Schreibtisch zu sitzen, ist nicht hilfreich.«

»Ich hab's kapiert«, brummte Sommer, wandte sich ab und hockte sich wieder auf eine der Stufen.

***

Julian Nickel betrachtete seine Geiseln. Er hatte den Jungen mit einem Seil an den Stuhl gefesselt und ihm trotz des lautstarken Protests der Mutter eine zusätzliche Dosis des Narkosemittels verabreicht. Jennifer hielt mittlerweile den Mund und die Augen gesenkt. Endlich akzeptierte sie, dass es keinen Sinn machte, an sein Gewissen zu appellieren.

Wie würde die ultimative Konfrontation aussehen? Falls es Rebekka gelang, Sommer hierherzulotsen, wäre der unbewaffnet. Ein leichtes Opfer. Er hätte dann die Wahl. Sein Leben im Austausch gegen das Leben seiner Ex-Frau.

Nickel würde unter Jennifers Oberschenkel eine Pistole legen – allerdings ungeladen. Er würde ihr versprechen, sie zu verschonen, wenn sie ihren Ex-Mann erschießen würde. Sollte sie stattdessen auf Nickel zielen, würden die Eltern hilflos dabei zusehen müssen, wie er ihr Kind strangulierte. Zeigte sie die Bereitschaft, Sommer zu töten, würde er ihnen mehr Gnade zuteil...

Das Handy piepste. Rebekka hatte ihm eine neue Nachricht geschickt.

Ich glaube, hier passiert nichts. Soll ich ihn anrufen und aus der Wohnung locken?

Nachdenklich fuhr sich Nickel mit den Fingerspitzen durch seinen Dreitagebart. Fürs Rasieren hatte er zuletzt keine Zeit gefunden. Bis zum frühen Morgen wollte er diesen Ort verlassen haben.

Ja! Starten wir die nächste Stufe! Wenn du nicht in fünfundvierzig Minuten bei mir bist, erschieße ich die beiden und versuche, dich zu retten. Lösch diese Nachrichten und meine Nummer. Am besten wirfst du dein Telefon weg, sobald du es nicht mehr benötigst. Falls dich die Bullen festnehmen, kannst du behaupten, nichts mit mir zu tun zu haben. Das verschafft uns Luft zum Atmen. Ich zerstöre nach deiner nächsten Message das Handy, damit ich nicht zu orten bin.

Es dauerte nicht lange, bis Rebekka antwortete.

Das wird so geil! Ich fühle mich so lebendig! Wir sehen uns gleich! Ende der Kommunikation!

Nickel zweifelte nicht daran, dass sie seinen Vorschlag gehorsam ausführen würde. In der folgenden Dreiviertelstunde hatten sie keine Gelegenheit, sich gegenseitig zu kontaktieren. Doch wahrscheinlich wäre das ohnehin nicht nötig. Er öffnete die Abdeckung des Telefons und holte die SIM-Karte heraus, die er in der Mitte durchbrach. Anschließend legte er das Handy auf den Boden und trat mehrfach mit seinem Schuhabsatz darauf herum. Ungläubig beobachtete Jennifer seine Aktion. Er sah jedoch keinen Grund, ihr sein Handeln zu erklären.

***

Sommer saß im Dunkeln. Mittlerweile hatte er es aufgegeben, das Licht immer wieder anzuschalten, und Mühlenberg hatte nach ihrem Meinungsaustausch über Sommers Ungeduld die Wohnungstür zugedrückt. Er versuchte, gedanklich eine Spur zu Nickel zu finden. Hielt er Jeremias und Jennifer gefangen, oder hatte er sie bereits getötet?

Obwohl Hoffnung ein schlechter Ratgeber war, klammerte er sich an die zweite Variante. Denn es wäre für den Täter einfacher gewesen, die beiden in der Wohnung zu eliminieren. Dass er es nicht getan hatte, deutete auf einen Plan hin.

Ob Nickel Jeremias benutzt hatte, um Jennifer zur Kooperation zu bewegen? Hatte er sich vielleicht sogar ein Vorbild an dem Entführer der Holtzmann-Kinder genommen? Der hatte den kleinen Simon geschnappt und so Carla bewegt, freiwillig zu ihm zu kommen.

Sein in der Hosentasche steckendes Handy vibrierte. Hoffnungsvoll und besorgt zugleich zog er es heraus. Eine Nummer, die er nicht abgespeichert hatte, hatte ihm eine Nachricht geschickt.

Gothic-Lady sucht Superbullen. Treffpunkt: vor der Haustür. Kommst du nicht allein, bin ich weg. Du hast sechzig Sekunden, um dich zu entscheiden.

Sommers Augen blieben an dem Ausdruck ›Gothic-Lady‹ hängen. Der Hausmeister dieser Wohnanlage hatte von einer schwarz gekleideten Frau gesprochen, die er öfter gemeinsam mit Nickel gesehen hatte. Zufall? Zu diesem Zeitpunkt konnte sich Sommer den Luxus nicht erlauben, an einen Zufall zu denken.

Sollte er Mühlenberg Bescheid geben?

Doch die Aufforderung war genauso eindeutig wie das zeitliche Limit. Wenn sie es ernst meinte, würde er es nicht schaffen, Mühlenberg ins Boot zu holen.

Er sprang auf und rannte die Treppen hinunter. Vor der Haustür blickte er hektisch nach rechts. In der Richtung entdeckte er jedoch niemanden. Also wandte er seinen Kopf nach links. Ungefähr einhundert Schritte entfernt stand eine Frau, die ihn interessiert musterte. Sie hatte schwarzes Haar und trug einen gleichfarbigen Mantel.

Er wollte ihr entgegengehen, aber sie hob die Hände und gab ihm zu verstehen, dass er sich gedulden solle. Langsam kam sie ihm entgegen.

»Wer sind Sie?«, fragte er, als sie nur noch wenige Meter trennten.

»Ich habe meinen Wagen zwei Straßen weiter geparkt. Ich gehe vor, du folgst mir. Allerdings mit einem angemessenen Abstand. Sagen wir fünfzig Schritte. Das Leben der beiden Gefangenen hängt davon ab, ob du dich an zwei Anweisungen hältst. Nummer eins: Du fasst mich nicht an. Nummer zwei: Wir müssen in vierzig Minuten an einem bestimmten Ort sein. Schaffen wir das nicht, tötet Julian deine Familie. Hast du das verstanden? Oder muss ich wertvolle Zeit mit zusätzlichen Erklärungen vertrödeln?«

»Beeil dich.«

Sie lächelte siegesgewiss. »Das wird ein Spaß.« Auf ihren hochhackigen Schuhen stöckelte sie los.

Sommer schaute ihr hinterher. Ob es ihm gelänge, hinter ihrem Rücken unauffällig eine Mitteilung an Mühlenberg zu schicken?

***

Tobias Mühlenberg betrachtete die aufgerufene E-Mail. Er hatte sich den Computer des Verdächtigen vorgenommen, doch bislang war jeder vermeintliche Ansatz ins Leere gelaufen. Nickel hatte keine Korrespondenz geführt, die sie in ihren Ermittlungen weiterbrachten. Der Browserverlauf war vor einer Woche gelöscht worden. Vielleicht schafften es die IT-Experten im Präsidium, den Vorgang rückgängig zu machen. Aktuell half ihm das jedoch nicht weiter.

Er dachte an Sommer, der im Hausflur auf positive Nachrichten wartete. Ob er ihn irgendwie an der Durchsuchung beteiligen konnte? Untätig herumsitzen zu müssen, war das Allerschlimmste. Andererseits war er als BKA-Angehöriger nicht befugt, das zuständige Kriminalkommissariat bei einer Durchsuchungsmaßnahme zu unterstützen. Würde er einen entscheidenden Hinweis finden, müssten sie behaupten, jemand anderes hätte den Treffer gelandet. Mühlenberg hasste diese Art der Unehrlichkeit. Verplapperte sich beim Prozess einer der Beteiligten, hatte das gravierende Folgen.

Er beschloss, ihn im Flur ausharren zu lassen – bis sie etwas gefunden hatten.

***

Sommers Hand steckte bereits in der Hosentasche, um das Telefon herauszuholen, als die Gothic-Lady abrupt stehen blieb und sich so rasch umdrehte, dass er sich ertappt vorkam.

»Ach, übrigens. Eine Sache habe ich vergessen. Gib mir dein Handy.«

»Das habe ich nicht dabei. Liegt im Hausflur.«

Sie lachte künstlich. »Und du hast gerade Taschenbillard gespielt? Verkauf mich nicht für dumm!«

»Ich habe es da liegen lassen, damit meinen Kollegen auffällt, dass etwas nicht stimmt. Sorry. Es war meine Variante eines Brotkrumen.«

Sie verschränkte die Arme. »Ganz ehrlich? Mir ist es egal, ob wir rechtzeitig am vereinbarten Ort ankommen. Ist ja nicht meine Familie. Allerdings hätte ich gedacht, ihr Wohlergehen wäre dir wichtig.« Gelangweilt wirkend zuckte sie die Schultern.

Ein Blick in ihre harten Augen genügte, um zu erkennen, wer die Kraftprobe gewann.

»Warum haben Sie sich mit Nickel verbündet? Er hat unschuldige Menschen getötet. Das können Sie nicht gutheißen. Er hält einen unschuldigen Jungen gefangen. Und meine Frau ...«

»Je früher wir in meinem Auto sitzen, desto eher können wir plaudern. Die Fahrt ist lang genug. Du möchtest wissen, wie ich in seinen Bann geraten bin? Oder wie ich ihn kennengelernt habe? Ich erzähl es dir. Die ungeschminkte Wahrheit. Dich interessiert, was ich an ihm geil finde? Du erfährst es. Aber erst gibst du mir dein verficktes Scheißhandy.«

Sie hatte den letzten Satz trotz der Wortwahl völlig ruhig ausgesprochen.

»Sie werden dafür zur Rechenschaft gezogen«, warnte er sie.

Die Gothic-Lady grinste höhnisch. »Und du glaubst, das jagt mir Angst ein?«

Er zog sein Handy aus der Tasche und reichte es ihr.

»Wie lautet der Entsperrcode?«

»Zwei, vier, acht, sechs.«

Sie tippte die Zahlenkombination ein und überprüfte am Telefon, ob er Kontakt zu jemandem aufgenommen hatte. Offenbar war sie mit dem Ergebnis zufrieden, denn wortlos drehte sie sich um und ging endlich weiter.

28

»Herr Mühlenberg«, erklang eine Stimme von der Türschwelle. »Ich glaube, ich habe einen interessanten Hinweis gefunden.«

Mühlenberg wandte sich um. Der Streifenbeamte hielt einen Schnellhefter in der Hand.

»Was steckt da drin?«

»Er hat Zeitungsartikel gesammelt und Internetmeldungen ausgedruckt.« Der Polizist trat an den Schreibtisch und gab ihm die Unterlagen. »Er hat ein Faible für Berichte über leer stehende Gebäude im Stadtgebiet, vor allem, wenn sie zuvor gewerblich genutzt wurden.«

Mühlenberg blätterte das rasch durch. Nickel – oder wer auch immer – hatte Artikel über verschiedene Gewerbeobjekte abgeheftet. Versteckte er seine Geiseln in einem davon? Oder war das eine Finte, um sie in der Stadt hin und her zu schicken, weil er geahnt hatte, irgendwann ins Zentrum der Ermittlungen zu geraten?

Auf dem Tisch lagen diverse Zettel und Stifte herum. Er nahm jeweils einen und notierte, um welche Objekte es sich handelte. Insgesamt fünf unterschiedliche, teilweise zum Abriss vorbereitete Immobilien. Er glaubte, sich dunkel daran zu erinnern, dass Lisa Jung ebenfalls in einem leeren Bürokomplex gestorben war, das Wochen später abgerissen worden war.

Mit den Notizen in der Hand verließ er das kleine Arbeitszimmer. Ob Sommer einer der Orte bekannt vorkam?

»Lukas, ich habe ...«, begann er, während er die Wohnungstür öffnete.

Der dunkle Hausflur war leer.

»Lukas?«

Keine Antwort. Ob er draußen wartete und sich die Beine vertrat? Mühlenberg schaltete die Flurbeleuchtung ein und lief nach unten. Er zog die Haustür auf und vergewisserte sich, dass der kleine Hebel am Schloss umgelegt war, damit die Tür nicht zufallen konnte.

»Lukas?«

Auch auf der Straße fehlte jede Spur von ihm. Seltsam! Wo steckte er? Mühlenberg wollte sein Handy aus der Tasche ziehen und stellte fest, dass er es nicht eingesteckt hatte. Also ging er zurück, um Sommer anzurufen, und überprüfte zuvor erfolglos die oberen Hausetagen.

***

An einem unauffälligen dunklen Kombi blieb die Gothic-Lady, wie er sie gedanklich noch immer nannte, stehen.

»Keiner hat dich in den wenigen Minuten angerufen, das gefällt mir«, verhöhnte sie ihn. »Fällt nicht weiter auf, wenn du dich entfernst.«

»Sehr witzig. Vielleicht sind die Kollegen einfach beschäftigt.«

»Ich schätze, sie können dich nicht leiden. Aber ist nur eine Theorie. Kommen wir zu den letzten Vorbereitungen, ehe ich dich zu deiner Familie fahre.«

Erneut tippte sie den Entsperrcode ein und betätigte anschließend den Knopf zum Ausschalten. Weil sie das Gerät waagerecht hielt, sah er kurz das magentafarbene Abschiedsbild, bevor das Telefon schwarz wurde. Achtlos ließ sie das Smartphone zu Boden fallen, wodurch sofort ein Riss im Glas entstand.

»Ups, wie ungeschickt.«

Sommer störte weniger das zerstörte Handy, sondern vielmehr die Erinnerung an die Entführung der Holtzmann-Kinder. War sich die Gothic-Lady dessen bewusst? Carla Holtzmann hatte ihrem Entführer das Telefon aushändigen müssen, und der hatte es aus dem Wagenfenster geworfen.

»Weißt du, was ich geglaubt habe?«, fragte sie ihn.

»Keine Ahnung.«

»Du würdest unterwegs deine Dienstpistole ziehen und mich bedrohen. Gib sie her. Ganz vorsichtig!«

Eine weitere Hoffnung darauf, dass sie einen entscheidenden Fehler machte, zerbröselte. Er lüftete seine Jacke, zog die Waffe aus dem Holster und reichte sie ihr.

»Hoffentlich findet die kein spielendes Kind und stellt damit Unsinn an.« Sie schleuderte die Pistole unter eines der geparkten Fahrzeuge. »Jetzt haben wir nur noch eine Sache zu erledigen, ehe wir endlich losfahren können. Beweg dich mit dem Rücken zu mir an die Häuserwand.«

»Wieso?«

»Ich muss dich abtasten. Oder glaubst du, ich riskiere, dass du irgendwo eine zweite Waffe trägst?«

»Da ist nichts. Lassen Sie uns keine Zeit verschwenden.«

»Bla, bla, bla. Die Zeit verschwendest gerade du. Beeil dich gefälligst!«

Er platzierte sich wie gewünscht und breitete die Arme aus.

»Du hast so breite Schultern«, gurrte sie. »Sehr männlich.«

Sorgfältig tastete sie jeden Zentimeter an seinem Körper ab. Als sie an seinem Schritt ankam, griff sie beherzt zu.

»Hast du also doch noch eine Geheimwaffe versteckt.«

»Finden Sie sich eigentlich witzig?«

»Ungemein!«

Um ihn weiter zu provozieren, rieb sie durch den Stoff der Jeanshose seinen Penis.

»Langsam werde ich geil«, flüsterte sie ihm ins Ohr. »Wenn du es mir so richtig besorgst, könnte ich die Seiten wechseln. Was hältst du von dem Vorschlag?«

Sommer antwortete nicht.

Enttäuscht seufzte sie. »Du Versager. Da bist du so gut bestückt und kannst nicht damit umgehen. Schade.«

Sie fuhr an seinen Beinen entlang und schien zufrieden. An den einzigen Gegenstand, den er als potenzielle Waffe einsetzen könnte, verschwendete sie zum Glück keinen Gedanken.

»Ich sag dir jetzt, wie es funktioniert. Du steigst hinten rechts ein. Ich fahre, da du den Weg ja nicht kennst. Solltest du irgendeinen Trick versuchen, musst du bedenken, dass ich einen Unfall bauen könnte. Du schnallst dich also schön an und presst deinen Rücken die ganze Zeit gegen das Polster. Verstanden? Ich beobachte dich im Spiegel.«

»Klar und deutlich.«

Übertrieben begeistert klatschte sie in die Hände. »Auf geht's. Deine Familie wartet bereits.«

***

»Das gibt's nicht!«, fluchte Mühlenberg.

Er war sofort auf Sommers Mailbox gelandet. Irgendetwas stimmte nicht. Der Oberkommissar hätte sich niemals ohne triftigen Grund vom Ort des Geschehens entfernt.

Die angeforderte Unterstützung durchsuchte noch immer gründlich die verschiedenen Schränke und Schubladen nach Hinweisen.

»Leute!«, rief er. »Hört mir kurz zu.« Mühlenberg versammelte die Streifenbeamten um sich.

»Ich kann Lukas Sommer nicht erreichen. Sein Telefon ist ausgeschaltet, er wartet nicht im Flur oder vor dem Haus. Hat ihn irgendwer zufällig weggehen gesehen? Oder hat er sich abgemeldet?«

Es folgte einhelliges Kopfschütteln.

»Verdammt!« Mühlenberg traf eine Entscheidung. »Wir unterbrechen die Wohnungsdurchsuchung. In Zweierteams suchen wir die nähere Umgebung ab. Sagen wir in einem Umkreis von einem Kilometer. Ich fürchte, Nickel oder jemand, der ihm hilft, hat Sommer weggelockt. Rusch, Sie kommen mit mir.«

Der angesprochene Beamte nickte. Gemeinsam eilten sie die Treppe hinunter und rannten nach draußen.

»Rusch und ich orientieren uns nach rechts. Sie beide nach links. Falls Ihnen Passanten entgegenkommen oder Sie jemanden entdecken, der Sie am Fenster beobachtet, befragen Sie die Personen, ob ihnen in der letzten halben Stunde etwas aufgefallen ist. Wir treffen uns in fünfzehn Minuten. Meldungen geben Sie per Handy weiter.«

Sie stoben auseinander.

»Wonach soll ich Ausschau halten?«, fragte Rusch.

»Wenn ich das wüsste.«

Fünf Minuten später hatte Mühlenberg die Antwort gefunden.

Er fluchte, als er das Handy am Boden liegen sah.

»Ist das seins?«

»Bin mir nicht hundertprozentig sicher«, bekannte der Hauptkommissar.

Der Streifenbeamte löste seine Taschenlampe vom Gürtel und leuchtete die Gegend ab.

»Schauen Sie dort! Unter dem roten Wagen!«

Mühlenberg blickte in die gezeigte Richtung. »Nein! Nein! Nein!«

Er lief dorthin und bückte sich. In der Nähe des rechten Vorderreifens lag eine Pistole. Ohne sich um Fingerabdrücke zu kümmern, griff er danach und hob sie hoch.

»Das ist übel.«

»Oberkommissar Sommers Waffe?«

»Hundertprozentig«, bestätigte Mühlenberg. »Ich hatte sie erst kürzlich in der Hand.« Ratlos erhob er sich und schaute die Straße entlang.

Was war Sommer zugestoßen?

29

Die Frau starrte ihn im Rückspiegel an und wirkte selbstzufrieden. Offenbar genoss sie seine Fügsamkeit. Ob Sommer sie in dieser Stimmung zum Reden bringen konnte? Er benötigte Informationen, um sich eine Gegenstrategie einfallen zu lassen.

»Wie heißen Sie?«, stellte er eine harmlos anmutende Frage.

»Ist das aus dem Lehrbuch für Verhandlungen mit einem Geiselnehmer? *Stell eine persönliche Verbindung zu ihm her?*«

»Nein«, widersprach er. »Ich habe bloß keine Lust, Sie gedanklich weiter Gothic-Lady zu nennen.«

Sie lachte herzhaft. »Du darfst ruhig Rebekka zu mir sagen.«

»Rebekka.«

»Ich sehe dir an, wie es in deinem Kopf arbeitet. Ist der Name schon in irgendeinem Zusammenhang gefallen? Ich schätze, du wirst keine Verknüpfung finden.«

»Kannten Sie Julian bereits, als Lisa noch lebte?«

»Gut, dass du mich fragst, nicht ihn. Das wäre schmerzhaft für dich ausgegangen.«

»Wieso?«

Sommer sah im Spiegel, wie sie die Augen verdrehte.

»Lisa ist seine Heilige. Wehe ich deute an, dass sie keine Göttin war. Dann blockt er sofort ab.«

»Und die Rolle reicht Ihnen? Haben Sie nicht etwas Besseres verdient?«

»Nach heute Nacht wird sich das ändern. Nur das zählt. Ab morgen früh verblassen die Erinnerungen an seine geliebte *Verlobte*.«

Die Drohung zwischen den Zeilen war unüberhörbar.

»Wie haben Sie ihn kennengelernt?«

»In einer Selbsthilfegruppe«, antwortete sie, ohne zu zögern. »Ich mag diese kaputten Gestalten, die dort abhängen und sich die Trauer von der Seele reden, weil sie einen nahestehenden Menschen verloren haben. Man fühlt sich gleich erhabener, wenn man ihnen zuhört.«

»Er hat eine Selbsthilfegruppe besucht?« Das passte gar nicht zu dem Bild des *Bad Boys*, das Lisa von ihm gezeichnet hatte.

»Ein einziges Mal. War wohl auf der Suche nach innerer Erleuchtung. Ich habe ihm direkt angesehen, dass er nicht zu den Trotteln dort gehörte. Also habe ich ihn nach dem Treffen angequatscht, und wir sind in eine Bar gegangen. Morgens um fünf mussten sie uns rausschmeißen – wir waren beide sturzbetrunken und blendend gelaunt.«

»Und danach?«

»Willst du etwa schmutzige Details hören?«

»Ich will verstehen, warum Sie das hier für ihn tun. Sie landen im Gefängnis.«

Rebekka lachte. »Sicher?«

»Worauf Sie wetten können.«

»Ich schätze die Lage anders ein, gönne dir aber deinen Optimismus.« An einer Ampel bremste sie den Wagen ab und schaute zu ihm über die Schulter. »Braves Kerlchen«, lobte sie ihn, da er die von ihr angeordnete Sitzposition einhielt.

»Du bringst mich hinter Gitter?«, hakte sie nach.

Er nickte.

»Kooperation gilt ja strafmindernd. Dann packe ich lieber rechtzeitig aus. Erinnere dich bitte daran.«

Der Spott in ihrer Stimme weckte in ihm den Wunsch, sie persönlich in der JVA abzuliefern.

»Tatsächlich hat es drei Monate gedauert, bis ich ihn in der Kiste hatte. Ungewöhnlich lang, normalerweise sind die Kerle schneller willig. Meistens schon nach ein paar Stunden. Doch ihm kam es so vor, als würde er dadurch ihr Andenken beschmutzen. Dennoch ist er über mich hergefallen wie ein ausgehungertes Tier, und im Anschluss fühlte er sich schäbig. Ich musste sogar seine Wohnung mitten in der Nacht verlassen.«

»Das haben Sie sich gefallen lassen?«

»Es hat meinen Ehrgeiz angestachelt. Nach einer Woche meldete er sich. Bat halbherzig um Entschuldigung und schlug ein weiteres Treffen vor. Da wusste ich, dass es nur eine Frage der Zeit wäre, bis er mich langweilen würde.«

Überrascht schaute Sommer zu ihr und betrachtete ihr Profil.

»Ich hasse diese Liebesschwüre. Das monotone Beziehungsleben. So etwas brauche ich nicht. Wenn man Händchen haltend über den Trödelmarkt läuft, geht der Kick verloren. Allerdings gelang es ihm, mich zu überraschen. Der Sex wurde mit jedem Mal besser. Trotzdem wachten wir nie morgens gemeinsam auf. Getrennte Wohnungen, getrenntes Leben, keinen Alltag. Es war herrlich. Zumindest so lange, wie du von der Bildfläche verschwunden warst. Danach wurde es ... einzigartig.« Sie lachte. »Du solltest dich im Spiegel sehen. Offenbar verstehst du die Welt nicht mehr.«

»Erklären Sie es mir.«

»Die ersten Wochen lebte er wie in Trance. Er kapierte es nicht. Du warst beerdigt worden. Ich glaube, irrationalerweise hoffte er, Lisa hätte ihren Tod ebenfalls vorgetäuscht, denn sie war in einem verschlossenen Sarg aufgebahrt gewesen. Die Hoffnung starb rasch, plötzlich war ein neues Gefühl in ihm entstanden. Er gab dir die Schuld an Lisas Tod. Julian wollte es dir heimzahlen.«

»Seit wann?«

»Die Planung hat sich über Monate gezogen.«

»Und Sie haben verstanden, was er vorhatte?«

»Natürlich.« Sie zwinkerte ihm zu. »Er hat es in klare Worte gepackt. Er wollte dir antun, was du ihm angetan hast.«

»Ich habe ihm nichts ...«

»Pst«, zischte Rebekka. »Spar dir deine Verteidigungsrede für ihn auf. Mich interessiert sie nicht. Weißt du, wo er mir zum ersten Mal seine konkreten Pläne verraten hat?«

»Keine Ahnung.«

»Im Bett. Wir haben so lange darüber gesprochen, dass wir erst beim Morgengrauen aneinandergekuschelt eingeschlafen sind. Das gemeinsame Frühstück kam mir verkrampft vor, dennoch erinnere ich mich gern daran zurück.«

»Wieso unterstützen Sie ihn in seinen Rachefantasien? Sie wissen, was Sie damit riskieren. Er hat bislang mindestens drei Menschen getötet. Als Mitwisserin und Unterstützerin können Sie ebenfalls lebenslänglich bekommen.«

»Nach dieser Nacht wird es niemanden mehr geben, der mich belasten könnte. Sie werden alle tot sein.«

Fassungslos starrte er nach vorn. Hatte sie gerade angedeutet, dass auch Julian sterben würde, oder interpretierte er zu viel in ihre Worte hinein?

Als der Wagen erneut an einer roten Ampel anhielt, fiel sein Blick auf ein Hinweisschild, das sein Interesse weckte.

»Du kannst dir nicht vorstellen, wie charismatisch er ist«, sagte sie voller Hochachtung. »Es war für ihn ein Leichtes, Lisas Eltern um seinen kleinen Finger zu wickeln.«

»Sie wissen davon?«, fragte Sommer überrascht. »Eltern einer Polizistin heißen Morde an Unschuldigen gut? Das fällt mir schwer zu ...«

»Natürlich hat er ihnen keine Details genannt. Zum Beispiel wissen sie nichts über mich. Julian wollte lieber den trauernden Witwer spielen. Aber sie haben ihn mit wichtigen Informationen versorgt. Dass du bei ihnen zu Hause warst, hat er postwendend erfahren.«

Ob er die Gelegenheit fände, ihnen diese Dummheit vorzuwerfen? Oder war das nur ein billiger Rachegedanke?

»Was ist mit Gunnar?«, fragte Sommer. »Wieso hat er sich einspannen lassen?«

»Weil auch er sich Julians Charme nicht entziehen konnte.«

»Und dafür riskiert er eine Haftstrafe?«

»Die wird nicht sehr lang ausfallen. Das weißt du genau. Wahrscheinlich erhält er eine Geldstrafe. Denn für die Morde hat er ein Alibi. Und für die heutige Nacht sogar das allerbeste. Immerhin sitzt er im Gefängnis.«

Sommer bemerkte das nächste Hinweisschild. Sein Kopf arbeitete wie verrückt, doch er versuchte, sich nichts anmerken zu lassen.

Bildete er sich die Parallelen zu der Entführung der Holtzmann-Kinder ein, oder waren sie zufällig entstanden? Bestimmt hatte Julian Jennifer zur Kooperation gezwungen, indem er Jeremias als Faustpfand eingesetzt hatte. So wie Carla wegen Simon bereit gewesen war, schreckliche Befehle auszuführen. Die Art, wie Rebekka das Handy entsorgt hatte, erinnerte ihn an die Situation auf dem Schützenplatz, von dem die Kinder vor so vielen Jahren verschwunden waren.

Nun näherten sie sich ausgerechnet einem Industriegebiet, in dem seit einigen Wochen ein Bürogebäude leer stand. Sommer hatte davon in der Zeitung gelesen. Die *Assistant Group* hatte vor Jahren als Energiedienstleister Mitarbeiter aufgenommen, die zuvor ihren Job in dem Energieunternehmen verloren hatten, in dessen Firmensitz Lisa erschossen worden war.

Ein bisschen viel Zufall für seinen Geschmack. Stellte sich bloß die Frage, ob sie tatsächlich dorthin unterwegs waren.

»Liegen wir noch gut in der Zeit?«, fragte er.

»Wir werden sogar zehn Minuten früher da sein. Und ich bin überzeugt, Julian wird dir die Gnade erweisen, diese zehn Minuten mit deiner Familie zu verbringen. Damit du dich verabschieden kannst. Eine Gnade, die ihm damals nicht zuteilwurde.«

Falls ihre Zeitangabe stimmte, hatten sie ihren Zielort fast erreicht.

Hätte er eine Chance, Nickel und Rebekka gemeinsam auszuschalten? Oder war das aussichtslos, weil

Lisas ehemaliger Partner sie möglicherweise mit gezückter Waffe empfing?

Sommer gestand sich ein, nur dann gewinnen zu können, wenn er überraschend auftauchen würde.

Sie näherten sich einer beampelten Kreuzung. Die Ampel zeigte Grün an, wechselte aber in diesem Moment das Signallicht. Rebekka reduzierte die Geschwindigkeit, kam zum Stehen und schaltete in den ersten Gang.

Sommer beschloss, alles auf eine Karte zu setzen. Sollte er dadurch den Tod seiner Familie heraufbeschwören, würde er sich das niemals verzeihen. Doch untätig abzuwarten, war keine Option.

Er zuckte nach vorn, presste seinen rechten Arm gegen ihren Hals und versuchte sich mit der anderen Hand gleichzeitig abzuschnallen.

Sie stöhnte überrascht auf und reagierte geistesgegenwärtig, indem sie das Gaspedal hinunterdrückte. Endlich sprang der Gurt auf, und Sommer gewann Bewegungsfreiheit. Er verstärkte den Griff um ihren Hals und betätigte mit der freien Hand umständlich die Handbremse – wodurch sie an Geschwindigkeit verloren. Mittlerweile hatten sie den Schnittpunkt der Kreuzung überquert. Ein unaufmerksamer Autofahrer könnte sie in einen folgenschweren Unfall verwickeln.

Unbarmherzig drückte er weiter zu. Sie schlug nach ihm, kratzte an seinem Arm. Aber er spürte, wie ihr Widerstand schwächer wurde. Als das Auto die gegenüberliegende Seite erreicht hatte, fiel sie in Ohnmacht. Er stieß gegen ihr rechtes Bein, bis der Fuß vom Gaspedal rutschte. Danach löste er die Handbremse und riss sie dann erneut ruckartig hoch. Dank der ebenerdigen Strecke blieben sie stehen. Blitzschnell stieg er aus, rannte um das Fahrzeug herum, öffnete die Fahrerseite und schleifte Rebekka heraus.

Als sie auf dem Boden lag, tastete er sie ab. Von den Stöckelschuhen abgesehen hatte sie nichts bei sich, was auch nur annähernd als Waffe infrage gekommen wäre. Er trug sie zum Kofferraum und zog an dem Griff. Die Klappe schwang auf. Unter einer Abdeckung entdeckte er einen Teleskop-Radmutternschlüssel. War der als Waffe besser geeignet? Er könnte ihre Hände mit seinem Gürtel am Rücken zusammenbinden und die Stange mitnehmen. Doch seine Instinkte rieten ihm, am ursprünglichen Plan festzuhalten. Achtlos warf er sie in den Kofferraum und schloss die Klappe. Sommer setzte sich hinters Steuer und parkte den Wagen am Straßenrand. Dann stieg er aus und schleuderte den Zündschlüssel im hohen Bogen fort.

Selbst wenn es Rebekka gelänge, sich zu befreien, hätte sie keine Chance, zu dem Treffpunkt zu fahren. Er wäre in jedem Fall vor ihr da.

Sommer schaute auf seine Uhr. Laut des letzten Hinweisschildes, das ihm aufgefallen war, hatte die Entfernung zum Industriegebiet zwei Kilometer betragen. Anschließend waren sie noch gut fünfhundert Meter weitergefahren. Ihm blieben acht bis zehn Minuten, um das Gebiet zu erreichen und das richtige Gebäude zu finden. Aber er erinnerte sich an den Beginn des Zeitungsartikels, mit dem der Verfasser seinen Zeilen einen literarischen Anstrich hatte geben wollen.

Das Firmengebäude der Assistant Group liegt am Ende einer Sackgasse. Und als Sackgasse hat sich die Firma für all jene Angestellten erwiesen, die auf eine neue berufliche Herausforderung nach der Kündigung durch ihren alten Arbeitgeber gehofft hatten.

Diese Beschreibung hatte sich bei Sommer eingeprägt.

Er rannte los. Der Countdown tickte unterdessen unbarmherzig herunter.

30

Julian Nickel blickte aus dem Bürofenster in die Nacht hinaus. Das Ultimatum verstrich in wenigen Minuten. Bislang gab es keine Anzeichen, dass es Rebekka hierherschaffen würde.

Hatte Sommer sie überwältigt? Oder sich geweigert, mitzukommen?

Nickel hatte alle Kommunikationsmöglichkeiten absichtlich zerstört. Sollte Sommer Rebekka in seine Gewalt gebracht haben, würde es ihm so hoffentlich schwerer fallen, ihren Standort ausfindig zu machen. Oder folterte er bedenkenlos eine Frau? Außerdem wäre sonst die Versuchung zu groß gewesen, Rebekka nach dem Verstreichen des zeitlichen Limits zu kontaktieren. Er musste den gefassten Plan gnadenlos durchziehen.

Nickel dachte an die falsche Spur, die er in seiner Wohnung platziert hatte. Einen Schnellhefter, in dem er Artikel über leer stehende Gewerbeimmobilien gesammelt hatte. Sollten die Bullen den Hefter entdecken, würden sie zuversichtlich diese Objekte ansteuern und sich fünf Fehlschläge einhandeln.

Er hingegen hätte bis dahin längst die Flucht ergriffen. Im schlimmsten Fall blieb Sommer am Leben. Aber der Tod seiner Familie würde ihn verfolgen und ihm den Schlaf rauben.

Nickel schaute erneut auf seine Armbanduhr. In zwei Minuten würde er vor Jennifers Augen den bewusstlosen Jeremias erwürgen und sie anschließend mit einem Kopfschuss von ihrer überwältigenden Trauer erlösen. Ungeduldig wandte er sich vom Fenster ab.

***

Atemlos näherte sich Sommer dem Wendehammer. Obwohl die Zeit unbarmherzig heruntertickte, zwang er sich, weit genug vom Gebäude entfernt stehen zu bleiben, um einen Überblick zu gewinnen.

Hinter keinem der Fenster brannte Licht. Hatte er einen Fehler begangen und Rebekka zu früh ausgeschaltet? Sein Herz schlug wie verrückt in der Brust – was nicht bloß an dem zurückgelegten Sprint lag.

Doch plötzlich bemerkte er einen kleinen Unterschied, den man nur erkannte, wenn man sehr genau hinsah. Hinter einer der Glasscheiben schimmerte es leicht bläulich. Der entsprechende Raum befand sich in der ersten Etage, im linken Teil des Gebäudes.

Ihm blieben noch neunzig Sekunden. Wie sollte er vorgehen? Sommer betrachtete die Immobilie. Nickel durfte ihn bei einem Blick hinaus unter keinen Umständen sehen. Also gab es lediglich eine Möglichkeit, um den Eingang zu erreichen. Er musste an der Häuserwand entlanglaufen, sodass er von einem toten Winkel geschützt wurde.

Sommer atmete zweimal entschlossen durch, bevor er an die Wand des Nachbargebäudes trat und von dort in Richtung der offen stehenden Eingangstür lief. Er ahnte, dass er viel Glück benötigen würde, um seine Familie zu retten. Falls es dafür nicht schon zu spät war.

***

»Hör mir zu!«, befahl Nickel seiner weiblichen Geisel.

Tatsächlich hob sie den Kopf und schaute ihn an.

»Ich habe jemanden, der mich unterstützt. Eine hilfreiche Frau. Sie hätte allerspätestens in dieser Sekunde mit deinem Ex-Mann hier auftauchen müssen. Aber von den beiden fehlt jede Spur. Offenbar ist ihm euer Schicksal egal. Oder ihm ist ein anderer schwerwiegender Schnitzer unterlaufen. Alles, was jetzt kommt, hätte er verhindern können. Ich möchte, dass du dir darüber im Klaren bist.«

»Was haben Sie vor?«, fragte Jennifer entsetzt.

»Das wirst du gleich sehen.«

Nachdem er einen letzten Blick aus dem Fenster geworfen hatte, trat er an den Stuhl, an den Jeremias gefesselt war.

»Tun Sie ihm nichts«, flehte sie. »Bitte!«

Nickel hockte sich hin und löste das Seil, mit dem er die Hände des Kindes zusammengebunden hatte. Anschließend erhob er sich und hielt wie ein Zirkusmagier, der einen verblüffenden Trick vorbereitete, das Seil in die Höhe.

»Schau her!«

»Nehmen Sie mich, nicht ihn. Ich tue alles für Sie!«

»Keine Sorge, du kommst auch noch dran!«

»Jeremias!«, schrie die Frau. »Wach auf!«

***

Sommer stand im Treppenhaus, als er Jennifers verzweifelte Stimme hörte.

»Jeremias! Wach auf!«

Obwohl er das Bedürfnis verspürte, blindlings nach oben zu stürzen, zwang er sich zur Ruhe. Er zog den Gürtel aus der Hose und wickelte ein Ende zweimal um seine rechte Faust. Außer dem Modeaccessoire verfügte er bloß über seine Kampfsporterfahrung, um Nickel auszuschalten. Doch genau deshalb hatte er sich für den Ledergürtel entschieden. Bei einigen seiner früheren Trainingseinheiten hatte er gelernt, ein solches Stück als effektive Angriffswaffe einzusetzen.

Sommer setzte einen Fuß auf die erste der Betonstufen. Zum Glück waren sie nicht holzvertäfelt und konnten ihn daher nicht durch ein verdächtiges Knarzen verraten.

***

»Ich mache wirklich alles für Sie!«, versprach Jennifer. »Los! Vergewaltigen Sie mich! Es wird Ihnen Spaß machen. Besorgen Sie es mir!«

Der Mann hatte sich hinter Jeremias gestellt – das Seil streckte er in die Höhe. Sie musste kein Genie sein, um zu erraten, was er plante.

»Bitte! Sie kriegen den Fick Ihres Lebens!«

Er lachte hämisch. »Vielleicht später. Aber erst einmal darfst du dabei zusehen, wie dein Sohn krepiert.«

»Nein!«

Er schlang das Seil um Jeremias' Hals, doch vorläufig lag es locker an der Haut – zumindest das gab ihr eine letzte Hoffnung.

»Oh Gott! Bitte nicht. Warum tun Sie ihm und mir das an?«

»Als dein Mann unfähig war, meine Lisa zu retten, hat ein Kopfschuss ihr Leben beendet. Du bist Krankenschwester. Sag mir, was mit einem ungeborenen Kind passiert, wenn seine Mutter stirbt.«

Jennifer schluckte, denn sie ahnte, worauf er abzielte.

»Antworte!«, schrie er ungeduldig.

»Das Kind wird im Mutterleib nicht mehr versorgt, sobald der Kreislauf zusammenbricht. Aber das hat ...«

»Womit wird es nicht mehr versorgt?«

»Zeigen Sie Gnade.«

»Womit?«

Würde er den Knoten zusammenziehen, wenn sie das Wort *Sauerstoff* erwähnte? Verzweifelt rüttelte sie an der Handschelle.

***

Die Tür, hinter der die Stimmen erklangen, war nur halb geöffnet. Das hatte zwar den Vorteil, dass sich Sommer unbemerkt anschleichen konnte – doch der Nachteil, dass er nicht sah, was in dem Raum passierte, wog schwerer.

Anhand der Stimmen konnte er nicht erkennen, wo die beiden Personen standen.

»Womit?«, brüllte Nickel.

»Mit Sauerstoff«, erwiderte Jennifer kaum hörbar. Sie schluchzte.

»So ist es!«

Der Schrei, den Jennifer ausstieß, erschütterte ihn bis ins Mark. Die Gelegenheit, sich überlegt zu nähern, war vertan. Nun half bloß die Brachialmethode.

Sommer riss die Tür auf und versuchte, sich innerhalb eines Wimpernschlags zu orientieren.

Zwei Augenpaare richteten sich auf ihn.

»Lukas!«, rief Jennifer hoffnungsvoll.

Nickel sagte nichts, sondern riss an den Enden des Seils. Dann besann er sich und ließ sie los. Offenbar beschloss er, sich um Sommer und nicht um Jeremias zu kümmern.

Sommer hatte die Distanz mittlerweile halbiert. Bald wäre Nickel in Reichweite des Gürtels.

Der Entführer griff nach hinten und zog eine Pistole aus dem Hosenbund. Bevor er sie auf Sommer richten konnte, holte der mit dem Gürtel aus. Er hatte die schnallenlose Seite um sein Handgelenk gewickelt. Die silberne Schnalle schoss nach vorne und traf Nickel mitten ins Gesicht. Der stöhnte vor Schmerz. Blut quoll aus einer Wunde unterhalb des rechten Auges. Er stolperte nach hinten, wodurch er wieder außer Trefferweite war. Noch einmal probierte er, Sommer anzuvisieren.

Sommer packte den Gürtel nun mit beiden Händen, sprang auf Nickel zu und katapultierte den Lederriemen nach vorn. Das Leder klatschte gegen Nickels Hand, dem die Pistole entglitt. Sie fiel zu Boden. Sommer befürchtete kurz, es könnte sich ein unkontrollierter Schuss lösen. Doch nichts geschah.

Trotz der schmerzhaften Treffer, die er eingesteckt hatte, nahm Nickel Kampfstellung ein.

»Komm her!«, schrie er.

Anhand seiner Körperhaltung erkannte Sommer, dass der Mann über Kampfsporterfahrung verfügte. Aber er stand mit dem Rücken zur Wand und war verletzt. Ein oder zwei platzierte Schläge sollten ausreichen, um ihn zu erledigen.

»Lukas! Hinter dir!«, brüllte Jennifer plötzlich.

Instinktiv schaute er über die Schulter. Rebekka kam barfuß angerannt und schwang den Teleskopstab.

Er federte herum und versuchte, sie mit einem Gürteltreffer außer Gefecht zu setzen. Nickel nutzte die Gelegenheit und versetzte ihm einen heftigen Schlag ins Nierenbecken.

Er krümmte sich leicht, doch Rebekka litt stärker. Die Metallschnalle hatte ihre Nase zertrümmert. Blut spritzte hervor, sie presste ihre Finger dagegen, taumelte rückwärts und sank wie betäubt zu Boden.

Unterdessen boxte Nickel wild auf seinen Rücken ein. Sommer wich nach vorn aus, und Nickel schlug unbarmherzig weiter zu. Im Gegensatz zum ersten Nierenschwinger waren das allerdings keine Wirkungstreffer. Im Gegenteil. Wahrscheinlich schmerzten sie Nickel mehr.

Dann verstand Sommer. Der Gegner wollte lediglich in Reichweite der Pistole gelangen. Käme er zwei weitere Schritte vorwärts, könnte er sich bücken und danach greifen, um das Blatt endgültig zu wenden.

Sommer machte einen Ausfallschritt zur Seite. Nickels nächster Hieb verfehlte ihn. Sommer verlagerte sein Körpergewicht auf das rechte Bein, verwendete den Schwung des Seitschritts, hob den linken Fuß und trat gegen die Schusswaffe. Er erwischte sie am Griff, woraufhin sie über den Boden rutschte.

»Nein!«, schrie Nickel.

Nun visierte er Sommers Hinterkopf an. Seine Faust prallte gegen den Schädel und löste Benommenheit aus. Sommer wirbelte herum. Nickels Faust verpasste sein Kinn bloß um Zentimeter. Gleichzeitig knallte die Gürtelschnalle an seinen Hüftknochen.

Er knickte seitlich ein und brachte die Arme als Schutz für sein Gesicht in Schulterhöhe. Gedankenschnell packte Sommer die pendelnde Schnalle mit der linken Hand. Wie mit einem Lasso fing er Nickels Arme ein und zog ihn ruckartig zu sich. Überrascht stolperte der Mann nach vorn. Endlich war er in Trittweite. Sommer riss das rechte Knie hoch und rammte es ihm in den Unterleib. Nickel krümmte sich, der nächste Tritt landete im Bauch. Anschließend ließ er die Gürtelschnalle los und prügelte auf sein mittlerweile wehrloses Opfer ein. Nach drei Kopftreffern stürzte Nickel. Seine Schläfe prallte hart gegen den Boden.

Noch einmal schwenkte Sommer herum. Rebekka hatte sich nicht erholt. Die Gefahr war vorüber. Er eilte zur Waffe, hob sie hoch und zielte mit ihr auf Lisas Ex-Verlobten.

»Bist du in Ordnung?«, fragte er Jennifer.

»Ja. Er hat mich mit einer Handschelle gefesselt.«

»Weißt du, wo der Schlüssel steckt?«

»Nein. Aber egal. Kümmer dich um Jeremias.«

»Ich brauche deine Unterstützung«, widersprach Sommer. »Unserem Kleinen geht es bestimmt gut.«

Er ging zu ihr und reichte ihr die Pistole.

»Was soll ich damit?«

»Schießen, falls er mich überrumpelt.«
»Ich kann das nicht.«
»Das wirst du schon sehen.«
Ohne auf ihren Protest einzugehen, wandte er sich dem Bewusstlosen zu und tastete ihn ab. Tatsächlich spürte er in einer Hosentasche einen Schlüsselbund. Er angelte ihn heraus und schaute sich die verschiedenen Exemplare an.
»Da ist der Handschellenschlüssel«, sagte er zufrieden. »Wir haben es geschafft.« Im nächsten Moment drehte er Nickel auf den Bauch und fesselte dessen Hände mit dem Gürtel auf dem Rücken. Dann befreite er seine Ex-Frau, die sofort aufstand, dabei jedoch ins Wanken geriet. Sicherheitshalber nahm er ihr die Pistole ab.
»Mein Hintern ist eingeschlafen«, fluchte sie, während sie bereits zu Jeremias humpelte.
Unwillkürlich grinste er und beneidete sie um ihre Robustheit. Sie kontrollierte Jeremias' Puls und nickte rasch.
»Fühlt sich gut an«, erklärte sie.
»Jetzt müssen wir bloß irgendwie die Polizei kontaktieren.« Sommer trat ans Fenster und öffnete es. »Nicht erschrecken!«
Er feuerte zweimal in die Luft.
»Was bezweckst du damit?«
»In einem der anderen Gebäude habe ich einen Nachtwächter gesehen. Ich hatte keine Zeit, ihn um Hilfe zu bitten, aber falls er einigermaßen fähig ist, erkennt er ein Schussgeräusch, wenn er es hört. Also

müsste hier in spätestens zehn Minuten ein Streifenwagen auftauchen.«

31

Der Staatsanwalt hatte in sein Büro zu einer Strategiebesprechung eingeladen. Neben Lukas Sommer und Tobias Mühlenberg hatte auch Robert Drosten seine Bereitschaft signalisiert, daran teilzunehmen. Er wollte im persönlichen Gespräch Details der Darknet-Ermittlungen beisteuern, da sie einen der Tatbeteiligten betrafen. So kamen am letzten Tag der Schulferien die vier Männer in einem geräumigen Besprechungsraum zusammen. Auf dem massiven Eichenholztisch standen eine einzige Thermokanne und vier Kaffeetassen.

Staatsanwalt Frank Resko führte die Teilnehmer in den Raum.

»Schön, dass das so kurzfristig geklappt hat«, sagte er und schüttete jedem der Anwesenden ungefragt Kaffee ein.

»Ich wollte mich mit Ihnen abstimmen, was den aktuellen Ermittlungsstand anbelangt. Solche Meetings sind ja meist effektiver als reine Aktenwälzerei.«

Sommer unterdrückte ein Grinsen. Resko war seit vielen Jahren erfolgreicher Staatsanwalt, der keinen Aufwand scheute, um Schuldige zu inhaftieren. Doch er gehörte ebenfalls zu den Menschen, die sich mehrfach absicherten. Das Treffen sollte wahrscheinlich dazu dienen, keine Information falsch verstanden zu haben.

»Beginnen wir mit Julian Nickel. Da ist die Lage eindeutig, oder schätzt das jemand von Ihnen anders ein?«

»Nein«, erwiderte Mühlenberg. »Zwar schweigt er hartnäckig. Aber wegen Jennifer Sommers Aussage können wir ihn definitiv der Freiheitsberaubung überführen. Außerdem werden wir den Richter überzeugen, dass er einen Mordversuch bei Jeremias unternommen hat, der durch Lukas' Auftauchen verhindert wurde. Die Pistole, die er am Tatort bei sich geführt hatte, ist nachweislich die Waffe, mit der Martin Pietsch erschossen wurde. Das haben die Waffenexperten vom BKA herausgefunden. Er kann schweigen, solange er will. Bringen wird ihm das nichts.«

»Sehe ich genauso«, stimmte Resko zu. Er wandte sich an Drosten. »Vielen Dank übrigens für die personelle Unterstützung, die Sie uns gegeben haben. Normalerweise wäre ja das LKA für die ballistischen Tests zuständig gewesen, und wir wären irgendwo auf der zweiten Seite einer langen Warteliste gelandet.«

»Gern geschehen. Aufgrund Sommers Verwicklung hatte ich keine Probleme, das zu rechtfertigen.«

»Also machen wir einen Haken an Nickels Verurteilung. Oder wird sein Anwalt eine Strategie wählen, die auf Unzurechnungsfähigkeit hinausläuft?«

»Das wird ihm der Richter niemals abnehmen«, sagte Mühlenberg. »Die ganzen Taten haben zu viel Planung erfordert. Ausgeschlossen, dass er damit Erfolg haben könnte.«

»Dann wenden wir uns Rebekka Klaas zu«, schlug Resko vor. »Ich will sie als Mitverschwörerin anklagen.«

Sommer dachte an die Frau, die Nickel unterstützt hatte und so überraschend in dem Bürogebäude aufgetaucht war. Nachdem er sie ausgeschaltet und in den Kofferraum gelegt hatte, war sie nur kurz bewusstlos gewesen und hatte anschließend von zwei Umständen profitiert. Sie fuhr ein Wagenmodell, dessen Kofferraum sich mithilfe eines Hebels auch von innen öffnen ließ. Zudem hatte sie schon in ihrer Jugend gelernt, Autos kurzzuschließen. Sie war erwacht, hatte den Hebel betätigt, sich hinters Steuer geklemmt, das Fahrzeug gestartet und das Ziel angesteuert. Den Pkw hatte sie zweihundert Meter vor dem Wendehammer stehen gelassen und ihre Schuhe ausgezogen, um sich nicht durch Geräusche zu verraten. Zum Glück war Jennifer aufmerksam gewesen und hatte ihr Erscheinen bemerkt.

»Sie streitet ab, von der Entführung gewusst zu haben«, sagte Resko.

»Unfassbar!«, brummte Sommer. »Auf der Fahrt dorthin war sie sehr mitteilungsbedürftig.«

»Der Anwalt wird wahrscheinlich mit *Hörensagen* argumentieren.«

»Sie hat mich gezwungen, mitzukommen. Das ist Freiheitsberaubung.«

»Klaas wird behaupten, Sie seien *freiwillig* zu ihr eingestiegen. Außerdem kann sie anführen, Nickel hätte sie lediglich gebeten, Sie zum Treffpunkt zu fahren. Alles total unglaubwürdig, aber ich kann nicht ausschließen, dass sie damit durchkommt.«

»Bleibt am Ende nur der Versuch eines tätlichen Angriffs stehen?«

Resko zuckte die Schultern. »Vielleicht. Ich hoffe, sie wegen eidesstaatlicher Falschaussage belangen zu können. Sie gibt nämlich Nickel ein Alibi für die Mordnacht an Pietsch.«

Sommer schaute den Staatsanwalt schockiert an. »Beunruhigt Sie das nicht?«

Der Mann lächelte beruhigend. »Im Gegenteil. Sie behauptet, mit ihm zu Hause ferngesehen zu haben. Ich habe jedoch herausgefunden, dass sie an dem Abend gar nicht in der Stadt, sondern auf einem Konzert war. Meine Leute haben YouTube- und Facebook-Videos gesichtet und sie darauf eindeutig erkannt. Nickel hingegen ist nicht zu sehen. Ich lasse sie bei ihrer Aussage im Prozess gegen Nickel vereidigen und klage sie anschließend wegen Meineids an.«

»Zumindest ein kleiner Lichtblick«, murmelte Sommer.

»Kommen wir zu Gunnar Jung«, erklärte Resko. »Er hat sich schuldig bekannt, eine Frau betäubt zu haben. Angeblich wollte er so sein *Schwestertrauma* verarbeiten. Ansonsten schweigt er. Wir mussten ihn mangels weiterer Beweise im Gegensatz zu den anderen Tatbeteiligten aus der Untersuchungshaft entlassen. Insofern wäre ich dankbar für jede Information, die Sie mir geben können, Hauptkommissar Drosten. Denn ich will ihn wegen des Vorsatzes einer Vergewaltigung anklagen.«

Drosten fasste in einem fünfminütigen Vortrag die Erkenntnisse zusammen, die vom BKA gesammelt worden waren. Er entwarf das Bild eines Mannes, der Gewaltfantasien hegte, die durchaus im Einklang mit seinem Vorgehen in der Bar standen.

»Kann er nicht behaupten, Nickel hätte ihn um dieses Schauspiel gebeten? Zumal es ja Nickel war, der den Barkeeper deshalb angesprochen hat.«

»Das soll er ruhig versuchen«, meinte Resko. »Dann würde ich ihn als Mitwisser der Entführung von Oberkommissar Sommers Familie anklagen. Ich denke, das weiß er und wird daher bei der ursprünglichen Aussage bleiben.«

Gedanklich rekapitulierte Sommer das Gehörte. Nickel würde zu lebenslänglicher Haftstrafe verurteilt werden, daran zweifelte er nicht. Rebekka Klaas hingegen hatte ebenso wie Jung gute Chancen, bloß eine kleine Strafe zu erhalten. Ob in Zukunft von ihnen

Gefahr für seine Familie ausging? Er hoffte, dass ihnen ein Anführer fehlen würde, um weitere Pläne zu schmieden. Trotzdem würde er bei seiner Zeugenaussage auf diese Besorgnis hinweisen und hoffen, dass der Richter das bei der Urteilsfindung berücksichtigte.

***

»Dein Urlaub geht in wenigen Tagen zu Ende«, sagte Drosten eine Stunde später.

Sie waren nach der Besprechung mit dem Staatsanwalt in ein Restaurant gegangen und hatten unterschiedliche Fischgerichte bestellt. Während des Essens hatten sie ausschließlich über Privates gesprochen, doch als Drosten an einem doppelten Espresso nippte, veränderte sich seine Tonlage.

»Leider«, bestätigte Sommer. »Ich könnte mich daran gewöhnen, nichts zu tun, außer meiner Familie das Leben zu retten.«

»Und bösen Frauen die Nase zu zertrümmern.«

»Steckst du gerade in aktuellen Ermittlungen?«, fragte Sommer.

»Nein. Die letzten Wochen war ich mit Verwaltungsaufgaben beschäftigt.«

»Du hast kürzlich etwas angedeutet. Erinnerst du dich? Als du meintest, auch mein Name sei gefallen.«

»Bist du aufnahmefähig? Oder sollen wir am Montag darüber sprechen?«

»Bringen wir es hinter uns.«

»Die Zeiten ändern sich«, sagte Drosten. »Früher waren die Aufgaben des BKA und der diversen Landeskriminalämter klar umrissen. Das Internet und besonders das Darknet haben diese Grenzen verwässert. Dass die Darknet-Ermittlungen damals Sache des BKA waren, obwohl es um Mordfälle ging, ist Ausdruck dieser Verwässerungen.« Er trank den Espresso aus und öffnete die auf dem Unterteller liegende Keksverpackung. »Im Falle der Terrorbekämpfung haben wir eine zweite Front, an der es nicht mehr so einfach ist, Zuständigkeiten festzulegen. Zumal es die Öffentlichkeit nicht gern sieht, wenn Tatverdächtige wegen Kompetenzgerangels Anschläge ausführen konnten. Alles in allem lässt sich sagen, die Politik fordert Verbesserungen und frische Ansätze.«

»Klingt erst mal nach dem üblichen Politikergeschwafel im Vorfeld von Wahlen oder nach einer neuen Regierungsbildung«, urteilte Sommer.

»Das habe ich anfangs ebenfalls geglaubt.«

»Aber?«

»Sie scheinen es ernst zu meinen. Für einen Zeitraum von drei Jahren soll eine kleine, schlagkräftige Einheit gebildet werden. Ermittler der Landeskriminalämter, Kollegen des BKA und örtliche Polizisten sollen in einer Spezialeinheit ohne Kompetenzstreitigkeiten Verbrechen von nationalem Interesse aufklären.«

»Nationales Interesse? Geht es ausschließlich um Terrorabwehr?«

»Nein«, widersprach Drosten. »Das Aufgabengebiet wird weit gefasst. Serienmörder sollen genauso ins Visier der Ermittlung geraten wie Bandenkriminalität, Menschenhandel et cetera. Es ist ein Ansatz in der Bundesrepublik, wie es ihn zuvor nicht gegeben hat.«

»Existiert schon ein Name?«

»Kriminalermittlungstaktische Einsatzgruppe. Abgekürzt KEG.«

»Bist du dabei?«

Drosten nickte. »Als einer von fünf BKA-Polizisten.«

»Wer sind die anderen?«

Drosten nannte ihm drei Namen.

»Da fehlt noch jemand. Bereitest du gerade ein Jobangebot für mich vor?«

»Ich hätte dich sehr gern dabei«, bestätigte Drosten. »Denn du weißt, was ich von deinen Ermittlungsfähigkeiten halte.«

»Wo wird die Zentrale sein?«

»Verantwortlich für die Koordination ist das BKA, aber ...«

»Also Wiesbaden.«

»Aber jeder Polizist kann wohnen, wo er will. Man muss nur reisebereit sein«, fuhr Drosten fort. »Sollte man dich zu einer Mordermittlung in Schwerin anfordern, wäre es hinderlich, wenn du sagst, du verlässt deinen Kiez nicht.«

»Wie ist die Bezahlung?«

»Alle beteiligten Polizisten erhalten eine Beförderung in den Rang eines Hauptkommissars mit den entsprechenden Bezügen. Leute wie ich, die bereits diesen Rang innehaben, bekommen einen lukrativen Zuschlag.«

»Klingt nicht schlecht«, bekannte Sommer.

»Hast du Interesse?«, hoffte Drosten.

»Definitiv. Allerdings kann ich dir erst zusagen, wenn ich mit meiner Familie darüber gesprochen habe.«

»Wunderbar! Dann erwarte ich deine positive Antwort bis zum Wochenende.« Drosten grinste siegesgewiss.

***

Lukas Sommer saß mit Jeremias und Jennifer am Esstisch.

»Ich habe echt kein Bock auf Schule«, murrte Jeremias. »Außerdem ist mir fast eine Woche geklaut worden.«

»Dafür hast du viel zu berichten«, meinte Sommer. »Wer wird in den Sommerferien schon entführt und muss zwischendurch Unterschlupf in einer Zeugenschutzwohnung suchen?«

»Das glaubt mir eh keiner.« Der Junge verzog den Mund.

»Ich habe übrigens Neuigkeiten. Mich interessiert eure Meinung.« Er berichtete ihnen von dem Jobangebot.

»Das heißt, du wärst nicht mehr monatelang fort?«, schlussfolgerte Jennifer.

»Unwahrscheinlich, jedoch nicht ausgeschlossen. Hängt wahrscheinlich von den Ermittlungen ab, die ich übernehme.«

»Reizt dich der Job?«, fragte sie.

»Ziemlich. Nicht nur wegen der besseren Bezahlung.«

»Fände ich Hammer«, sagte Jeremias. »Ich finde es voll schön, wenn du hier bist.«

»Und du?« Lukas schaute seine Ex-Frau an.

Sie hatten seit den Ereignissen in dem Büro jeden Tag miteinander verbracht. Mittlerweile lag ein unverkennbares Knistern zwischen ihnen in der Luft. Doch sie gingen das mögliche Wiederaufleben ihrer Ehe bewusst langsam an, um sich nicht in Stolperfallen zu verheddern. Selbst geküsst hatten sie sich seit ihrer Verabschiedung am Auto kein weiteres Mal. Obwohl er öfter das Bedürfnis danach verspürt hatte.

»Ich fände es auch ... *Hammer.*«

Sommer lächelte. Drosten würde sich über diese Nachricht sehr freuen. Er griff zu seinem Weinglas und nippte an dem Rotwein. Für einen Moment dachte er an die einsame Zeit während der Undercover-Ermittlungen im Rockermilieu. Seitdem war es eindeutig aufwärtsgegangen, und er hoffte, dass sich daran nie wieder etwas änderte.

Nachwort

Liebe Leserinnen und Leser,

das war er also: der zweite Solo-Fall von Lukas Sommer. Und wie es das letzte Kapitel vermuten lässt, wird er in naher Zukunft zurückkehren.
Falls Sie zu meinen Stammlesern gehören, ist Ihnen garantiert aufgefallen, dass ich meine Romanfiguren gern aufeinandertreffen lasse. Lukas Sommer hatte ja neben seinen beiden Ermittlungen auch noch gemeinsam mit Robert Drosten in *Rudeljagd* an der Lösung eines komplizierten Mehrfachmords gearbeitet. Und dafür taucht der BKA-Ermittler Robert Drosten in diesem Buch auf.

Außerdem habe ich den Kriminalpsychologen Mark Gruber zurück ins Spiel gebracht. Gruber war eine der beiden Hauptfiguren in meinem allerersten Thriller *Verräterisches Profil*, welcher als Taschenbuch 2001 in einem Leipziger Verlag erschien. Dass ich mittlerweile selbst begeisterter Bürger Leipzigs bin – damals lebte ich noch im Rheinland –, ist in diesem Zusammenhang sicher eine interessante Anekdote. *Verräterisches Profil* brachte ich in überarbeiteter Fassung 2013 als E-Book erneut heraus und hatte bei der Überarbeitung so viel Spaß an der Figur des Kriminalpsychologen, dass er auch in den Romanen *Die*

Drahtzieherin und *Tödlicher Komplize* eine wichtige Rolle spielte. Nun bin ich selbst gespannt, ob ich ihn in weiteren Ermittlungen als Berater einbaue.

Ich musste gerade übrigens selbst nachsehen, wann genau *Verräterisches Profil* als E-Book neu herauskam, und dabei bemerkte ich einen großen Unterschied zur heutigen Zeit. Der Thriller hat zum jetzigen Zeitpunkt, während ich diese Zeilen schreibe, 198 Rezensionen erhalten. Eine unfassbar große Anzahl. Heutzutage ist man als Autor schon glücklich, wenn sich dreißig oder vierzig Leser die Mühe machen, ein Buch zu rezensieren. Ich habe das Glück, dass einige meiner treuen Leser auch regelmäßig meine Bücher rezensieren. Namentlich möchte ich an dieser Stelle dafür stellvertretend Petra Patzelt, Grit Steinweller und Eva Forrler (die die Bücher auf der französischen Amazon-Homepage bewertet) danken. Positive Rezensionen sind für Autoren wie mich, die ihre Bücher ohne Verlagsunterstützung veröffentlichen, von immenser Bedeutung. Wenn Sie mich unterstützen wollen, nehmen Sie sich doch bitte ein paar Minuten Zeit und hinterlassen eine Bewertung auf der Produktseite meines Buches bei Amazon. Vielleicht sind es dann Ihre Worte, die einen Leser, der mich noch nicht kennt, überzeugen, meine Bücher zu lesen.

Oder schreiben Sie mir eine E-Mail:
marcushuennebeck@outlook.de

Auch per Facebook erreichen Sie mich:
www.facebook.com/MarcusHuennebeck

Falls Sie alle Informationen zeitnah erhalten wollen, empfehle ich Ihnen, sich in meinen Newsletter einzutragen: www.huennebeck.eu/newsletter

Alle Leser, die sich neu eintragen erhalten momentan die Kurzgeschichte *Die Namen des Todes – Die Jagd beginnt* als Dankeschön geschenkt.

Da *Sommers Schuld* in den ersten Januartagen erscheinen wird, nutze ich die Gelegenheit und wünsche Ihnen abschließend ein gesundes und erfolgreiches Jahr 2018!

Herzliche Grüße

Ihr Marcus Hünnebeck

Lesetipps

Die Namen des Todes (Robert Drosten 1)

Ein Hacker spielt dem BKA brisante Informationen zu: Internetpseudonyme, Bilder und Chatnachrichten. Das Material stammt angeblich von Serienmördern, die sich über ein Forum im Darknet austauschen. Als ein im Internet angekündigter Doppelmord tatsächlich verübt werden soll, gerät das BKA unter Zeitdruck.

Hauptkommissar Robert Drosten leitet die zuständige Sonderkommission, die den Killer rechtzeitig verhaftet. Doch als der Mann seinen Anwalt ins Vertrauen zieht, schreckt er damit die Nutzer des geheimen Darknet-Forums auf. Einer von ihnen verfolgt fortan ein ganz besonderes Ziel: Drosten ein für allemal zu brechen.

Schuld vergibt man nie (Robert Drosten 2)

»Schuld vergibt man nie.« Oberkommissarin Katharina Rosenberg kann sich keinen Reim auf diese Botschaft machen, die sie am Tatort eines Mordes entdeckt. Als sich Robert Drosten vom BKA einschaltet, gelingt es ihnen, die Hintergründe aufzudecken. Der Mörder will den grausamen Tod eines Kindes rächen. Die Polizisten kommen dem Täter auf die Spur, doch jemand warnt ihn. Wer ist der unbekannte Verräter, der alles daran setzt, Drosten zu schaden? Während der Hauptkommissar den Mörder jagt, holt sein Gegenspieler zum vernichtenden Schlag aus.

Rudelfänger (Robert Drosten 3)

Nach einem Streit mit ihrem Freund macht sich die neunzehnjährige Franka mitten in der Nacht allein auf den Heimweg durch einen schlecht beleuchteten Park. Nur Minuten später wird sie von einem Mann überwältigt und betäubt. Frankas Freund eilt zu ihrer Rettung herbei – und bezahlt diesen Einsatz mit seinem Leben. Das BKA um Hauptkommissar Robert Drosten schaltet sich in die Mordermittlungen ein. Vieles deutet darauf hin, dass Franka bereits das fünfte Opfer eines brutalen Serientäters ist, der junge Frauen in seine Gewalt bringt. Was Drosten nicht weiß: Je näher er dem Täter kommt, desto stärker gefährdet er das Leben der Gefangenen. Außerdem muss der BKA-Mann noch an einer anderen Front kämpfen: Sein Ex-Partner verstrickt ihn in ein perfides Spiel und schreckt vor blutigen Opfern nicht zurück.

Rudeljagd (Robert Drosten 4)

Zwei brutale Morde. Zweimal das gleiche, mit dem Blut der Opfer geschriebene Wort: "Rudel". Erst lockt ein Mann eine junge Frau aus ihrer Wohnung und sticht sie nieder. Achtundvierzig Stunden später schlägt der Mörder auf einem Rockfestival erneut zu. Robert Drosten übernimmt die Ermittlungen. Wurden die Toten Opfer eines diabolischen Rachefeldzugs? Drosten sieht sich einem Täter gegenüber, der vor nichts zurückschreckt. Viel zu spät erkennt er, dass er zwischen die Fronten einer erbarmungslosen Auseinandersetzung geraten ist, an deren Ende auch sein Tod stehen soll.

Sommers Tod

An einem sonnigen Frühlingstag verschleppt ein Unbekannter den achtjährigen Simon und seine neun Jahre ältere Schwester Carla. Es geschieht am helllichten Tag und es gibt Zeugen, sodass Kommissar Lukas Sommer rasch eine heiße Spur findet. Beim Rettungszugriff gerät er jedoch in eine heimtückische Falle und verliert fast sein Leben. Als sich ihm eine zweite Chance bietet, setzt er alles daran, das Verbrechen zu sühnen. Aber sein Gegner ist ihm immer einen Schritt voraus.

Die Katharina-Rosenberg-Trilogie:

Kainsmal (Katharina Rosenberg 1)

Nach einigen Arbeitsjahren hat sich der erfolgreiche Kriminalpsychologe Christian Moll aus dem Polizeidienst zurückgezogen. Als zwei Kommissare kurz hintereinander ermordet werden, kommt ein furchtbarer Verdacht auf: Tötet jemand die Ermittler, mit denen Christian Fälle gelöst hat?

Oberkommissarin Katharina Rosenberg versucht mit seiner Unterstützung, den Täter zu fassen. Ein Wettlauf gegen die Zeit beginnt, denn auch zusammen mit Katharina hat er früher sehr eng an der Aufklärung einer Mordserie gearbeitet.

Die Drahtzieherin (Katharina-Rosenberg 2)

Oberkommissarin Katharina Rosenberg steckt mitten in einem Entführungsfall, als sie der Profiler Mark Gruber kontaktiert. Er untersucht eine bundesweite Mordserie und hält eine ehemalige BKA-Beamtin für verdächtig. Im Rahmen seiner Nachforschungen ist er auf Hinweise gestoßen, dass diese Polizistin den Autounfall, bei dem Katharinas Tochter Sarah gestorben ist, herbeigeführt haben könnte. Während die Oberkommissarin die Suche nach dem verschleppten Opfer vorantreibt, versucht sie gemeinsam mit Mark, die

Hintergründe der zurückliegenden Ereignisse aufzudecken. Als eine unerwartete Wendung eintritt, verlässt sie den Pfad der konventionellen Polizeiarbeit und bringt sich dabei selbst in große Gefahr.

Tödlicher Komplize (Katharina Rosenberg 3)

Nachdem Oberkommissarin Katharina Rosenberg ihre Tochter aus den Fängen einer Serienmörderin befreit hat, findet das BKA Hinweise darauf, dass die Täterin von einem Komplizen unterstützt wurde. Monate später tauchen schwerwiegende Vorwürfe auf, die zu Katharinas Suspendierung führen. Der Kriminalpsychologe Mark Gruber setzt alles daran, ihre Unschuld zu beweisen, wodurch er sich gemeinsam mit der Polizistin in ein tödliches Komplott verstrickt.

Weitere Bücher:

Wenn jede Minute zählt
Stumme Vergeltung
Verräterisches Profil
Die Rache des Stalkers
In jedem Fall Moll
Im Auge des Mörders
Abschaum
Bruderlos
Opferraum

23807598R00193

Printed in Poland
by Amazon Fulfillment
Poland Sp. z o.o., Wrocław